1966年9月上旬，作者和同学们来到中国的心脏——北京天安门。
合影者分别为：

前排　左：陈振农　　　　后排　左：何运新
　　　右：刘凯元　　　　　　　中：陈文球
　　　　　　　　　　　　　　　右：许汉华

以琼海祖辈后在印尼出生的长辈苏英炎先生（前排左七）偕夫人（前排左八）为首，带领印尼亲属一行约30人，于2015年夏季期间回乡观光拜祖，作者何运新（前排左六）同其弟何子平（前排左五），在博鳌亚洲论坛国宾馆与观光团相会见时留影

2015年夏季期间，作者何运新（左四）及弟何子平（左一）和作者长子（左六），在琼海亚洲论坛国宾馆会见印尼苏英炎先生的长子苏才隆（左五）及其他的弟弟们，还有一位弟媳妇（右三）留影

作者何运新（左一）于2012年夏季在印尼雅加达与苏英炎先生的四子、五子留影

印尼鲁发岛北海岸，位于马六甲海峡东南口，离北面新加坡国约距80公里海面，作者2012年7月在鲁发岛一角拍下的照片

2012年7月，作者在印尼鲁发岛，拍下华侨种植的一片橡胶林

作者在印尼鲁发岛，2012年7月间拍下华侨建的养燕窝鸟楼宅

在鲁发岛上，华侨们自发捐款建的断桥式码头

马六甲市闻名遐迩的茶饭餐饮三叔公店大门前概貌。作者摄于 2012 年 7 月

马六甲市内河小桥。作者摄于 2012 年 7 月

2012 年 7 月间，作者单身行参观马六甲市海边博物馆的大型航海木帆船

作者于 2012 年 7 月间，游览过的马来亚吉隆坡的旋转塔

新加坡四马路原琼侨酒餐商公会，华侨主持人王琨先生（右二），右一为主持人助手王日盛先生（已故）。左二、左一分别为王贻鹏、王学周先生，他们俩的女儿都嫁入新加坡，二人为新加坡常客，作者于2007年7月拍摄

作者2007年7月在新加坡，与一冷冻厂华侨老板苏音运先生（右）参观厂后，会餐留影

作者（左一）在新加坡期间，与冷冻厂华侨老板苏音运先生（左二）、印尼华侨苏英炎（左三）养燕窝鸟老板，以及其儿子一家一起合影留念

作者于 2007 年 7 月间，在新加坡四马路观音庙前留影

作者在新加坡牛车水闹市处拍摄的名楼"珍珠坊"

作者在新加坡市区与儿时同学王贻球（右，现为新加坡化学博士）及其弟王贻友（左）生意人合影留念

作者族内住在印尼加里曼丹岛某市的亲人，左一是二姐何秋英，左二是大姐何秋月，右边两位是四姐何秋华和其老公黄裕荣。作者居中

作者在新加坡离政府大厦不远的海湾边，与新加坡华侨文化艺人何书经先生（右）合影留念

作者与印尼华侨养燕窝鸟老板苏英炎先生（左），在马六甲海边观看大型海军潜艇展览时合影

作者在马六甲坐养燕窝鸟老板苏英炎先生（右）的私家车时，与其马来当地司机（左）一起合影

2012年7月，作者在马六甲市博物馆外游览留影

作者2011年春天在澳门采风时，与澳门朋友李东欧（右一）及其妻（左一）和其儿女一同在澳门留影

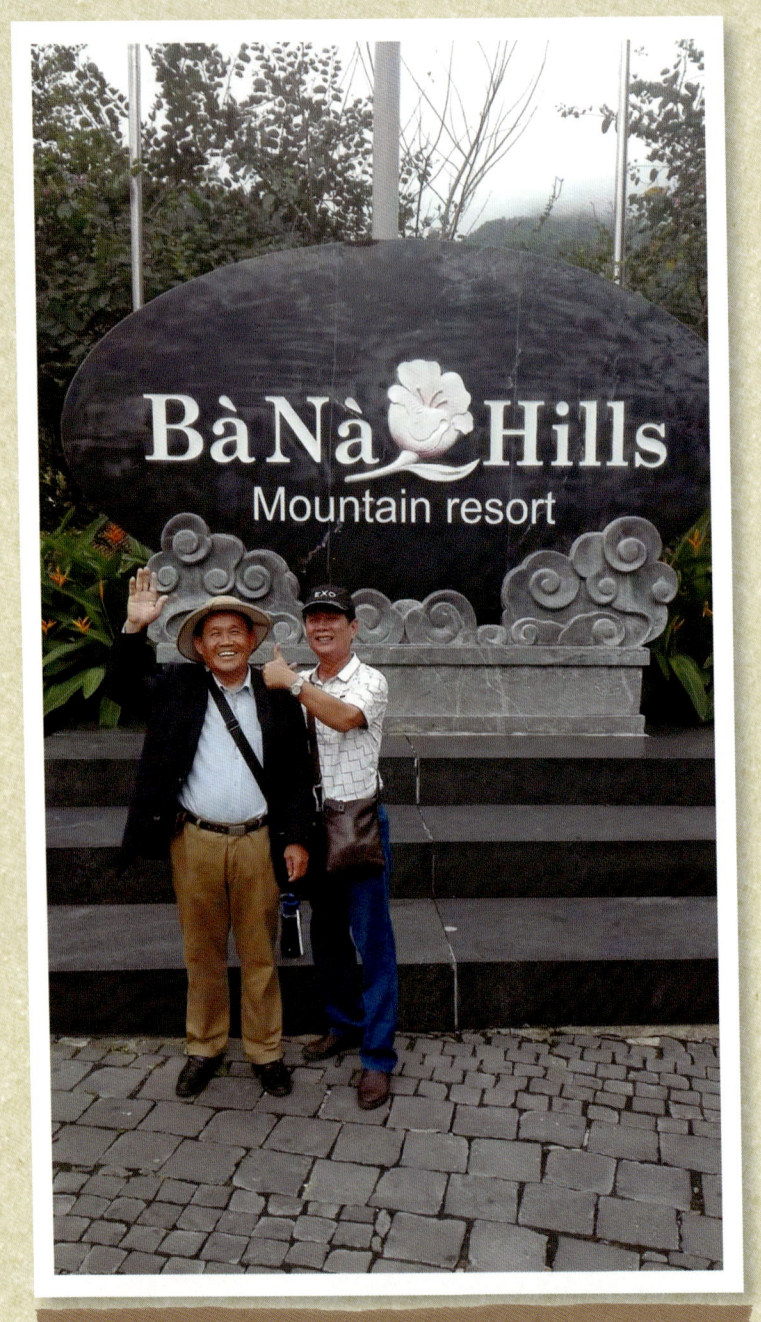

作者于2016年与本地文化人，老师陈长标（右）在越南岘港采风时于某公园留影

赤子心 游子魂

何运新 著

中国广播影视出版社

图书在版编目（CIP）数据

赤子心，游子魂 / 何运新著 . -- 北京 : 中国广播影视出版社，2024.1
　　ISBN 978-7-5043-9127-8

Ⅰ . ①赤… Ⅱ . ①何… Ⅲ . ①长篇小说—中国—当代 Ⅳ . ① I247.5

中国国家版本馆 CIP 数据核字 (2023) 第 202213 号

赤子心，游子魂
何运新　著

责任编辑：	任逸超
封面设计：	马　佳
责任校对：	张　哲

出版发行：	中国广播影视出版社
电　　话：	010-86093580　010-86093583
社　　址：	北京市西城区真武庙二条 9 号
邮政编码：	100045
网　　址：	www.crtp.com.cn
电子信箱：	crtp8@sina.com

经　　销：	全国各地新华书店
印　　刷：	三河市龙大印装有限公司

开　　本：	710 毫米 ×1000 毫米　1/16
字　　数：	199（千）字
印　　张：	13
印　　次：	2024 年 1 月第 1 版　2024 年 1 月第 1 次印刷
书　　号：	ISBN 978-7-5043-9127-8
定　　价：	59.80 元

（版权所有　翻印必究・印装有误　负责调换）

代　序

第一次接触到作者何运新老师时，他并没有一上来就向我介绍这本小说，而是讲了很多他去东南亚国家旅游、采风的过程，以及他第一次见到那些华侨时的激动场景。

在他的表述中，我了解到一段发生于20世纪三四十年代的往事。在那个动荡的年代，为了躲避饥荒和战乱，很多年轻人被迫登上下南洋的船舶，希望能在那些相对和平的国家里通过自己的劳动站稳脚跟，待合适的时机再衣锦还乡，落叶归根。作者成长在中国海南省，知道当年有很多人为了求生存而被迫出洋，寻找生路的情况。在新中国成立之后，这些华侨心系故土，回到家乡，不仅慷慨解囊为故乡修桥铺路，还带来很多新的技术和他国文化。在海南万宁还有琼海、文昌市等市县，自然地形成了很多华侨村，留下不少传统的华侨文化建筑，这些建筑常常被人们称之为华侨文化博物馆。作者认识很多华侨朋友，也通过他们认识了更多还在海外的华人朋友，他们都怀着一颗赤子之心。

作者构思了史思三部曲，本书是第二部。作者将视角聚焦在这些一生漂泊却心系故土的华人华侨身上，从他们的视角，讲述他们的经历。

主人公柯诚是当年下南洋求生的万千人的缩影。当家乡遭遇了残酷的战火，求生无门，只能将希望放在渡过无边无际的大海，到达能够过上安稳生活的彼岸。年仅十几岁的柯诚，带着母亲的叮嘱、希望和无尽的牵挂踏上了下南洋的木帆船。这一路，他遭遇了很多坎坷和艰险，海上的颠簸、木帆船的故障、抢滩的危险、流亡印尼岛屿的求生、与家乡的失联、看不到希望的求变、国外的变故……在经历了这些之后，长大的柯诚更加迫切地想要回到母亲的怀抱。但当年离家时，他的年纪尚小，再加上各种原因，只能凭借有限的记忆和有限的条件努力寻找家乡和亲人。

作者并没有过分渲染华侨的苦难，而是将重点放在远离故土之后华人、华侨之间的互助上。在他的笔下，流落海外的华人华侨，天生就有一股亲近感，这是刻在骨血深处的牵绊；当柯诚初次踏上小岛，人生地不熟且衣食无着，是华人救助他；当柯诚没有工作无处安身时，是华人照顾他；当柯诚遇到人生转折时，是华人老板提携了他……这种在异国他乡互相帮助的情谊，让人十分动容。

作者为了创作这部小说，十分用心地走访了很多华侨，听他们讲述在东南亚各国的各种经历，在退休之后，有了更多的精力和时间，还特意去那些华人华侨在海外的家中做客，观看那些华人华侨通过自己的双手创造的劳动成果。在华人后裔的带领下，作者看到了那些华人建造的燕窝楼、华人餐馆等，听华人后裔讲述自己的父辈们在异国他乡中如何创立事业。而这一切，在书中都有所体现。

除此之外，让我印象更加深刻的是，这些华人华侨对待祖国时刻挂念的爱国情怀。作为炎黄子孙，不管走到哪里，祖国的一切遭遇都牵动着他们的心。作者在书中特意展现出了这一点，主人公柯诚的岳父在听到祖国遭到了天灾老乡们衣食无着，便组织海外的华人华侨，给国内的同胞们送去了力所能及的关怀。这只是其中的一个缩影，我们在新闻中也曾无数次看到过类似的报道，每当祖国遭到天灾，国外的华人华侨都会组织起来，捐钱捐物。已经回到祖国的华侨也会慷慨解囊，为家乡建设添砖加瓦。正应了这本书的名字《赤子心，游子魂》，尽管是海外游子，但永远不能浇灭那颗火红的中国赤子心。

——本书编辑：冯雪

前　言

"慈母手中线，游子身上衣。临行密密缝，意恐迟迟归。"

大凡念过书的中国人，基本都读过，甚至会吟诵唐代诗人孟郊的这首《游子吟》。诗中陈述儿子要远赴他乡，临行前，母亲对儿子衣服缝缝补补，生怕出门在外的儿子不会照顾自己。短短二十个字，便言简意赅地表达了母亲要送别儿子远去的笃重之情。

20世纪三四十年代，中国的广袤土地上硝烟四起，母亲为儿子求生存，割爱送其出国谋生，情景犹如孟郊的这首《游子吟》一样。孩子只身在海外拼搏，有成功的，有平庸的，有失败的，但不管结果如何，他们都有一颗赤子心、一缕游子魂，走得愈远就对祖国愈难以忘怀。

华侨在异国创造了不少业绩，国内报纸和杂志都曾做过很多相关报道。但华侨在国外谋生的具体事实，人们并不了解。他们一旦踏上异国土地，直到回国，都有说不尽的坎坷、道不尽的艰辛。

作者生在华侨较多的海南省东部，幼年时，常常听村子里的大人们讲述华侨在20世纪三四十年代坐帆船下南洋的故事，中华人民共和国成立后，作者又亲眼看到华侨们返回故里，带回国外的新鲜的食品和衣物，甚至用钱财改善故土的生活条件。他们慷慨解囊，为家乡建学校、架桥、筑路，还救助乡村贫困家庭的孩子上学读书。凡此种种，华侨对乡人所做的公益贡献，使乡人深深地铭记着。尽管老辈华侨都相继去世了，但是乡人还是抹不掉对侨亲们的深切敬意！

　　由于是华侨的印象在作者的脑海中难以磨灭，于退休时光里，作者多次出国，以单身行，有时也参加旅游团去追踪华侨的踪迹，探寻华侨在异国他乡的奋斗故事。为寻找熟识的乡人和华侨的朋友，作者多次走访了马来西亚和印度尼西亚等国家的部分大城市，还几次途经新加坡，前往越南和泰国几个国家的大城市，后来还参团走过日本和欧洲等国。异国风情历历在目。获取了不少真实的素材。

　　初时作者只身前往，飞去目的国后坐车又乘航船到东南亚几个相邻的国家，那里有作者的亲戚与朋友，以及华侨的后裔，由后裔们引领作者到他们父辈几十年前夜间坐帆船登陆求生过的小岛，亲身体验他们父辈登岛时向当地土民讨食物走过的小路；到他们父辈打渔的海滩边，观看马六甲的海景；还去参观他们父辈当时上山砍柴烧炭度日的炭灶遗址……

　　在下南洋的人群中各人谋生方法不同，有的向往城市人生活，便千方百计跑到城市去打工，有的还抓住机遇去当远洋海员放眼看世界，几乎所有下南洋的人后来都在奋斗的过程中改变了人生轨迹。

　　他们奋斗了大半辈子，从流浪讨饭到砍柴烧炭，进而建鸟楼养燕窝鸟，销售燕窝使他们发迹起来，并在成家后留下一幕幕的悲欢离合。在不断拼搏的过程中，华侨们把一座荒岛慢慢地建设成为市井，有了钱他们眼光又向远处看，想把个人事业做大做强，想办法移居到别国大城市再发展……

　　但异国他乡再好，也没有祖国好，中国政府积极向愿意回国的华侨们展开怀抱，给成年人安置了就业，对青少年安排读书，使他们回到祖国。

　　作者写的这部长篇小说，是根据个人游历东西方多个国家长时间搜集到的华侨素材写成的，书中所描写的各类人物，如果读者觉得故事有与自己雷同之处，请勿对号入座，错认误解！

何运新
2022 年 10 月 1 日

目 录

第一章　娘亲催我回故土 / 001
一、一封难解的家书 / 001
二、遥远的欧洲航程 / 003
三、寻访中文老先生 / 010
四、罗潘师傅的心声 / 013

第二章　少时去国老大回 / 016
一、思乡心切定船期 / 016
二、购备洋货的斟酌 / 020
三、踏上回国之路 / 024

第三章　万水千山锁不住 / 033
一、趣语印在脑海里 / 033
二、海关庭前遇亲人 / 034
三、艰难的回村路 / 040

第四章　撩人乡音故国闻 / 046
一、绵绵乡情慰人心 / 046
二、摒弃前嫌向前看 / 048

第五章　登上孤岛艰辛路 / 050

一、登陆危难 / 050

二、觅食续命 / 052

三、找工求生 / 056

第六章　炭场艰辛的日子 / 059

一、安排今天上岗　却又闷着待工 / 059

二、找寻到了驻脚点　拼命求生有希望 / 060

三、老板设法去找船　带回了生活喜讯 / 063

四、船过马六甲海峡　难料的复杂情景 / 065

五、去马六甲市购货　跟船返回印尼岛 / 069

六、工友们劳动回报　老板与阿罕成好事 / 071

七、生意转好人更好　娶回美女成佳话 / 075

第七章　天生有缘到都市 / 078

一、去国之痛　乡魂之恸 / 078

二、艰辛的炭场生涯　度过十八成年礼 / 081

三、图脱旧环境　寻生活新路 / 085

四、想法公开试探　谋求都市生活 / 086

五、村溪沟离别　进驻马六甲 / 089

第八章　火锅厅与舞会 / 091

一、独居炭房仅栖身 / 091

二、时刻忙在火锅厅 / 094

三、体会迷人夜总会 / 098

四、沁人的白雪飘香 / 103

第九章　炭场请柬婚庆浓 / 107

一、抹掉舞会恋　趋宴回炭场 / 107

二、炭场已变样　婚庆情意浓 / 109

三、婚宴酒席间　思想好交流 / 114

四、悼国殇　祭乡魂　安土地 / 116

第十章　寻婚圆了我的梦 / 120

一、袁老板论当地女　指点求婚要华人 / 120

二、跟车去买羊　途中遇雪香 / 121

三、老板声援坚决　我决心去追她 / 125

四、远道寻女友　踏上新加坡 / 126

第十一章　迈向婚娶成家路 / 133

一、去新加坡定婚期　实情报给老同事 / 133

二、马六甲春节热闹　撩人心准备礼物 / 135

三、首次上门见父母　父亲训如坐尖刺 / 136

四、办结婚证变人夫　回鲁发岛送请柬 / 141

五、四方来客会婚宴　险些让我坠窘态 / 143

第十二章　马新两地奔波忙 / 148

一、生活根本马六甲　不能离开火锅店 / 148

二、他们买货济乡亲 / 150

三、舍不得的马六甲　户籍已迁新加坡 / 152

四、入伙时难别也难 / 155

第十三章　报考海员闹离婚 / 158

一、定居新加坡　奔赴新人生 / 158

二、女儿出生后　捉襟又见肘 / 162

三、我当航海员　她唱离情曲 / 164

第十四章　悠悠海员漫漫路 / 167

一、我工作在万吨轮上 / 167

二、两次踏上越南土地 / 169

三、远航中东 / 170

四、再航中东 / 173

第十五章　船行亚太与南美 / 175

一、扎根船上　继续启航 / 175

二、船行西太平洋　航几个国之间 / 177

三、接信访鲁发岛难友　轮船行南美去泗水 / 180

四、泗水寻船老板刘章文 / 183

五、航船远行欧洲线　回坡收到娘亲书 / 184

第十六章　返回故国重成家 / 187

一、回老家亲人商议　筹建新宅再寻婚 / 187

二、告别亲朋飞回坡 / 188

三、邀阮妮来坡刮爱　荐她嫁给李小亚 / 189

四、思乡心切回归云岭老家 / 192

五、海内外儿女聚一堂　几十年悲欢共叙情 / 195

后　记 / 198

第一章　娘亲催我回故土

一、一封难解的家书

万吨级的集装箱航轮行驶在茫茫的地中海东北段的海面上。

时值八月，东方喷薄而出的清晨的曙光被一阵黑压压的乌云遮去，也笼罩着深蓝的海面。狂风忽起，不多时，暴雨倾泻在甲板上。然而，暴雨过后，天又放晴了。人们常说，"七八月的天如小孩儿的脸，说变就变。"在海上，这一点更为明显。跑船的人早就见怪不怪了。

我倚在船舷边，望着暴雨过后重归平静的大海，一股情绪在胸中跌宕。经历了那么多艰难的日子，不管遇到什么磨难和打击，我几乎不曾落泪，可今天压抑不住的情绪使我潸然泪下！

因为在这次出航前，我接到失联了三十年的母亲的来信。

1960年的某天，我有事去马来西亚的巴生港，遇到一位素不相识的中国人。人在异国，对同胞自然感觉格外亲切，我立刻上前与他攀谈。他姓张，我称他为张大叔。交谈中，我竟然发现，我们二人是老乡，老家都是N省，再往深了聊，通过那些共同的生活习惯和记忆里的县城印象，我终于确定我们俩竟然是同一个县的老乡。虽然不是同村，但这已经是我在国外十几年中唯一一个遇到的同县的老乡了！我简要地将自己与家人失联许多年的情况告诉了他，因为当初坐帆船下南洋的时候，通信地址被海水打湿，才十几岁的我也没有记清，想给亲人寄封信都不可能了。张大叔很热心地问我还记不记得村名叫什么，这个我记得——云岭村！母亲名叫姚桂花！我拿出兜里仅有的三百元马币和一些零钱递过去，请他回老家后找到云岭村，把这三百元钱交给我的母亲。张大叔忙说他义不容辞，但就在这时，登船广播急促响起，他急着上船，我也没来得及问他的通信地址，便因此断了联系。其实那个时候，我根本不知道张大叔能不能通过"云岭村姚桂花"六个字找到我的母亲，只为了却寄钱回家的这桩心愿。

谁能料到，时隔十八年后，此事竟然有了后续。那位张大叔几经周折，真的找到了我的母亲，并且将她的回信带在身边，想要转交于我。然而，当时他着急离开，并没有留下我的地址，所以一直没有办法如愿。这一次，不知他用了什么办法，竟然查找到我所在的船务公司，把我母亲的信和他的留言条转交给新加坡港大英轮船公司海员俱乐部，由他们代我签收。当时出航时间仓促，我来不及找老先生为我解读，所以出航后心里一直忐忑不安。

幼时，父亲不幸去世，留下母亲与我相依为命；十岁时，我进入私塾，但仅读了两年，就因为种种原因没有再读下去，所以识字不多，算是半个文盲。1947年，我才十二岁，国民党不断抓壮丁，就连村子里的半大小伙子都不放过，母亲千方百计让我跟着老乡逃亡海外，只为了活下去。那年9月，母亲从娘家筹了些银圆，某天傍晚，带我离家到二十里外的海边小港，买了一张小孩的半价船票让我下南洋讨生活。从此，我就迷茫地流落在异国他乡。由于我当年太小，中途又遇到很多变故，所以和母亲失联了。

第一次收到母亲的来信，我如获至宝，至少可以确认母亲还活着。信随身放在上衣的口袋里，我一有时间就会看。信中道：

柯诚：

　　自三十年前你乘船下南洋后，我就一直在记挂你中苦熬着，时刻都想着你！

　　我曾两次请邻村的葛老先生代写家信，托人带信去寻找你在某岛登陆后的下落，可是没有结果。现我已年迈，疾病缠身，如果你接到此信，需要你买几种中药：乳香、知母、熟地、当归，给我治病，只有这几种药可缓解。不然，我病难治，命将尽矣！你母留言切切！

云岭村母亲：姚桂花

1978年

我少年时流落海外，光阴一晃竟然过去三十一载，母亲也是八十岁的老人了。从信中可知，多年前，母亲已两次托人带书信寻找我的下落，可是并没找到。在遇到张大叔之前，我几乎没有见过同乡人，当然更不可能见到母亲给我的家书了。母亲之所以几次托人带书信寻我，大概是因为在1947年，我乘船南下遇到风浪，在万分危急的关头，只得被迫在印度尼西亚的鲁发岛登陆，船老板返回老家后简单说了此事，不过他根本就不知道那座看似荒岛的岛名！我在岛上做了几年的炭工，之后便到了马来西亚的马六甲市打工，怎么可能寻得到呢？是我不孝，对不住母亲啊！

然而，这封家书又让我感到莫名其妙。信中要求我买几种中药，东南亚我所历经的几个国家很少有中药店，我曾在马来亚的吉隆坡市和马六市发现过几家，新加坡倒是有几家，但这里的中药也是华人同胞从中国进口来的。再说了，众所周知，中药大多产在中国，这几种普通而平价的中药在我老家的中药铺里很容易就能买到，母亲怎么要托付万里之外的儿子去购买呢？实在想不通。这封难解的家书，让我心里捉摸不透！不管怎么说，待航程完成后我返回新加坡，必须找个懂中文的老先生，帮我悟出个道理来。

二、遥远的欧洲航程

我离开舷边，回到宿房，心绪不宁地躺在床上。片刻之后，甲板走廊里有人用英语喊我。船很快就要入港了，海员们要提前进餐，因为我是负责后勤的勤杂员，要去餐厅安排就餐工作。喊我的人名叫亨利，他的宿舍与我的房间仅一墙之隔，是航轮上负责采买的后勤部员工。

亨利是个四十多岁的比利时人，身材健壮、粗犷，别看他长得凶，但为人十分友善，人缘很好。由于他能说一口流利的英语，船长便把后勤部的管理工作交给他，我也算是他的下属。早在多年前，他就在香港船王包玉刚的船队上工作过，接触过不少华人，也学会了一些简单的中文，所以他和我沟通起来十分顺畅。当然，我在做海员之前，在火锅店做杂工的时候也接触过不少讲英语的人，所以也能听懂一些，通过不断学习，也能用英语与人做简单的交流。

我进入甲板船尾的餐厅，开始为船员布餐。全船共有四十多名海员，大多来自欧美国家，也有来自印度和马来西亚，还有几位和我一样来自中国，但为不同省份。机房的技术副机手罗潘就是其中之一，更巧合的是，他还是我面试时的主考官，就是在他的帮助下，我在面试通过后才来到这艘游轮上和他一起工作，有了他的照顾，我才得以顺利在这艘游轮上站稳脚跟。

吃过午饭，负责后勤工作的我清洗好餐具，闲来无事便走到甲板前段的船栏边。轮船减速前行，迎面望着山峦环抱着深水港湾——法国南部的港口城市马赛港。

马赛港有两个码头，旧码头就在马塞市港湾里，那边尽是泊着游艇的地方，而新码头在马塞市的西边，这里经常停靠着多艘十万到二十多万吨的油轮向岸上输原油。而我们的集装箱轮正跟着引渡艇慢慢向前驶去，准备停靠在新码头处。

亨利对我说："柯诚，前年我和你跑船来这里卸货，待了三天，还记得吗？"

"当然记得！"

那一次，我们在这里要待三天的时间，亨利带着我游览了马塞市的很多娱乐场所。虽然我在新加坡也经常会去咖啡馆、茶室里坐坐，但很少去这种地方，的确是让我大开眼界。不过，那时候我离婚了，对于交朋友没有什么兴趣，只是为了不驳亨利的面子，才和他一同前往。

亨利回想着，说："当时我们去了旧港东大街麻田小街，我还记得接待你的是一位二十出头的越南姑娘，长得很漂亮……说不定她还记着你呢？依我看，今天船抛锚卸货之后，咱们再上岸去找找她，怎么样？"

我迟疑着并未回答。他看我发愣，拍着我的肩膀，说："怎么傻了，不讲话？"

我挣开他，说："在想一些自己的事儿，心里烦闷！"

"管那么多干什么？到了这个地方，欣赏一下这里的风情总可以吧？说定了啊，今晚我们一起上岸，你可不能拒绝。"

我深吸了口气，无奈地说："好吧！"

新马塞港大小轮有序地停泊在码头，我们的船货仅用了五个小时，上千个大型集装箱和船舱内的其他散货就已经全部吊装和输送上岸。

天逐渐暗了下来，几十公里长的码头海岸和港里大小航船灯火通明。我和亨利一同上岸，一辆出租车迎面驶来，在我们身边停下。

司机问："去哪里？"

亨利用英语回答他："旧城，找个地方，放松一下！"

司机一听就明白了亨利的用意，说："旧城和新城可都没有公开能'放松一下'的地方。欧洲各国只法国没有红灯区哦……当然，这只是明面上的，隐秘点儿的还是有的，旧城那边远一点。去不去？"

亨利说："我们去旧城麻田小街就行了。"

出租车驶到麻田小街，亨利付了车费，我们俩下了车，第二次来到这条街道。

麻田小街是个人群密集的巷子，街道两旁商铺林立，每间店都坐满了客人。路灯的光线不强，间或有门店的霓虹灯闪烁着。客人们，特别是姑娘们穿戴不一，很多穿着短裙、涂着红唇，充分展现出女性魅力，十分吸引人。

亨利看我来回打量的样子，便提醒道："咱们没有多长时间，要充分享受夜生活。别浪费时间了，直接去街尾的那间店就好！"

于是，我们阔步到了原先的店铺门口。这里的景象与前年来时差不多，门口挂着轻纱，从轻纱外往里看，在朦胧的灯影下，沙发和方凳上坐满了年轻的男男女女。

四十出头的老板娘身材丰腴，散发着满身香气。她看见我们站在门外，笑着招手，用不太顺畅的英语招呼道："进来喝一杯，放松一下啊！"

我们一起进去，一阵阵沁人心脾的香水芬芳扑面而来。七八个岁数相仿的女郎向我们点头示意，她们身材匀称，肌肤白皙，穿着连身裙，长腿上套着黑丝袜，散发着女性的芬芳。

亨利已露出神往的表情，看着美女们呆立不动。见状，我在他身后推了一把，他才反应过来。沙发上坐着一位红鬈体高白嫩的红唇女子，正在喝啤酒。亨利悄声对老板娘说了一句，老板娘示意酒保给红唇女子递上一杯，女子接过酒，回头看了下亨利，用手举起酒杯，向着亨利表示感谢，也表示同意。

亨利立刻上前，做出手势，说了一句："May I？（可否接受我的邀请？）"

红唇女子笑着将手放进亨利的手中，亨利亲吻了对方的手背。女人站起身，亨利便用左手搂在她的腰间，款款离去。

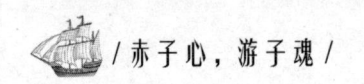

见色忘友！一向与我交情深厚的亨利见到美女已经是忘乎所以，弃我不顾！

正想着，亨利转身问老板娘："老板娘，你这里是不是有个越南姑娘？"

老板娘道："是啊，叫阮妮。她主要负责清洁房间和洗被褥，可不是什么女招待，你不要误会她。"

亨利笑着指了指我，说："这位朋友叫柯诚，前年来这里时恰好是阮妮招呼过他。这次他是来找阮妮叙旧的，老板娘，行个方便吧。"

"她出去帮我买东西了，等她回来，我问问她，得看她的意思。你们先上去吧！"

没多久，阮妮回来了，老板娘和她低声说了几句。片刻之后，老板娘走过来对我说："柯诚，阮妮说不太记得几年前的一面之缘，但看你面善，又是东方人，这才同意与你聊聊！你可不能欺负她！"

我连忙点头，老板娘三番五次与我说，阮妮不是那种女人，足以见得她洁身自好。随后，我和阮妮一前一后上楼了。

一楼类似于酒吧和舞厅，二楼的布置更像是咖啡厅和茶室，还有一个个单独的包间。我与阮妮走进最靠里的单间。亨利突然探出头来说让我明天一早记得去采买，便回去和女伴打情骂俏去了。

阮妮问："你想喝点什么？咖啡，还是茶？"

"红茶就好。"我自然是选择茶，然后又突然提醒道，"不加糖和奶的那种。"

跑船这么多年，也来过欧洲多次，知道在国外喝茶，有的地方喜欢加入牛奶和糖，但作为中国人，我还是更喜欢原汁原味的茶水。

"中国人？"听到我的提醒，她问。

"我是中国人，不过现在是新加坡国籍。虽然过了好几年，但我还记得你。"

我没有说假话。当年，我被亨利拉着来到这里。亨利是个洒脱之人，又是个单身贵族，根本就不能理解我和妻子离婚的痛苦，更不能理解我想见孩子却不能时常见到的思念之情。他以为，让我多认识些姑娘，就能忘却烦恼。我很不情愿，但被他拉过来也无可奈何。当时，就随手叫住正在工作的阮妮，说想和她聊聊。阮妮看出我的意思，就陪我在一楼坐了一会儿，直到我喝了几杯酒后才离开。不过那次的交谈，只是泛泛之交，仅是知道了她叫阮妮，来自越南。我因为感激她,所以印象深刻。

阮妮一边听我讲述那次见面的情形,一边拿起桌上的保温壶倒入茶盅,等了一会儿,将茶水倒掉,又重新加入热水,倒了两杯,拿起其中一杯递给我。

这套动作行云流水,颇有章法。我心想,真是看不出来,一个越南姑娘竟然还知道洗茶。

"想不到,这里还能喝到原汁原味的茶啊……"我怕气氛太过尴尬,搜肠刮肚地找着话题。

阮妮从兜里掏出茶包,解释道:"这是我自己的,店里只有咖啡和酒。听老板娘说你是东方人,应该更喜欢喝茶,我才带上来的。"

"太感谢了。上次咱们都没有好好聊聊,只说自己是越南人,那怎么来这里落脚了呢?"

同是亚洲人,本身就透着一股子亲近。果然,她很快放松了下来。

"唉,说来话长!其实,我的祖籍也是中国,是广西省的,后来父亲讨生活,才去了越南,加入越南国籍。虽然我出生在中国,但在很小的时候就和父亲到了越南,不过,他有意识地培养我学中文,所以我能用中文交流,还会写简单的信。我在西贡读书读得好好的,没想到,越南境内却发生了战争,母亲也因此而丧命。为了躲避战乱,爸爸带着我坐船来到法国。逃亡之路非常艰难,我们父女二人不知道在海上漂泊了多久,才到了马塞港。当时我们是难民,必须通过法国政府的安排,才有条件在马塞市住下。为了赚钱,我什么脏活累活都做过,杂务工、清洁工,直到来了这里,碰到老板娘,才勉强做了服务员。"

听她说自己的祖籍是中国广西,我不禁伸手在她的肩膀上拍了拍,既是安抚她的低落情绪,又想表达一下同胞之情。

我也不禁回想起自己的艰苦过往,说:"我老家是中国 N 省,你的祖籍在中国广西省,咱俩也算是同胞了!我们中国有句话,'同是天涯沦落人'。其实,我和你的经历颇为相似。当时,我们下南洋乘坐的木机船并不大,但满满当当地塞了五十多个人,空间非常狭窄。后来,船驶到距离岘港不远的地方时,船还发生了故障,被迫停靠在岘港。过了好多天,也是托了同胞的帮忙,才找到机修师傅将船机修好。在最终登陆的时候还遇到了暴风雨,要不是命大，我估计我早就葬身大海了……"说到这里，我叹了口气，为了调节气氛，我连忙转移话题，"前年，我和亨利来过这里。就是刚才那个男人。当时，你很热情地招待我，所以我印象深刻。今天，我们又来到这里，自然而然地想起了你，能够再次相见实在是太难得了。"

阮妮很是疑惑，反问道："仅是前年我们见过一次，就在你心里留下这么深刻的印象吗？"

"是啊，毕竟我们是同肤色的亚洲人，尽管我们的国籍是相邻的两个国家，但是文化、生活差异不大，印象当然深刻！毕竟在欧洲，想要找到一个黄皮肤、黑眼睛的亚洲人太难得了。人总喜欢寻找共同点，估计就是这个原因吧。不过，现在这种亲近感更近一步了，想不到你的祖籍也是中国。"

阮妮点了点头："其实，我还是怀念在越南的日子，我已经和父亲说过了，早晚得回去，也许就在不久的将来吧。不过，不知道越南那里现在是什么情况。欧洲这里的生活太不习惯了。"

我点了点头，表示赞同，毕竟中西方差异还是很大的。继而，我又问："你父亲现在在哪儿？你还和他一起生活吗？"

"他来到这里后结了婚，娶了一个法国人，已经和继母搬到里昂了。好歹我也是成年人了，能够打工挣钱。不过，我父亲和继母关系不太好，已经在离婚的边缘了，这也是我格外青睐东方人的缘故，毕竟文化背景更接近一些。他也总说想要再回越南，毕竟那里才是家，但我们没有那么多的积蓄……"

我犹豫了一下，说："你在这里做杂工，说实话，想攒下钱回越南并不容易，对越南，我也不太熟悉。我现在在新加坡工作和生活，那里的待遇高一些，而且华人也很多，相信文化背景也差不多。如果你愿意，我可以给你介绍工作。而且你也说了，更青睐东方人，新加坡是个不错的选择。"

一番详谈之后，我们两个人的关系亲近许多。目送她离开房间时，我突然间感慨起来。原先我也因为这种想法和一位新加坡华裔女孩结了婚，还生下一儿一女，但因为性格不合、背景不同，最终还是离了婚……不过，既然阮妮很是憧憬，我也不好泼她冷水。

第二天一早，亨利催我去吃早餐，说今天事情很多，要去商场购物。我找到阮妮，从钱包里拿出五百元："昨天冒昧前来，不知道能不能见到你，也没准备礼物……"

阮妮面露愠色地打断道："我把我当成什么人了？我与你是同乡交情，这钱，我绝对不收！"

被她这么一说，我也觉得有些唐突，说："那好吧，吃完早餐，你带着我和亨利一起去商场转转，可以吗？"

她这才又露出笑容，并应允同行。

吃过早餐，我们三个人坐车直奔东大街商场。商场各种商品应有尽有，市场运输服务也十分周到，小电瓶车司机可将客户所购商品集齐，然后驶出市场大门外待运。亨利说："我到商场里的铺面定货，你们两个人随便逛逛，待会儿在大门口等我！"

商场里人很多，环境十分整洁，我拉着阮妮直行左拐，进入服装行。她有些奇怪，便问我是不是要买衣服？我点了点头，说："是给你买的。"

她面露迟疑，似乎不想接受。

我也有些别扭，说："你不接受我的钱，我能够理解。但我要送给你礼物，也算是一份同乡之情，总不能再拒绝了吧？"

听我这么一说，她沉吟半晌才点头同意。按照她说的尺码，我购买了一条连衣裙和一套冬装送给她。买了衣服，又逛了逛，看着时间差不多了，我们一同走到门外。

没多一会儿，几辆小电瓶车陆续驶出大门，车上装满了大米、各种肉类、蔬菜和日用品等。亨利跟在车后。大门外有多辆双排座位中型电瓶货车，我们走到第一辆车前，司机为我们装货，准备送回码头。

我对阮妮依依不舍地说："阮妮，你要记住我在新加坡的通信地址，如果你回到越南，或者想来新加坡，就直接告诉我，不用有什么顾虑。"

她点头说："好的，我知道了。我也希望早点到那一天。"

亨利提醒道："已经到点了，以后有机会再联系吧！"

车子渐行渐远，她向我频频挥手的身影也渐渐消失了！

在之后的很长一段时间里，我时常在心里回想起这位温柔的阮妮姑娘，她是一个好女人，尽管身在红灯区，却仍然自尊自爱，靠劳动赚钱。她一心

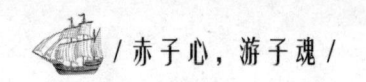

想着找个好归宿，并且心系故土，让人心生怜悯和敬重。

很快，我们回到了码头，我们的货轮正在装货，船员们似是不知疲惫地给船舱加水、输油。与此同时，我们运回了船上的生活物资，码头吊车也将其吊起、存放到船上的冷藏货仓内……

东方刚刚破晓，航船响起几次长鸣声，大家都知道船要启航了。船员们迅速且熟练地操控着机器，将沉锚分别卷起，船尾螺桨加速运转翻搅起两米多高的浊浪。船头调转了方向向港外的航道徐徐驶出，新的返程航行开始了。

三、寻访中文老先生

海上这一路的辛苦自不必说，终于回到了新加坡港。航船上大部分船员一同搭上小艇驶往供客人上下船的小码头。

离小码头约两百多米的地方是个公交站，大家都往那边奔去。我一边走一边回想母亲托人带过来的那封信，始终想不明白，最后停下脚步。走在我后面的罗潘很快就超越了我。

我叫住了他，踟蹰着问："罗师傅，你认不认识比较擅长中文的老先生呢？我这里有一封信件，想请教一下！"

他想了想，说："我认识一位广东来的郭老先生。他算得上是文化人了，很多人有看书看不懂的地方都会去找他请教。他住在四马路，经常会到牛车水那边，或是在天桥东边，自备着小板凳和一张方便开合的折叠小桌，坐在那里一边抽旱烟，一边等着客人上门代写书信。不过，现在电话、电报多了，中国那边也是，他代写书信越来越少，差不多要失业喽。"他话头一转，又开始夸了起来，"但郭老先生很有学问，你去找他肯定没问题！"

闻言，我心里明亮多了。今天回去好好休息，缓解一下几个月跑船的疲惫，明天就到牛车水闹市里找郭老先生。

我的住处是一套面积不大的两室一厅，还有一位与我合租的租客，是比我小五岁的单身汉李小亚。回到家时，他还没有下班回来，我带着疲劳躺在床上睡着了。

当我再醒来的时候，天色已经暗了。刚走出房间，就听到有人用钥匙打开门。我知道,是李小亚回来了。

他打开灯后看见我,打了声招呼:"诚哥,回来了?这次跑船的时间可真够久的。"

我叹了口气:"没办法啊,轮船在欧洲多个港口装卸货物,时间自然就长了。谁让咱们是吃的就是这碗饭呢!"

"当海员长年在海上生活,薪水当然高,但太枯燥了。不过,人总是要艰苦谋生的,有什么工作是容易的呢?你看我在商场里上班,早上七点出去晚上七点才到家。一天二十四个小时,十个小时是属于老板的,两个小时是吃饭和搭车,只有晚上睡觉前这一点点时间才是自己的……哪还有时间去享受生活呢?"

我很理解,但又无可奈何,只能安抚地拍了拍他的肩膀。

小亚还在抱怨着:"我今年已经三十岁了,可是天天上班,哪有时间找姑娘谈恋爱?谁又肯嫁呢?如果因为谈恋爱影响了工作,就会被辞退。诚哥,你也知道,重新找工作有多难,手上又没多少积蓄,根本就不敢断工。我是难逃一辈子都打光棍的命运了喽!"

我忙劝道:"不至于,只要踏实肯干,还是会有女人喜欢的。"

"诚哥,你和我不一样,虽然跑船时枯燥了些,但回到港口后休息是连着的,有时间去做自己想做的事,光这一点就比我强多了。"

我哭笑不得,怎么又说回到我身上了。

"对了,诚哥,你吃饭了吗?冰箱里有吃的,你要吃什么就自己煮吧,我要去洗澡了!"

我回来后就一直在睡觉,中午也没吃饭,现在肚子很饿。从冰箱里取出面条、肉丝和鸡蛋,随便煮了碗鸡蛋肉丝面,狼吞虎咽地吃完……

第二天醒来,李小亚已经去上班了。我今天最重要的事情就是去找郭老先生,吃过早餐便乘大巴车到了牛车水站。

十点钟左右,牛车水(即唐人街)附近已是热闹非凡。我步行在珍珠坊附近,走了两圈,也没看到罗潘师傅所说的郭老先生。

眼看已经快到十二点了,心里十分着急,便打电话向罗潘师傅询问。

他"啧"了一声，说："他平时就是在牛车水那边的天桥上啊，如果十一点还见不着，那估计就是有事不来了。你明天再去碰碰运气。"

无奈之下，只好先返回家中。第二天上午十点，我又乘车在牛车水站下车，走到天桥时就看见桥东头有一位约六十岁的老人正坐在那里，聚精会神地听着一位婆婆说话。看样子，那位老婆婆是来请人代写家书的。那这位执笔的老人无疑就是郭老先生了。

郭老先生并不着急落笔，待老婆婆说完，才拿起钢笔在信纸上写了起来。我走到他身旁，俯首见他写出的中文漂亮且流畅，在撰写语句的时候，没有任何修改。想必是个底子深厚的文化人。片刻之后，他写好了信并读给老婆婆听，老婆婆十分满意，他再三确认内容准确，这才将信夹在信封里交给婆婆，并叮嘱婆婆拿到邮局寄出。

待老婆婆离开后，郭先生连忙吸了几口烟，看来刚才是因为有老婆婆在，他才没有吞云吐雾。我心想，这位老先生果然是个讲究之人。

郭老先生抬头看见我，便问："小先生，有何贵干？"

我连忙说："老先生您好，我叫柯诚，有些事想请教您！"

他也客套地说："请教不敢当，什么事？"

"是这样的，我老家在中国南方N省，自幼便跟着同乡出来讨生活，由于尚居无定所，从未收到家乡的来信。前两天，我偶遇同乡，他竟然给我带来一封母亲找教书先生写的信。可是我很早就离开家乡，文化有限，看不太懂，能否请先生帮我看一下？"

我双手将信交给郭老先生，他仔细地看了信后，眯起双眼问："这信上说，包括这一次，你母亲一共有三次托人带信寻你，你收到过几次？"

我叹息道："只有这一次！我之前遇到过很多波折，居无定所，又因年幼离家，老家的地址记不清了，断了联系。"

"从信上看，你离开家已经三十年了，当时也就是十来岁，眼下也该是四十几岁的人了吧？"

我点点头："是啊，我是1935年生人，今年四十三岁了！"

"你这个做儿子的，出门几十年都不给母亲捎个口信。再说了，手头稍微宽裕点了，更应该回去看望母亲啊！你母亲托人寻找你三次，最早的两次，她可能认为你会收到信,却没有给她回音是抛弃她、怨恨她了。这第三封信里,在我看来,字字滴血,句句伤心!给你母亲代写家书的先生是一位国学底子厚重的人,'当归'不过是你母亲盼你归来的比喻。"

听到他这么说,我心里也十分愧疚,露出难过的神情。

老先生继续说:"教书先生用四味中药让你悟出信的深意,我给你解释一下吧。每个婴儿出生后,母亲要用乳汁哺育他,才能让婴儿渐渐长大,信里中药的'乳香'便代表着哺育你的乳汁。母亲忍痛送你逃亡,割痛让你离开国度以保生命,不是母亲不要你,而是为了保护你!现在她已是垂暮之年,思念孩子!信中再三叮嘱你,千万不能忘记故土才是'熟地'!老人患的是心病,年在耋耄,儿尽早'当归'故土与母亲相见方能安慰她。她一见到你,病就好了。总之一句话:'乳香要知母,熟地应当归!'就是这么简单的道理。"

听完老先生的一番解释,我茅塞顿开,放声大哭。

郭先生见我哭得这般伤心,也不禁叹息道:"进也好,退也罢,人生能有几个秋呢?三十春秋流水去,年轮不停人不等,起程返乡见亲娘,则是最大之幸也!"

我抹了抹眼泪,说:"感激您这番劝慰!我看看工作该怎么安排一下,希望明年就能动身回去!"

郭先生有些焦急地说:"你怎么这么糊涂啊,是工作重要还是老母亲重要?什么工作这么放不下,还不赶紧回去?你娘亲风烛残年,从信的内容看,已是郁结于心,你还打算明年再回去?你应该迅速解决手中的琐事,就是借盘缠也要赶紧回去啊!这是我的良言相劝!"

我重重地点头说:"先生说得是,我马上去了解一下客轮航程的情况,尽快动身,感谢郭老先生指点迷津,您多保重!"说罢,我取出一百元塞到他的手中。

四、罗潘师傅的心声

听了郭老先生的一番话,我心里也不禁焦急起来。眼下,我对家乡的一切都毫不知情,也不知道 N 省有没有开通飞机航班。为了稳妥起见,还是

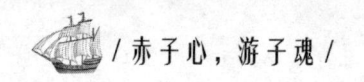

以水路为主吧。

当天晚上,我给罗潘师傅打电话,约他明天一早在武吉知马的商场茶餐店里一起吃早餐。我和罗潘同是中国人,找他商量回国事宜再合适不过了。他接到电话后,二话没说,应邀前往。

第二天一早,在商场门口见面后,我们俩便上了二楼,走进茶餐厅,一边吃早茶一边交谈。

罗潘师傅奇怪地问:"昨天见到郭老先生了?谈得如何?"

我点了点头,说:"找到了那位郭老先生。果然如你所说,真是一位学识渊博的老先生。听了他的话后,我茅塞顿开,原来母亲一直盼着我回去,还以为我与她失联是抛弃她、怨恨她了。"

罗潘师傅自然听说过我的过往情况,也觉得是造化弄人,令人唏嘘。他说:"既然联系上了,自然是要赶回去探望母亲,至少得让她知道你失联这么久究竟为何,让她安心,也让她原谅。不过,你找我来所为何事?"

"还不是因为我要回国之事。离开老家这么久了,也不知道N省现在有没有通飞机,思来想去,还是觉得走水路更保险,所以想找您来询问一二。"

他想了想,问:"新加坡这边的航线,每个月会有一次客轮开往中国南方的港口,一般是月初驶出。到了那边的几个港口上下客货后,会开往你的老家——N省港口,那是终点港口。"

我忙问:"这条航线大概需要多长时间?"

"具体的还真不太清楚,我只知道,船到达中国大陆那几个港口大概需要几天时间,到N省港口怎么也得十天半个月吧。"

"那也行啊,月初发船的话……"我算了一下,说,"也就只有几天工夫了,那我得赶紧准备回国的事情了。"

罗潘师傅叮嘱道:"你离家三十多年,老家那边有什么变化都不知道,如果遇到什么难解之事,要找当地村乡负责人或政府帮助解决,这可都是老哥哥我的肺腑之言,你可要记住。"

我点了点头,在异国他乡,能听到这番殷殷嘱托,足以让我感动。

"对了,这次回国,你手头的钱够不够用?若是不够的话,我可以先借给你。至于你回到老家,我记得时间是不能超过三个月,要想延长时间,就得向当地政府申请了。船上的工作你也大可放心，我去和船长沟通，代你请假便是了。正好亨利和你是同一工种，我也会告诉他一声。"

听到罗潘师傅帮我想得这么详细、周全，我不知道该如何表达自己的感激之情，忙不迭地握住他的手："我都不知道该说什么好了，你对我的关照，终身难忘……咱们跑船的薪酬高，我平时也节俭惯了，所以手头还有些积累，就不给您添麻烦了。"

罗潘师傅笑着拍了拍我的手："钱够用就行，如果不够用，一定要开口。"

我听着连连点头，再次表示感谢。时至中午，我们也聊得差不多了，便各自离开。

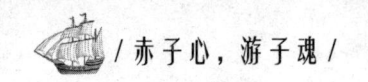

第二章　少时去国老大回

一、思乡心切定船期

回到住处，我想着罗潘师傅的叮嘱，在心里打定主意，回到故土后要与人为善。这一想不打紧，那些往事萦绕在我的心头。

1944年，父亲不幸遇难，但遇难的原因是我心里一块隐疾。那个时候，侵华日军正在祸害着我的故乡，有国民政府的军队在正面战场上抵抗，也有各地村官带着民兵抗日。为了谋生，父亲被乡公所请去当炊事员，不算是政府的人，却也是给政府做事。

有一天晚上，他在回家的路上看到有一伙人正聚在一起，就好奇地凑上去看热闹。谁知被不知从哪个方向射来的子弹击中倒地，遗体横卧在村口聚集处的墙边，就这样撒手人寰了。

至于母亲与族亲如何为父亲敛尸，我当时年纪太小已经记不清了，更不清楚父亲为什么要被人击死，成了糊涂案。

不过，当时有知情人透露说：其实那个打枪的人是为了刺杀经常偷摸来村里赌博的日本宪兵队长，那天他也是来和村里的几个赌徒打牌。不知为何，打麻将时有人脱口而出"可能今夜有危险"。这群人惊慌失措，如鸟兽散，他们都从后门往外跑。可有些人又觉得是小题大做，聚在门口想看看是否有事发生。我父亲恰好经过，看到一群人聚集，不知道发生了什么就上前围观，"砰"的一声，他被枪打倒，那名宪兵队长也从后门逃走了。

这个事情一直在云岭村和周围几个村子流传，甚至绘声绘色地传成了一起颇具传奇色彩的"夜杀案"。不仅如此，还有人落井下石，传闻四起：说开枪之人肯定是革命党，知道我父亲背地里和日本宪兵队长如何如何，所以才开枪打死了他。一时之间,我父亲被污蔑成"汉奸",我们家里人真是有苦说不出。

后来,那位开枪的人委托当时是堡垒户①的熟人给村里捎话:他们早就跟踪了这位日本宪兵队长,发现他喜欢隐藏身份来云岭村赌博,已经布置了几次要击毙他。整个事件和我父亲无关,我父亲是在混乱中被错伤而死。

然而,短暂的澄清之后,又是以讹传讹,父亲冤死已经成了无头公案,是非对错无从申辩。

1945年,赶跑了日本侵略者,却并没有得到太平。紧跟着,就是解放战争。到了1947年,国民党似乎是疯了一样,到处抓壮丁,我的家乡也是风声鹤唳,不少青壮年因为不甘心上战场当炮灰,纷纷逃亡海外。因为村子附近有个小港口,走海路能够偷偷逃出去,只要多人能凑齐船费,船东家就能够借着下西沙捕鱼、挖鸟粪之名南下,可直航南洋诸国。

这条航线十分危险,小港口停不了大船,大多数都是乘坐机帆木船。其实,这种船就是一艘中小型木质帆船,只不过安装了机动马达作动力,想要远航万里抵达南洋,全凭运气。如果遇到大风暴,便是九死一生。除此之外,很多人都不习惯长途航海,会因晕船而呕吐不止,严重的话,甚至连黄疸都能吐出来。在这种情况下,至少得有五六天的时间吃什么吐什么,人就处于脱水状态,只能眼巴巴地忍着、盼着。如果半个多月还不能抵岸登陆,就有人撑不下去而死亡。这是悲哀且无奈的事情。威胁不光来自海上,还有军队的海上巡逻艇,出洋逃难需要绝对保密,所以只能在夜幕降临之后匆匆离港。

1947年9月,我记得非常清楚,母亲好不容易筹到了十几块银圆,为我买了一张孩子的半价票,花费了八块银圆。母亲反复叮嘱我,一定要跟紧一同逃亡的老乡们,今后要懂事,安稳后记得给老家带个口信,并将一张请读书先生写的记录了老家地址的纸条塞在我的行囊里。年仅十几岁的我自然舍不得离开母亲,哭着求她。然而,留在老家就要面临被拉壮丁,像我这么大的青少年,哪还有活路呢?母亲只好板着脸、硬着心肠赶我走。我只好坐上了木机帆船下南洋,这一走,就是三十多年。

现在,中华人民共和国成立近三十年,我多年都不曾回去,甚至连记录

---

① 堡垒户,是在抗日战争时期斗争环境极端残酷的情况下,觉悟高的群众舍身忘死、隐藏保护共产党干部和人民子弟兵的住房关系户,是保护和积蓄抗战力量的基地。

老家地址的纸条也早也丢失,根本不清楚老家是什么情况。不知道父亲当初的糊涂案,是否牵连到母亲?如果我回去了,是否会影响到我?如果我回去之后,会不会因为那件说不清道不明的无头案而不能再出境?

这一连串的问题让我越想越烦,不知过了多久,我竟然昏沉沉地睡着了。

"诚哥!诚哥,你怎么了?怎么这个时候还在睡,是不舒服吗?"

我被一声声呼唤唤醒。睁眼一看,原来是李小亚下班回来,见我竟然在沙发上睡着了,还以为我身体不适。

"没事,早上起得比较早,午觉睡得长了点。"

小亚手里提了油纸包,兴奋地说:"今天老板招呼我们会餐,我打包了一些,有馒头、有肉,还有半瓶白兰地。你别做饭了,咱们哥俩就吃这些吧!"

我除了早上和罗潘师傅吃了早茶,一直没吃东西,现在醒了,就觉得肚子空空的。既然小亚提议,我也不和小亚客气,伸手便抓过白兰地,先是喝了一大口,又打开油纸袋,直接下手抓了块肉……一顿狼吞虎咽后,那股饥饿感过去,我才开始慢慢品尝。

小亚坐在一旁,细嚼慢咽地吃饭,看我一反常态的样子,问:"诚哥,看你今天情绪不高啊,怎么了?"

正巧喝着酒,颇有"借酒消愁愁更愁"之感,我长叹口气,便将心中的郁闷和踟蹰讲与他听。

李小亚听完后,安抚道:"诚哥,我觉得你也别瞎琢磨了,那件无头案都已经是几十年前的事情了,谁没事儿会去查那些?前段时间不是还看新闻说,中国已经实行什么'改革开放'的政策,正在慢慢地走向富强。再说了,国家政策对华人华侨非常友好,会严格保护回国探亲的华人华侨的财产,保护人身安全和自由。几十年前那些旧社会发生的事情,压根不用担心。眼下你母亲病重,你还是赶紧去买船票,然后去商场看看,买点合适的特产带回去!那时候,你衣锦还乡,老母亲一见到儿子,身上有什么病,都会好了大半!"

小亚说得语速很快,但令我茅塞顿开,不禁笑道:"看不出来啊,你小子懂的东西可真多!听你这一开导,我想通了,赶紧去买船票,近期就起程。"

然而,李小亚的表情竟然多了一丝惆怅,只听他说:"诚哥,虽然咱们俩一起合租有好几年了,但是工作都忙,尤其是你跑船出航,常常好几个月都不回来，能像这几天这样坐在一起的机会太少了……你只知道咱们都是华人，我的过往你也不知道啊……"

许是我要回国的事情触动了他，小亚和我一起喝着白兰地，也讲起了他的过往。

李小亚的故乡在福建省，1949年年初，为了讨生活，母亲和弟弟留在老家，父亲带着年仅八岁的他乘上帆船，渡海下南洋，想要找份安稳的营生。他们也是远渡重洋，在马六甲的郊外登岸。父亲的厨艺非常好，很快就找到了工作。父亲有手艺，经一位华人介绍，去轮船上做起了厨工。跑船虽然辛苦，但是薪水高，福利好，能支付父子俩在这里的生活，也能给老家寄回一部分。那段时间，是他最开心的日子了。后来，父亲又将李小亚送到全日制的马六甲华文小学就读。

他很用功，成绩也很好。就这样，从小学一年级读到初中三年级。就在他以为一直会这样读下去时，意外发生了。父亲在轮船上出事了，丢了性命。这一下，小亚成了苦命儿，因为在这里生活了十几年，已经习惯了这里，老家对他而言反而是陌生的。无奈之下，他只能辍学打工，养活自己。那是1958年，他刚刚十七岁。

一个不到二十岁的小伙子，又没有学历和一技之长，刚开始也只能做些散工，后来因为新加坡独立，就选择在新加坡定居生活，吃过苦受过累。要不是前些年因为租房子的事由遇到我，两个单身汉有缘租住一套房，可能到今天还都是一个人……

尽管只有三言两语，听得我也是一阵鼻酸，忍不住问："你父亲是发生了什么意外？"

我并不是想要戳他的伤心处，毕竟也做了这么多年的海员，对同样跑船的李爸爸，忍不住会更关心一些。

"据说是在即将出港的时候，他准备去宿舍休息，突然听见外面隆隆作响，出于好奇，就从圆窗中探出头去，想看看发生了什么。结果是岸上的大型钢索滚扬机在起动，那条钢丝大缆，从船的上方抛下来，正好横挂在父亲的脖子上……"

他说不下去了，我也明白发生了什么。别说是钢丝大缆，哪怕是一条细

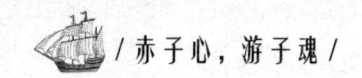

铁丝，也能在高速运动时割破人的喉咙。我拍了拍他的肩膀，歉疚地说："对不起，我不应该提的。"

"这件事给我留下挥之不去的阴影，虽然他们都劝我，说父亲过世的时候，虽然样子很惨，但并没有受太大苦，瞬间就不行了……"

"就是因为这件事情，所以你才不去考海员的吗？"以前我多次提议，让他去考个海员证，我也能介绍他去我工作的轮船上随便领个差事，可他都拒绝了。

他点了点头，说："父亲的过世太突然了，万幸的是，这个船务公司给所有员工都买了人身保险，所以他们帮助我处理父亲的后事，还将父亲的赔偿金和抚恤金每年按照季度拨发给留在老家的母亲和弟弟，让我没了后顾之忧。但父亲的不幸让我十分恐惧轮船，只能辜负你的的好心了！海员职业再好，赚得再多，我也不做。"

我们俩一时无语，他沉浸在回想往事的惆怅中，我则是感慨万千。

我不想让小亚更难过，便转移话题："对了，你刚才说的那些政策啊什么的，是从新闻里看到的？什么意思？"

"你长时间在船上做工，可能不太了解时事。新闻上说，中华人民共和国是社会主义国家，具体是什么我也说不清，简而言之，就是人民当家做主的意思！你想想，人民当家做主，那老百姓过日子不就有盼头了？你说对不对？"

我听着也有点心潮澎湃了，说："可不是！人民当家做主了，我回去也有信心了！还是多读书有好处啊，不像我文化水平有限，虽然后面学了一些，但终究是不如你读过书的啊……"

这一番交谈过后，我更了解室友李小亚了，知道他不仅有痛苦的人生经历，还有很好的文化素养，让我对他倍加信任。对于回老家的事，也再不迟疑了，回国，明天就去买船票！

二、购备洋货的斟酌

翌日清晨，我便来到新加坡船务公司大厅，那里有客轮购票的服务点。我走到客货轮的窗口询问，什么时候有去往中国的船，目的港是 N 省。

"10 月 15 号上午十点有一班，您看可以吗？"

我连忙说："可以，我要一张船票。"

可能是我表现得太过焦急，售票员笑着说："好的，放心吧，还有票呢。"紧接着，她补充道，"如果你带的行李太多，一定要事先送来船务公司，我们会进行统一包装。包装以木箱为主，每位乘客只能托运六个木箱，运费按箱体体积规定来支付。"

我点点头，表示知道了，付了款取了票，又向小姐表示感谢后，快步离开购票大厅。

只有七天的时间了，我必须抓紧时间去采购物品。于是，乘搭公交车到百慕乐商场。这座商场共有三层，是种类齐全的大型购物中心。我从一层开始，后转上二楼、三楼，商品应有尽有，我看到要买的东西就将价格记在本子上，心里也有个底。都忙活完后，我又到银行去取钱、兑换人民币。

忙完这一切，坐公交车回到住处时已是傍晚六点。一天的疲劳，让我忘记了饥饿，我一头栽在床上，呼呼入睡。

和昨天一样，又是李小亚下班回来后才将我叫醒。我靠在床壁上，将今天的活动情况一一说给他听。

可能是没想到进展得这么顺利，他也替我感到高兴："真是顺利啊！马上就能回国见老母亲了，真好！不过，你只有一周的时间，还真是有点紧，得赶紧买好东西送到船务公司打包……这件事恐怕几天都办不完。正好，明天我轮休，我和你一块去商场，咱们速战速决。"

我也打起精神："好啊，求之不得！"说着，我掏出记着所有商品价格的本子，一边计算价钱一边担心地问，"小亚，你说我买这么多东西，很多还都是烟酒、饮料，成箱的饼干，还有那些要分给乡亲们的铁罐咖啡、针织商品……这会不会太高调了点？"

李小亚也凑过来看，说："你几十年才回家一次，要是两手空空才奇怪吧？这一点你就不必担心了。"

我不好意思地笑了笑："是啊，是我想太多了。"

小亚想了一下，又说："不过，你年少出国，几十年了才回家，一定有很多人出于好奇心来看望你，你得耐着性子接待一番。对于来的村干部，你可得热情点，毕竟日后碰到解决不了的事情，还得要找他们帮忙呢！"

"明白,小亚,不是我说,你可真是懂得人情世故,这一点,尽管我年长几岁,却差你很多啊。听了你这番话,我原来只打算买三个木箱的礼品带回去,得再增加三个木箱,好歹得给我母亲、亲戚和乡亲们带点咱们这边的特产回去。虽然有点麻烦,但一想到家人,一切都值了。"

"就是,难得回家一趟,多带点东西肯定没错!"

为了弄清明天要买什么东西,我和李小亚又一一确认,详细地记录在本子上。一边弄一边聊天,一直做到深夜,弄出了些眉目,才上床睡觉。

第二天拂晓,我们就乘公交车车到了百慕乐大商场。

时间还早,商场还没有开门,我们就站在商场的大门外,和其他顾客静静地等着入场。十几分钟后,大门开了,我们快步进入。但我们并没有随意购买,而是先逛了一圈,清点出自己想要的物品,之后找到商场的大堂经理。

我对经理说:"经理先生,我要回中国探亲,船期票已经买了,时间比较紧,只有两三天的时间。我打算在你们这里购买所有要带回去的东西,能不能请您安排员工,照我的单子统购商品,再帮助我们运到星洲船务公司装箱打包呢?"

其实我早就知道每家商场都会提供这样的服务,毕竟跑船的时候,也都是用这种方式采买船员的日常生活物品。

果然,大堂经理知道我是大客户后,连忙说:"先生,我们向来都是会为统购商品的客户提供这项服务的,只要您给我们购货清单,我会安排员工照单取货。下午两点,你们过来清点货物就可以了。另外,像您这种大宗购买的,可以打九折。付完款,我们就安排车将货品送到船务公司,您也可以随车同行。"

我点了点头,又叮嘱道:"我买的这些,你可得保证质量啊,绝不能以劣充好!我是要回国送礼的!"

大堂经理立刻拍着胸脯说:"先生请放心,'诚信'是我们商场的原则,绝对包你满意。"

我将购货清单交给经理后,便与李小亚转步入商场一层的茶餐厅,边喝茶聊天边等待。

很快,就到了下午两点。我们离开茶餐厅找到大堂经理。经理带着我们到商场后面的小货场。只见货场上货物整齐地分类堆放着，上面还写清了物品名称和数量，我心里十分高兴。经理将交货单递给我，我们对着单子仔细核对。

货物没有问题，我在大堂收银处付了货款，接过经理签名盖章的收款单。李小亚从我手上拿过收款单看了看，说："柯诚哥，总货款两万多元，价格合适，值了！"

很快，所有货物都被工作人员装到两辆中型货车里，司机载着我们和货物向港务公司星洲旅行社疾驰而去。

到了船务公司，值班工人将车上的货物卸完，我将货单复印件交给打包负责人，又和他们核对物品。确定后，工作人员将货物分类入箱、钉封，整整装了六大箱。工作人员给六个木箱都贴上了星洲旅行社货运的终港标号，直到这时，我才松了口气，终于有了一丝即将回国的真实感。

时间过得很快，不知不觉就到了15号。早上五点半，我便起来了，为了不打扰小亚，我轻手轻脚地打开房门。没想到，他却坐在客厅的沙发上。我疑惑地问："你今天有事吗，怎么起得这么早？"

小亚露出一个微笑，说："咱们好歹是同住了几年的室友，今天是你回国的重要时刻，怎么也得送送你啊！"

"你不去上班吗？"

"放心吧，我和同事已经说好了，他上午替我的班，轮休的时候我再还回来。"

吃早餐的工夫，他又嘱咐了我很多，都是些在路途上要注意安全、财不外露、防人之心不可无之类的话。我知道，毕竟路途遥远，他是怕我吃亏，便一一答应。

吃完饭后，我随手招了一辆出租车，和小亚直奔船务公司的码头入口。这一路，我以为小亚会继续叮嘱我，但自从上了出租车，他就不怎么说话了。我望着窗外闪过的风景，心里竟也涌出一丝丝的惆怅。

早上八点，终于到了等待上船的旅客队伍中。旅客很多，我背着双肩背包，手里拎着手提包，排在队伍的最后登船。李小亚则是站在入口栏杆外，不时地向我挥手。此时此刻，我才切实有了即将离开他的不舍。想来也是，我跑船这么多年，只有这一次登船，外面有个友人来送我，让我体会"离别"。

看着他滞呆的眼神和沮丧的面容，这才想明白，刚才在出租车上，他的沉默是为了什么。一方面是和我一样体会到了"离别"，另一方面是心里羡慕，我能有这么多积蓄荣归故里。而他的工作是在小铺面里做服务员，薪水没有我跑船赚得多，还要努力攒钱，期盼着等经济条件允许后，才能像我这样返回祖国看望母亲和弟弟……

三、踏上回国之路

客货轮发出了"呜呜"的长鸣声，港口码头在我的视线力逐渐远去。慢慢地，小亚的身影看不到了……

在海上航行，如果不看时钟，很容易忽略时间。有时候觉得过了很久，可一看表，只过了一两个小时。有时候望着海面出神，觉得只是恍惚了片刻，可一个下午已经过去了。我站在船舷边的长廊甲板上，无聊地望着波涛起伏的大海。

跑船跑了这么久，这些景色都是我熟悉的，但不同的是，一群游客已经聚集在甲板上，用手里的面包屑逗着随时飞过来的海鸥，那些聪明的鸟儿会追着轮船，获得食物。这可是在货轮上难得看到的休闲场景。

我看得出神，不禁在心里暗想，我在海外浪迹了几十年，和这些在海上漂泊的海鸥又有什么区别呢？扇动着翅膀，一直飞翔在觅食的坎坷道路上，荒乱之年失去父亲，后来为了找生路又失去母爱，在觅食的困境中一边痛苦地成长，一边靠自身的努力长出羽翼……背井、离乡、去国[①]，乃人生最大之痛楚。想着想着，不知何时，已经有泪水爬满了我的脸颊。突然想起，当年下南洋时，走的应该就是这条海上航线。三十年了啊，当初那个瘦小的、躲在木帆船船舱角落里的我，现在坐大轮船准备返回故乡的我，就这样在我的脑海里慢慢地重合到了一起……

离开家乡的那一天，逐渐在脑海中清晰起来。

---

① 去国，是指离开本国、离开故乡。出自冰心的文集《去国》。

那是深秋的某个夜晚，母亲背着行囊，领着我摸黑走了几个小时，才到了小码头。远处小码头上，仅有几盏微弱的灯光。我记得很清楚，那一天的风很大，后来还下起了小雨。虽然只是小雨，却在很远的天边有闪电劈下来，还会传来沉闷的雷声。

母亲带着我向着那微弱的灯光快步走去，深一脚浅一脚地走到海岸边抛锚的木船边上。此时，木船周边已经围了许多背着行李、等待上船的大人，还有很多送行的人。但大家都非常懂规矩，默不作声。

船老板就坐在木帆船旁边，借着煤油灯点名核对船票，乘客拿着行李一个接着一个地上船。母亲拉着我走到队尾，沉默地等候着。

当轮到我的时候，母亲明显紧张起来。她迅速将船票递给船老板，并把我用力往前推了推。

"柯诚？"船老板叫了一下我的名字。

"对。"我母亲忙说，"船老板，这就是我的儿子。他才十几岁，是第一次出家门，我还不能跟着，老板您心善，请您多多帮忙照顾一下啊。"

"晓得了，只是这个后生看着很瘦弱，不知道能不能吃得了苦啊……"船老板上下打量着我，不无担忧地说。

"能吃苦！现在送他出去也是无奈之举啊，留在这里时时刻刻都担心着，送出去还能有一丝希望……"母亲说着，也不禁叹了口气。

母亲所言非虚，虽然当时我岁数小，但还记得国民党抓壮丁的情景。同村的青壮年都是躲的躲，藏的藏，万一被发现了，有些人连同亲人说句话的工夫都没有，就直接被拉走了。

船老板挥了挥手，让我们进去，又开始忙活给后面的人核对船票。

母亲拉着我上船，走进一间又矮又狭窄的宿房里。她一边轻声叮嘱一边帮我铺好床铺，待东西都收拾好后，又弯着腰走了出去，没过一会儿转身返回来。

"小诚，出门在外的，一定要多留神，跟紧几位和善的老乡，外面可比不家里啊。"说着，她将兜里仅有的几枚银圆全部塞进我的手里，"还有，我让村口的教书先生把咱们村的通信地址写在这张纸条上了，你可得收好。找到了安稳的落脚点，要记得给娘捎个信儿……"

我禁不住哭了出来，央求着："娘，我能不能不走啊？我不想去！我留在

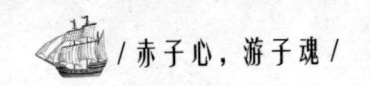

家里不行吗？"

娘也忍不住哽咽道："村子里是什么情况你又不是不知道……乖，要懂事啊。没能把你养大成人，娘也难受，把你送去下南洋也是逼不得已啊，你莫怪娘……"

"娘，这钱我不要！"

"听话，你把银圆和纸条放在贴身的兜里，藏好了，别乱花。记住了吗？"说完，她狠心将我往床位上一推，便快步离开。只留下我独自坐在床上痛哭。

船老板检完船票后走了进来，众人都知道，这是要开船了。

一位大哥连忙拍了拍了我的肩膀，劝慰道："小兄弟，别哭了，快开船了，再看看你的娘亲吧。"

我抽噎着跟随众人来到甲板上，抬头远眺。岸边一片漆黑，只能勉强看出送行队伍的轮廓。我踮起脚尖，想要找到母亲的身影，可惜黑压压一片，根本就看不清。

"娘！"我撕心裂肺地喊出了声，想让母亲听到我的不舍。

"后生，别喊！"船老板连忙制止我，生怕喊声会惊动附近的其他居民。

我捂住了嘴，但还是忍不住流着眼泪。

刚刚那位大哥心善，看我们母子惜别的场景很是不忍，走到我身边安慰道："孩子，你娘真是了不起，在这乱世中还不忘找机会把你送出国，一方面是为了逃脱抓壮丁，另一方面肯定是想让你在国外讨生活，若是做了'南洋客'赚到钱了再回来，那可真是绝处逢生了。"

船老板也接口道："是啊，没条件的人掏光家底都想去呢！你娘真是不容易啊，能抓住这个机会送你出去，以后你就明白了，别哭了啊，小兄弟！"

经过他们不断地劝慰，我的情绪也逐渐平静下来，暗自在心里发誓，一定要闯出点名堂来！

很快，船发出了隆隆的声响，是船工们拉起叉锚的声音。终于，船向前开动了。

此时，在岸上送行的人们再也忍不住了，各自哭喊着亲人的名字。偶尔天空闪过一道闪电，亮光划破长空，岸上的人和船上的人都在这个瞬间相互挥手。

海岸和送行亲人的队伍越来越远，耳畔只能听见船拍击浪花的声响，无时无刻不再提醒我们,它正在加速远去,而我也离故土越来越远……

在茫茫的大海上,这艘船已经航行两天了,这两天风平浪静,整艘船行驶得颇为平稳。我年纪小,在宿舍里待不住,经常在船上到处跑,时不时地和各个员工聊聊天。

"大哥,我听我娘说,咱们得在海上待上半个月,也有可能是一个月,到底多久才能到啊?"

船工笑着说:"后生,别看咱们这艘船叫木帆船,其实也能叫机船,因为安装了发动机。不过咱们这个船小,只有一个发动机,所以啊,不能一直死命地烧。发动机工作了十几个小时,温度就特别高,必须让它停下来冷却几个小时后再重新发动。这几个小时是依靠风帆和惯性来行驶的,所以航速很慢。估摸着,怎么也得二十多天,一个月也有可能。"

就在这时,船老板走了过来,对众人说:"各位,我必须再强调一遍。咱们行船的时间未定,船体又小,能够供我们使用的淡水很有限。希望大家要节约用水,以饮用为主,至于洗澡,只能用湿毛巾擦擦。另外,船上的木柴也很有限,所以咱们的伙食是以腌货为主,每顿饭每个人能分到两勺饭、一小勺咸菜、一小块咸肉或是一块咸鱼,没有炒菜和菜汤,条件艰苦,能够平安抵达就是我们最大的愿望。大家说,好不好?"

刚开始,众人听到条件艰苦时都不禁撇了撇嘴,但后面船老板说得恳切,又真诚又鼓舞人心,大家都不由得被调动起了情绪,纷纷鼓掌,大喊了一声"好"。

船老板又提醒道:"我再多说一句啊,今晚这顿饭大家一定要吃好、吃饱,吃不惯也得吃。从明天开始,咱们的船就进入深海区了,到时候很多人都不习惯,会吐、会吃不下东西,那就麻烦了。"

这天晚上,所有人都按照船老板所言,将分到手的食物全都吃下肚,又饱饱地睡了一觉。果然,到了第二天,海浪就明显大了起来。

浪涛如一堵墙般一排排地翻滚而来,众人已经没有了前两天四处溜达的闲情逸致。有人在大口地呕吐,有人头晕得死去活来,有人躺在床位上被颠得滚了下来……我昨天晚上吃的食物早就吐得一干二净了,还在不断地吐出黄水。那几位睡在我旁边的大人也没比我强多少。众人的呕吐物洒在船板上,臭气难闻。

在巨浪中航行，最大的问题不是呕吐，而是因为呕吐吃不下、喝不下。整艘船上，除了那些老练的船老板和船工之外，其他几乎所有人都直挺挺地躺在船板上。船老板怕众人这样下去会出问题，总是催促着让我们去吃点东西，喝口水。可惜的是，大家只是躺着，一点儿胃口都没有。船工会送过来凉白开，强迫我们喝几口。每个人都变得十分憔悴，眼窝深陷，面色惨白。这种煎熬中，似乎时间会被无限拉长，甚至让我产生了濒死的错觉。有好几次，我都觉得自己要死了，生命在无形地流逝，又被船员送过来的凉白开续上了命……

就这样，船又在深海区里行驶了好几天，我已经逐渐适应了，勉强能吃下一点点东西，虽然还是会再吐出来，但好歹不会因为晕船而丧命了。

这一天，船工们比以往更加忙碌，船老板也肉眼可见地变得兴奋起来。他敲了敲小铜锣，大声喊道："老乡们，咱们已经到了越南岘港的外海了！今天天气好，也没什么风浪，我们准备给大家加餐！"

听到船老板这么说，原本还有气无力地半倚在床位上的众人都来了精神。几位大哥都不敢置信地问："到了？到越南了？那我们是不是就要登岸了？"

船老板肯定地点了点头，说："到越南了，可以在港口处稍作休息。最近这些天，大伙儿都吃不下、睡不好，今天咱们改善伙食，我已经让船工炒了热菜，大家拿上吃饭的家伙，去甲板上吃顿热乎饭吧。"

在船上，为了节省木柴，一直以来都是吃冷食、喝冷水，听到能吃热乎饭，众人都欢呼起来，随即拿出自己的椰壳碗，走到甲板上。此时，船工已经将装满饭菜的铁皮桶放在那里，还没走上前，就闻见了饭菜香。

我感觉自己已经很久没有吃口热乎的了，盛了满满一碗杂粮饭，又加了好几筷子炒肉，浇了一大勺豆芽汤，快步走到旁边，狼吞虎咽地饱餐了一顿。

因为吃得太撑，我在甲板上消食。木帆船已经行驶到越南的外海，这里风平浪静，万里无云。真不敢相信，就在昨天，大海呈现出来的还是一副惊涛骇浪，仿佛随时能把我们这艘小船吞下去的模样。

突然，发动机的轰鸣声突然停了。看样子，它又"罢工"了，得休息大半天才能恢复。

然而，没过多久，船工就跑过来对我们说："发动机出故障了，现在还不知道是哪里的问题，只能顺着水流飘行，等船老板查实后才知道怎么解决。"

众人刚吃饱饭，闻言并不当回事，纷纷走上甲板活络筋骨。

过了一个多小时，船工又跑过来大喊："现在发动机故障严重，已经无法再启动了，需要靠港维修。"

众人不约而同地"啊"了一声，纷纷问道："那怎么办？"

"大家不要乱！这里离越南岘港大概只有十三海里，不算特别远。然而，再过几天就要吹西北风了，如果起风后没有发动机，这艘船就会偏离岘港的方向，被迫南下，离得越远越难停靠！所以，我们唯一的希望是要往岘港市方向驶去。众人拾柴火焰高，望大伙能共渡难关。"

听了这番话后，众人面面相觑。我们根本不知道该怎么做，但都知道事态紧急。如果被风吹得继续南下，很有可能就此迷失方向，什么时候能找到下一个港口可是个未知数，一旦食物和淡水消耗完了，那这一船的人真的会葬身于此。

船工们看众人还在发蒙，便径直走向仓库，从里面拿出十多支木桨和几支摇橹，大喊："现在得靠我们人工划桨，轮流往岸边划！都别愣着了，想要靠岸就得齐心协力，出力气！"

我们这才反应过来，几个身形彪悍的男人已经抢先接过木桨和摇橹，开始众人划桨开大船。其他没有拿到工具的人，都在一旁等着被替换。

然而，船的前进速度非常缓慢。到了黄昏时分，才勉强划行了两公里，十几海里，也就是二十多公里，要是依靠木桨和摇橹划到岸边，至少需要八天。更何况，我们这群人昨天还在大吐特吐，今天才勉强恢复了点体力，如果轮流划船，身体能撑得住吗？所有人都陷入了愁云惨雾当中，为了活命，只能机械地重复着划桨的动作。

天色渐晚，只余下一缕晚霞，就在这时，船老板突然大喊一声："快看！有救了！"

我们都抬眼望过去，只见东边不远处的海面上，竟然有三艘船，应该是深海捕鱼作业的机木船。

"快划！我们得追上它们！"

众人又甩开手脚，有工具的使出了全身力气，没有工具的也在旁边加油鼓劲，恨不得能唱出劳动号子来。很快，我们离那几艘船很近了，只有十几米之遥时，船工们纷纷用手中的摇橹敲击着船板，发出统一的声响。

那边的船工也注意到了我们，便大声喊话。船老板仔细分辨，听出对方说的是广东话，也是中国人，便连说带比划，说明了我们的处境。对方看出我们同是中国人，表示愿意帮忙。

他们的船上有很多渔网，一位个头稍高的中年人手里拿着一卷粗绳，将绳头抛过来。船老板接过来将绳头套在船头的木柱上。对面的船一发动，我们就跟着一起行驶。

所有人都欣喜若狂地齐声喊道："谢谢诸位搭救我们！"

有了牵引力，我们的速度快了很多。正式入夜之际，我们终于成功抵达岘港，那艘船十分关照我们，将我们带入一个小湾码头里。

下了船，船老板拉着渔船师傅的手，不停地表示感谢："真是感谢您的搭救！敢问师傅的尊姓大名？"

"都是中国人，不用这么客气。"他拍着船老板的肩膀，"叫我老李就行，我原籍在广西，父亲那一辈移居到越南这里讨生活。"

"李老哥，还有一个事情要麻烦您。请问，咱们这里有没有修船的地方啊？我这艘船的发动机坏了，所以才在海上漂着，得赶紧找人来维修，要不然这一船人该怎么办啊……"

"这个好说！明天上午你们待在船上，我安排一位会说中文的徒弟，带着修船师傅来找你们。"说完，李师傅也不再寒暄，便回到了自己的船上，紧接着，调转船头离开了。

船老板一听有了解决方法，立刻放松下来，还和我们说："出门在外，难免会遇到困难，每次都是同胞出手相助，真是让人感动。"众人纷纷附和。在异国他乡，来自同胞的雪中送炭能够让我的内心感到格外温暖。

果然，第二天一早，一位会说中文的年轻人带着老师傅上了船。这就是老李口中所说的徒弟和修船师傅了。

徒弟介绍道："这是修理船机的阮师傅，他的修理技术在我们这里是这个！"他边说边竖起大拇指，"有他在，你们就放心吧。"

船老板连忙上前，和他们握手表示感谢。寒暄后，他便带着二人进入发动机的船舱。

我们闲来无事，只能坐在甲板上晒太阳，耐心地等着。两个小时以后，他们终于走了出来。阮师傅忧心地说："这台发动机使用时间过长，又缺少维护，所以零件出了问题。"他叹了口气，"主要是活塞环磨损过大，造成气缸漏气，达不到压缩比，必须更换活塞。"

"在哪里能买到活塞呢？"船老板连忙询问。

"这种机型的配件只有西贡市的内燃机配件店才有得卖，你得找人去买。"

船老板闻言皱了皱眉，立刻露出为难的表情，说："这……我们初来乍到，都不认识路，也不知道该买什么样的。能不能请阮师傅给安排一下啊！"

"我去也行。事先跟你说明白，从这里去西贡非常远，一来一回得需要六七天。另外，这里外币只能使用美元、英镑，如果都没有就必须用我们这里的钱币光洋，你们国家的纸币在这里可没有商家认。"

船老板连忙说："您肯帮忙我们就已经很感激了。这样吧，我先给您适量的光洋，如果不够等你们回来再给补上，如果有剩余就当是您的辛苦钱了。"

"辛苦钱就算了，回来后我给你报账，多退少补。"阮师傅十分敞亮，不屑于赚取这样的差价。

因为这个小插曲，我们在船上静静地度过了几天悠闲时光。有船工天天去市场买蔬菜改善伙食，我也跟着厨工去了两回，用劳动换取一点点零钱。

一周过去了，阮师傅终于回来了。我就看着他们拆机洗件、更换、重新安装……不多时，阮师傅对船老板说："修好了，你发动一下试试看。"

船老板立刻让两位船工下到船舱，没一会儿，发动机便发动起来，烟囱里也不同于以往那样冒黑烟了。

阮师傅又向船老板交代了几句注意事项。船老板牢牢记下，又问起洋元够不够和维修款是多少。阮师傅表示，预付的费用足够了。船老板还想再给他包个红包，却被阮师傅拒绝。船老板也不好太过强求，便委托阮师傅，代他感谢渔船李师傅伸出援助之手救助同胞。阮师傅和年轻徒弟连忙应下，便匆匆下船了。

我们这些人不断地挥手与他们道别。这是我在异国他乡第一次感受到什么叫"同胞情"，竟然是这般暖人心田……

如今，我已经不再是当年那个孤苦无助的少年了。这三十年的光景不仅改变了我的容貌,也改变了我的心境。

转眼间,已经过了一周的时间,轮船将于上午抵达中国大陆K城的港口码头。

船上广播不停地播放着:"请旅客们注意,本轮在K港只停留一天!在K港下船的旅客请抓紧时间办理卸货离船的手续!明天早上五点将准时起锚驶向N港,前往N港的旅客如果需要在K港上岸探友或办事,请抓紧时间,最迟于今天晚上七点前要返回,误时后果自负,谢谢合作!"

随着旅客们陆续离船,整艘客轮瞬间变得空空荡荡的,原来大多数人的目的地是K港。

我突然想到,抵达N港时,我需要办理卸货手续、海关检查、搬运行李,还得把那六个大木箱子运回老家……单凭我一个人很难办到,那该怎么办呢?想至此,我走到播音室的门外敲了几下,向屋里的女播员询问道:"请问您知道K城有可以发电报的地方吗?"

"有。下船后,你沿着主干道一直走,在第一个路口往左拐,再走大概八百米吧,有一栋电讯大楼,特别明显。进去后上二楼,那里就可以发电报了。"

"姑娘,我还想请您帮一个忙,能否帮我措辞一下?我离开家已经太久了,不知道电报怎么写更好……"

她知道我是归国华侨,十分热心,根据我的想法写成简短的、只有两行字的电报文。

我拿着纸条急匆匆地下了船,直奔电讯大楼。果然如那个姑娘所言,电讯大楼很好找,我顺利地走进电讯大楼。这个时间段,大楼里并没有太多人排队,很快就轮到了我。我将那张纸条递给发报员。对方仔细核对了收件人姓名和地址,就发了出去。

电文是这么写的:"小诚坐船归来,请母亲托两位亲人于本月26日至27日在省城海关门口处等候。"

次日清晨五点,轮船拉响了一阵长鸣声缓缓地开动了,过了几个小时,就从内江驶到蓝色的海面上。这一次,真的是离我的家乡越来越近了……

第三章　万水千山锁不住

一、趣语印在脑海里

轮船不断地发出"呜呜"的长鸣，它渐渐地向 N 城大港码头靠近，缓慢地停稳。我提着随身的简装书包急步离开舱舍，往码头入境大厅奔去，排在登岸的队伍中。

不多时，所有人都有条不紊地登上了岸。办完入境手续后，我迫不及待地走出入境大厅。此时，小广场上已经聚集了很多人，个个皆喜形于色，也有上年纪的老者与归来的旅客相拥而泣！

我环顾四周，并没有看到有人举着我的名牌，也没有听到有人喊我的名字，心逐渐沉了下来……难道是家人没有收到电报？又或者是不知道在哪里才能接到我？转念一想，我在电报里说的是在海关门口，亲人可能是去那里接我了，毕竟我得去海关大厅办理托运行李的手续……

想到这里，我再次确定码头大厅外没有来接我的亲人后，便开始在广场上寻找有没有出租车。然而，放眼望去，街上的汽车很少，只有国产三轮摩托车经常经过，有人招呼，三轮摩托车就停下来载着客人离开。看来，这就是"出租车"了。我也向三轮车司机招了招手，坐了上去。

司机很热情地问："去哪儿啊？"

"麻烦去海关。"

转眼间，车子已经到了海关大院的门口，我问："同志，车费是多少钱？"

"七角钱，"他又补充道，"人民币。"

我十分庆幸听从了小亚的话，在新加坡换了很多人民币。思来想去，我掏出一元钱，递给司机师傅。司机师傅接过来，打开钱包准备找零钱。我连

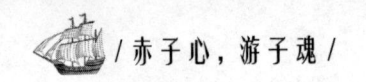

忙说:"师傅,辛苦了,不用找钱了!"

司机先是一愣,反应过来后说:"不,该多少就是多少,我找给你。"

我知道在中国没有"给小费"的习惯,但这已经成为我在新加坡生活的习惯了,忙说:"没事,这是小费。我在国外生活多年,这也是国外的习惯。"

司机又推脱了一番,但我很坚持,他这才颇为感激地挥了挥手,与我道谢后驾车远去。

二、海关庭前遇亲人

下了三轮车,我进入海关的检证大厅。一进去,正面的墙上挂着一幅毛泽东主席的画像,侧墙上写着几条红色标语,其中有一条很显眼:"热烈欢迎海外华侨回国探亲"。一句话,就让我看得不禁热泪盈眶。

海关人员已经站在工位上,无论男女,都戴着大檐帽,着统一服装,显得很正式、很严肃。

排在我前面的旅客依次上前,办理手续。等轮到我时,我将手里的证件恭恭敬敬地交给检证员。

检证员是位女同志,她看了我一眼,双手接过证件并详细地浏览证件与货单,之后在本子上做着记录。

我的心也跟着提了起来,不知道她会询问我什么,或许是带回来的行李数量超重,又或者会盘问我离家前的情况……

然而,片刻之后,她就在我的护照和货单上盖上了蓝色的印章,双手将证件交还给我,还微笑着对我说:"大叔啊,出国几十年才回来,真是太不容易了!国家对华侨十分友好,欢迎您回国,看看故乡的变化!"

直到听到她这么说,我紧张的心情才真正放松下来。

接着,她又对我说:"大叔,托运单上写明的行李箱,会先统一调度到办公大厅的后院里,由海关人员进行检验,估计在明天上午能检查完您的行李!检查完毕之后,您就可以办理手续领走行李箱了。"

办理完入境手续,知晓了提取行李的流程后,我已经可以找旅馆休息了。但没有找到来接的亲人又不死心,便在海关大厅前面的阴凉处站着,想看看是否有人来接我……

正在环顾间,我好像看到有人正高高地举着一个硬牌子,上面写着"柯诚"两个大字,是我的名字!我生怕看错,凑近了些再看,名字下面还有一行小字:"你母亲姚桂花的弟弟——姚鹏"。

我立刻精神抖擞,边走边大声叫喊:"舅舅!姚鹏舅舅!我是柯诚啊!"到后来,我几乎是一路小跑着跑到他的面前。

舅舅现在也已经是六十多岁的人了,当我表明身份后,他先是瞪大双眼,然后上下打量了我一番,嘴里还不住地嘟囔:"可算是回来了!真好啊!"说着,他将名牌交给站在后面一个瘦高个子的男人手上。

"柯诚,我是你舅舅,还记不记得?你小时候我总带着你去地里玩……"他握着我的手,眼角还泛起了泪光。

我努力地回想,很多记忆都已经变得模糊。但这些并不重要,他是我回国后见到的第一个亲人,亲近感油然而生。

紧接着,跟在后面那位瘦高个男人也主动握紧了我的手。我并不认识他,也不知道该怎么称呼。

舅舅赶紧介绍道:"这位是你族内最近的二叔,就是他收到了电报。昨天天刚亮就步行十几公里来家里报信,急急忙忙地,又去找大队文书写证明、买车票。好不容易来到海关附近,都已经是晚上十点多了。幸好昨天就动身了,要不然今天肯定接不到你啊!"

我听了之后,立刻觉得他们为了接到我很是辛苦,感动得不知道该说什么了。

二叔连忙劝说:"小诚刚刚回来,想说的话太多了,还是先找个旅社安顿下来吧。"

我也连忙说:"早上下船时听到船上的广播说,海关大厅的附近有个海轮大厦,不如咱们就去那里投宿吧。"

说着,我们仨坐着三轮车来到了海轮大厦。我开了一个三人间,二叔和舅舅都争先恐后地要付钱。我怎么可能让他们破费?连忙抢先支付了房费。

在服务员的带领下,我们上了七楼,进了客房。这里比我想象的好多了,虽然房里没有卫生间,需要到走廊处共用,但其他设备很齐全。

之后,我们去餐厅吃了午饭。餐厅里很干净、很整洁,每张餐桌上都铺着白色塑料布,有很多服务员摆菜、端饭,忙个不停。我们选了个有风扇的地方坐定,二叔翻了翻菜谱册说:"我们平日里很少在外面吃,需要交粮票,不知道这里是不是也这样……"

这一路上,我听到过同行的旅客说过粮票的事情,也不禁有点担心,生怕给舅舅和二叔增添负担,便连忙招呼服务员询问。没想到,服务员微笑着回答:"华侨是不需要粮票的,和华侨一行的食客都不需要,国家粮食政策是这样规定的。"

听完后,我连连道谢。又对舅舅和二叔说:"咱们国家人口众多,粮票制度就是为了让所有人都有饭吃。每个国家都有自己的政策,不足为怪。"二叔听完,称赞我见多识广。

正在我们闲聊之际,服务员已经端来饭菜。刚才在点菜的时候,二叔和舅舅不愿意铺张浪费,只点了两个素菜,我一看这可不行,他们为了接到我那么辛苦,怎么能不好好款待呢?便连忙增添了几道荤菜,有清蒸鱼、白切鸡、肉丸,还点了一瓶葡萄酒。

几十年了,和亲戚终于再次见面了,这顿饭我们吃得非常尽兴。在和舅舅、二叔交谈的过程中,听到邻桌的食客和我一样,也是刚刚回国的华侨,他们讨论着如何运送行李的事情。我也想到这件事,忙询问舅舅和二叔有什么好办法。二叔觉得财不外露,示意我们回房间再讨论。

吃完饭后,我们回到了房间,二叔问:"小诚,你带了多少行李?是要用大车还是小车?"

我说:"一共有六个木箱子,还挺大的,两个人都抬不动,得需要四个人一起。"

舅舅"啊"了一声:"六个大箱子,还那么重……我看得找一辆卡车才能运回去啊。这样吧,明天咱们先去海关那里看看,是否能为华侨提供货运。如果没有的话,咱们再自己想办法。我认识一位叫大洪的年轻人,在部队当过汽车兵,退伍后转入 D 县曙光国营农场当司机。他常常开车载货往返于农场和省城之间,如果实在找不到车,我就乘车到曙光农场去请他帮忙协调一下!"

第二天一早，我们三个人来到海关货物商检大院，等了一会儿就轮到我了。商检员将六个木箱撬开，对照表上的货物逐项检查后又将箱体封好。

"柯先生，你的国籍是新加坡，应该是首次返回祖国的吧？"

我点了点头，说："是啊，出国已经三十多年了，入新加坡国籍之后，这是我第一次回国。"

商检员"哦"了一声，接着说："先生，如果您是第一次回国，政府有优惠政策，大部分货物都是免税的，只有香烟、洋酒和手表需要纳税，税款总计八十五元人民币，请您到服务台支付一下。"

闻言我吃了一惊，原以为这些货物入境的税费不会低于两千元，想不到国家对初次返回故里的华侨会有这么好的优惠政策。顷刻，我对祖国的感念之情油然而生，连忙说："谢谢，真不知该如何感恩才是！"

"这也是政府的政策好，不是我们个人的优惠。"商检员如实说。

"商检员同志，我顺便问您一下，海关这里有没有地方可以租运车辆呢？我想租辆大车把这六大箱的货物运回老家。"

商检员面露难色，说："柯先生，我们海关的商检部门只有两辆小货车，并没有开通对外运输的业务，你们可以到市运输公司去问问有没有货车。真是对不起啊，先生！"

这当然不是他们的问题。向他们表达感谢之后，我们三个人走到大街旁的树底下，准备打听怎么去运输公司。突然，不远处有位身体壮实的年轻人快步走来，似乎是认识舅舅。

舅舅见到对方，立刻惊呼道："大洪！还真能在省城碰到你啊！"

我想起昨天舅舅说的话，知道这就是在入D县曙光国营农场当司机的年轻人，如果对方有空，就能够帮我把货品运回去了。想到这里，不禁在心里感叹自己的好运气。

"鹏叔，你怎么会来省城的？"大洪知道舅舅很少来省城，所以见到他会觉得很奇怪。

"来来来，我给你介绍一下，"舅舅拉了我一把，"这是我外甥柯诚，刚从新加坡回来。我就是来接他的。柯诚，这就是我昨天跟你说的大洪，他比你

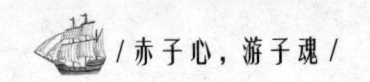

大一点,你叫他洪哥就行。"

"洪哥,你好,初次见面,请您……"

我的话还没说完,就被他打断了:"哎呀,从新加坡来的,那就是归国侨胞了?幸会啊。"

"大洪啊,我也不跟你客套,正好有件事情想找你帮忙。小诚出国几十年,这是第一次回国,带了很多东西要运回咱们村。不知道你能不能和农场的领导去说说,我们付车费,请你用车给运送一下?"

洪哥问:"你们打算什么时候回去?"

姚鹏说:"如果今天能回去最好了!"

"这样吧,我本身来省城是接货的,刚忙活完。这样吧,我现在就回农场,也就两三个小时的车程。如果是付费雇车,领导应该能同意。现在是九点多,一去一回,下午三四点就回到这里了。到时候我直接去海关大院找你们,装货半个钟头,晚上七八点也就回到咱们公社了,那里离你们村已经很近了,怎么都能送回去。这样安排,你们看可以吗?"

我连忙点头称是,舅舅表示感谢。洪哥做事爽利,三言两语交代完毕之后,便热情地与我们挥手道别。

下午两点半,我办理退房手续后,和两位长辈来到海关商检后院,等着洪哥。

我突然想起来小亚在我登船前的各种交代,让海关人员打开一号木箱,拿出几包香烟和咖啡。我撕开烟条,拿出三包香烟和三包咖啡粉,双手递给工作人员:"海关同志,你们太辛苦了,请收下我的小礼物吧,不成敬意!"

三位同志忙摆手拒绝,其中一位督检员说:"柯先生,我们的工作是代表国家海关,为人民服务是我们的职责,你的心意我们领了,但我们有纪律,绝对不收群众的任何礼品!"

闻言,我有些不好意思,但国内有这么廉洁奉公的政府工作人员,着实令人敬佩!

又等了一会儿,一辆卡车驶入大院,是洪哥来了。他停好车,对我们说:"鹏叔,我已经和我们领导申请过了,咱们抓紧时间吧!"

工作人员见货车来了,便安排摇臂起重车过来,六个大木箱就被吊到卡车上。舅舅拉开右侧车门，让我坐在唯一空着的副驾驶座位上，他和二叔到后车箱坐在木箱上。

待全部都安排妥当后，大洪发动了汽车，我看一眼手腕上的表，显示的是下午四点十分。很快，车子就驶离了市区的公路，来到了国防公路上。为了赶路，洪哥一直在不停地加速，但因为卡车的性能，这一路的速度始终保持在六十公里每小时。照着这个速度，洪哥表示，晚上七点多肯定就能到农场了。

刚开始，我还和洪哥没事聊两句，他问问我新加坡是什么样子的，我问问他老家人最近生活怎么样，但道路太颠簸了，驾驶室里的温度也比较高，我逐渐有些困顿。洪哥见状，便让我休息一下。我也实在是坚持不住，便睡了过去……

突然，我感觉到一股子凉意直冲脑门，迷迷瞪瞪地睁眼一看，好家伙，刚刚还万里无云的晴空突然间乌云密布，黑压压的云层向着我们滚来。

洪哥随口向我解释："十月的南方，常常是晌午大太阳，下午就来场大暴雨，我们已经习惯了。"说话间，已有雨点溅击在前挡风玻璃上。他连忙将车停在路边，跳下了车。我也要随他下车，却被他拦住了："你在车上待着就行，这种活你不熟练，别白淋雨。"

我知道，不熟练只会越帮越忙，只好老老实实地坐在车里。洪哥手脚麻利地爬上货箱，从顶架上拖下帆布。坐在货箱上的舅舅和二叔也帮着他张开帆布，并捆绑牢固，将木箱裹得严实。

洪哥回到车上再次发动，对我说："帆布盖上后，就算是下了暴雨也淋不着，你就放心吧。"

我忙问："那舅舅和二叔呢？"

洪哥说："没事，他们穿上雨衣、披上帆布，也不会被淋到。这是雷阵雨，很快就会过去的。"

暴雨来得更猛了，天也更加阴沉，时而有一道闪电将天空划成两半，隆隆的雷鸣声震耳欲聋，使人心惊。好在公路上行驶的车辆不多，就算遇到了也都打开会车灯，相互让路。又开了一段路程，开到云雾山的山脚下。放眼望去，山高弯曲，尽是难走的碎石路面。

大洪的车技非常娴熟，即便下着暴雨，速度提不上来，但他开得很平稳。不多久，车子终于越过了山峰。令我感到惊奇的是，山峰的这一侧，竟然是大晴天。我们的车仿佛是冲过一道雨布，进入一幅美丽的画卷。车子顺着斜坡滑行，很快驶上平路，越开越快。

我终于放松下来，问："洪哥，从这里到公社还有多远？"

"估计晚上七点多一点就能到了。这条路我走过无数次，熟得很，时间上一般差不了太多。"

三、艰难的回村路

果然，七点刚过一点，车子驶入了公社小镇。此时，天已经完全黑了下来。我跟着洪哥下了车，舅舅和二叔也从车厢上跳了下来。小镇上的街道上还没有电灯，只有个别人家点着煤油灯，从窗户里透出一点点微弱的光。

洪哥独自跑到车后，解开帆布绳，我们三个人也跑过去帮忙。

我问他们："这里虽然只是一个小镇字，但夜间也该有路灯照明啊，怎么还没有呢？是没有通电吗？"

舅舅不以为然地说："这可说来话长了。前两年，公社的领导买了一台小型的发电机，发电照明是时间一般在晚上七点到十一点，街道两旁和主要的十字路口都装上了白炽灯泡。没想到啊，前几个月，咱们这里刮台风，安置发电机的瓦房的屋顶被掀翻了，发动机进水了。咱们这里的人啊不懂技术，公家也再筹不出多余的钱运去县城维修，就只能这么摸黑待着了……不说这些闲话了，咱们得马上去供销社买几支手电筒和蜡烛，从公社到咱家，还有一段路呢。"

二叔熟悉路，自告奋勇，去买了两支大号手电筒和一扎蜡烛回来。

待我们重新上车后，洪哥问我："咱们准备走吧！云岭村往哪个方向开啊？"

他这么一问，我直接愣住了。已经三十年没有回过家了，我甚至连家的方向都不知道了……

舅舅连忙接口道："通往村子里的那条村路，多是羊肠山道和田埂道，骑自行车都歪歪扭扭的。我老婆说过，公社这边沿途有生产队，那里手扶拖拉机，只能靠那个，大车进不去。所以啊，大洪，后面的路你就不用送了，也耽误你太长时间了。"

二叔说："是啊，大车肯定是不能再往前开了。况且明天大洪还有工作，不如先将木箱卸下来，咱们自己想办法。别耽误大洪的事儿！"

洪哥摆了摆手，说："不用那么客套，小事一桩！不过，你们卸货得需要人手和工具啊，能找人来帮忙吗？"

舅舅望着车上的大木箱也发愁，突然，他一拍大腿，道："我去公社建筑队找施工组长老李去，我记得他手里有一台专门运送建筑材料的手扶拖拉机。哎呀，就是不知他家在哪……"

二叔也忙提醒说："不妨去办公室看有没有人值班？如果能找到人帮忙传话，就能找到他。"

洪哥说："那你们赶快去，时间越早，就越能找到帮忙的人啊！"

舅舅闻言，立刻打着手电筒，快步往建筑队办公室走去……

等待总是格外漫长，我拿出555香烟，递给洪哥。因为没事情做，我们三个人一根接一根地抽烟……不知过了多久，总算把舅舅等了回来，除了老李之外，还有几个陌生的年轻人。

舅舅跟我们讲述了这一路的过程。最开始，他去村子里询问值班人员，打听老李的住址。没想到，值班人员十分热心，直接带着舅舅去了。见到老李，舅舅说明缘由，老李说这辆拖拉机不是他个人的，是生产队的，他自己做不了主，又带着舅舅去找生产队的黄队长说明情况。黄队长通情达理，嘱咐老李，夜间驾驶拖拉机要格外小心，注意安全，早去早回，并且还说，让生产队的几个小年轻一起来帮忙卸货。

"那费用问题呢？"二叔比较关心费用问题，忙问。

舅舅大手一挥，说："老李说了，他们拖拉机的雇用费有规定，白天每小时十五元，夜间每小时二十五元，如果出现超载、损坏，修理费由咱们出。老李作为司机，夜间工作的工资是五元，那几个年轻人都是来帮忙的，不要钱。但是我想了，每个人也都给一元，别让人家白忙活，最后咱们统一算好了交给老李就行！小诚，你看呢？"

我当然同意了，这些人能来帮我，我还能有什么不同意的呢？

第三章 万水千山锁不住 041

众人忙着搬运箱子，这些箱子非常大，舅舅刚看到时还跟我感慨过，托运的木箱子比他们常见的箱子大很多，所以也给运输带来不小的麻烦。看我们众人都在忙活，洪哥便趁机对我说："行了，我看你这里也布置得差不多了，我也该走了。"

我连忙拉住他，死说活说要让他跟我一起回家，好好张罗他吃顿晚餐。

洪哥笑着说："晚饭就不吃了，我有亲戚就住在这附近，正好去看望一下。"

我掏出钱递给洪哥支付了车费，又拿了两条555香烟和几包咖啡递过去，道："洪哥，今天您帮了我的大忙，这些东西您一定得收下，以表达我的感激之情。"

洪哥收下车费，其他礼品他坚决不收，说："替老乡做事是应该的，怎么能收礼呢？"

双方推来推去，我们几人都执意要给，毕竟麻烦了洪哥这么长时间，而且没有他，我那六大箱子的行李真的是不知道怎么才能运送回来。最终，洪哥在我的坚持下，不得不收下礼物。

洪哥等箱子卸完后便自行离开了。我们需要将箱子放到拖拉机上，但老李和他带来的几位年轻人根本就不让我们插手。没一会儿，三个木箱子就已经安装妥当，并且用绳子捆绑牢靠。因为拖拉机的地方有限，我们只能分两次运输了。

我亲眼目睹了整个过程，再联想到回国之后，遇到的各种事情，对家乡人的高尚品格感到钦佩。其实，从二叔和舅舅的谈话和这两天接触的细节就能看出，老家人民过得还是比较清贫的，所以二叔才会格外在意价格。而像老李、洪哥他们，工作一天，工资只有一两元，那几个年轻人的薪水则更低。即便如此艰苦，在我需要他们帮助的时候，他们都是热心提供帮助，甚至从不讨价还价，不计报酬！这种品质，我并不陌生，在海外漂泊的时候，我曾经无数次陷入过这样的危难中，都是同胞向我伸出了援助之手，我想这就是炎黄子孙特有品质吧……

打包好之后，几个年轻人就准备离开了，我和舅舅拿出早就准备好的555香烟、糖果和零钱递了上去。老李不让他们收，我说，这些都是国外的小零食，在国内买不到，给几个后生带回去尝尝鲜。听了这些话，他们才收下。

之后，老李驾驶着拖拉机，载着我们驶回了村子。家乡的路还是我记忆中的样子，依然是那些砖瓦房，依然是那一草一木。这种陌生的熟悉感在我在进入村口之后，看到了一棵海棠树时达到了顶峰，泪水一下便涌了出来。小时候，那棵树就是我的乐园，它测量着我的身高，陪伴着我春夏秋冬，每到傍晚，我总是搬着凳子坐在树边乘凉，或是和小伙伴们一起玩耍。现如今，树已经很粗壮了，但它始终守在家门口，似乎是在等待着我牵儿带女地回家来！

拖拉机已经停下，二叔和舅舅等人都已经陆续下车，只有我仍愣愣地注视着这棵参天的海棠树。忽然，我跳下拖拉机，跑到它面前，张开双臂，像儿时那样抱着它。树已成材人已老，可怜我在海外的家已经散了，自己也像是大船上落下的一块木头，孤独地从大洋彼岸漂回到了故乡……

就在这时，屋里有个女人将院门打开，举着煤油灯走了出来，好奇地望着我们。

其他人都在帮忙卸货，舅舅拉着我走到女人面前说："这是我妻子，你的舅妈！"

我连忙叫道："哦，舅妈好！舅舅说，这么多年多亏了您照顾我的母亲。"

舅妈看到我，先是打量一番，然后说："回来就好，今天我带姐姐走了很远的路，她很累了，说话有些吃力，正躺在斜椅上等你呢。"

我顾不上其他，连忙跟着舅妈快步走进客厅。在煤油微弱的灯光下，看见母亲歪躺在椅子上，一时间，气血上涌，哭喊道："妈！柯诚回来了！是儿子不孝，对不起你啊！"

母亲听见我喊她，连忙坐起身子，想要借力站起来，却怎么也站不起来。

我忙跑到椅子前，双手搭在母亲的肩上，把头扎在母亲的怀中。

只听她说："小诚，你可算是回来了啊……"

就这一句，让我们母子二人抱头痛哭，似乎只有将这些思念的泪水流尽，才能作罢。舅妈刚开始还在一旁劝和，说母亲身体不好，不能这么哭啊。但谁又能忍得住呢？最后，舅舅长叹一声，拉着舅妈出去忙活了。

哭了一阵后，母亲将我从怀里拉了起来，不断地打量着我。离别时，我还是一个十来岁的少年，经过几十年的蹉跎，我已到中年。她还在哽咽着，一时说不出话来。过了好一会儿，她才缓了过来，问："你在南洋那边娶媳妇了没？"

我不想让母亲担忧，违心地说："儿媳是华人后裔，长得漂亮，和我年龄相仿，生了一儿一女。两个孩子都在上学，现在没放假，不能随我一同回来。"

这番话让老人异常高兴。她一边追溯往事，一边表达着几十年来的思念，说着说着，又哭得难以抑制。母亲的哭声深深地触动着我的心灵，这么多年的思念，重逢的喜悦，都不知从何说起，母子二人再次相拥而泣！

舅舅进来看过两次，见我们还在哭，便上前安慰道："好不容易回来了，是高兴的事情，别哭了。"然后转过头提醒我，"小诚啊，乡亲们听说你回来了，都上门来祝贺了。咱们怎么招待大伙啊？"

住在海轮大厦那一晚，舅舅跟我说了很多母亲在老家这些年的遭遇。我离开之后，母亲独自生活，前几年是在二叔等父亲家那边的亲戚帮衬着。后来母亲的身体越来越不好，舅舅和舅妈就将母亲接到自己家，整个村子的乡亲们都知道母亲的遭遇，平日里也没少帮忙，二叔也会帮忙照看着老房子。父亲的老房子和舅舅家相隔十几公里，不算太远，双方来往很频繁。

听到舅舅这么说，我这才反应过来，必须要好好招待这些经常照顾母亲的乡亲们。我和舅舅一起走出屋子，只见舅妈已经开始用大锅烧水沏茶了。我和舅舅合力将一个箱子撬开，取出咖啡、牛奶、康元饼干、香烟，还有不锈钢桶盆、勺子、茶杯、钥匙等物品。姚鹏舅舅和二叔讲这些礼物分好份，逐一放好。

由于周围太黑了，舅舅问舅妈："咱家还有煤油吗？这儿太黑了，得多点几盏灯才行啊！"

"不用点煤油灯，我这里带回来了汽灯。"我连忙阻止了舅妈准备去拿煤油。这是我在跑船的时候学到的，将少量的煤油倒入汽灯里，绑上灯纱打足气后点燃，亮度和燃烧时间都比煤油灯好很多。我从木箱里取出汽灯，点燃，将光度调节好，整个宅庭都亮了起来。乡亲们没有见过，都觉得稀奇，纷纷围了上来。这些邻居有男有女，有老有少，可我一个人都不认识，但听说我回来就登门拜访的，来者都是客。

没过一会儿，水已经煮沸。舅舅动作麻利，将一包咖啡粉倒入不锈钢盆里，接着倒入开水，搅拌开后又加了三大勺铁罐荷兰奶粉和一大勺白糖。

舅舅学得可真快，我才教会他怎么冲咖啡，只看过一次就会了。

此时，老李已经和乡亲们将其他木箱卸到院子里，我连忙招呼大家都来喝咖啡，并拿出康元饼干让乡亲们一起享用。宅子里没有那么多的凳子，大伙们便都站在院子里。二叔拿着555香烟分发给会抽烟的乡亲们。

我心里不忘母亲，端上一杯热咖啡和一小盘饼干，走进屋内，奉到母亲面前要她享用。

她说："你先去接待乡亲们吧。你不在的这段日子里，他们没少帮我，要多感谢他们！"

我明白老人的意思，又走到院子里和众人唠家常。他们有很多疑问，出国后都经历了什么，国外的生活是怎样的，有没有什么有趣的见闻……我不断地回复，不断地点头示意，对每个人示好。

舅舅将刚才分好份的礼品分发给众人，每个人都拿着一盒香烟、一小包咖啡和一小包饼干陆续离开了。面对老李时，我除了准备两条香烟，还拿出了两个红色信封，对他说："这两份，一个是照黄队长吩咐的给公家的雇车费，另外一份是给你的辛苦钱。"老李推辞一番，在我的再三劝说下，才勉强收下。又喝了一杯咖啡之后，在我的无限感激中，老李开着拖拉机回去了。

时间不早了，乡亲们也都陆续离开了，二叔和二婶也回去了。舅妈为了照顾母亲的情绪，让她早点休息。我睡在客厅旁的小卧房里，那是我小时候来舅舅来我家做客时住的地方，房间被打扫得很干净，桌上放着小煤油灯，还有一盒火柴。床褥也是新的，放在床上。看得出来，尽管很是匆忙，但舅舅和舅妈都把我的归来当作是头等大事来对待。

经过十多天艰辛的长途和今晚艰难的村路，终于回到了家，我带着极度的疲劳睡着了……

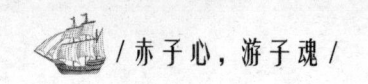

第四章　撩人乡音故国闻

一、绵绵乡情慰人心

翌日早晨，我起床后发现已经有很多客人都来到看望我，还有族亲和生产队长。舅妈已经起来，泡好了茶水招待他们。二叔和二婶也来了，姚鹏舅舅和他们一边给客人上烟，一边将咖啡和康元饼干端出来。院子里的众人热热闹闹地相互问候，见我出来后，他们不断地对我说着祝贺之类的客套话。

我十分感激地说："亲友们上门，来看望我这个几十年流落在外的人，是看得起我。家乡乡情好、人情厚，在我不能照顾老娘的时候，对她百般照料，真是不知道该说些什么了！"

生产队长柯建国走上前来，拍着我的肩膀，说："柯诚哥，我年纪比你小一些，但从小就听说你背井离乡去南洋讨生活，肯定吃了不少的苦。弹指间，已经三十几年了，你们母子之间又断了音信。乡里乡亲的，能帮上一把，谁会拒绝呢？这次你能回来，实在是天大的喜事！这些客套话，就不必多说了！"

上宅二公作为现场最年长的长辈也开口道："柯诚离开家乡几十年了，心里还能装着族里的兄弟姐妹，真是难得，还破费买了这么多东西招待大家……"

说话间，我母亲拄着拐杖从屋里颤颤巍巍地走了出来，我忙搬了把椅子让她坐下。母亲先是向大家问好，又再次表达内心的感激之情，说着说着，又落下泪来。在座的众人几乎都受到了触动，一方面是为了我们母子重逢而感到难得和喜悦，一方面为了个人命运的颠沛流离而感叹。这份浓浓的族情、乡情，深刻地触动了我的心。

我对舅舅和二叔说："我从新加坡买了好多小玩意，麻烦两位长辈和我一起，给乡亲们分分。"

二叔拿来工具，顺着我指的方向将一个大木箱撬开，姚鹏从中拿出相应的布料、围巾等物，连同原本已经取出的咖啡和奶粉，一同放在圆桌上。我抱拳对大家说："感激之情不胜言表，我准备了些小礼品，以表示我对乡亲族亲的深情谢意。"

在客厅和院子里大概有二十多人，二叔忙着数清人数，舅舅将二十多包咖啡分好，男人分了一件短袖衬衣、一件白色背心、一包555香烟，女人在花色多样的布料里选出最喜欢的那块，孩子们则是每个人分到一小包巧克力糖果。

就在这时，有几个人走了进来，我不认识，也不知道该如何称呼。二叔见到后，忙起身去迎，向我介绍道："柯诚，这是大队的李九斗书记，他们都是咱们大队的干部。"

我忙不迭地与他们握手，将他们迎进院子，有几位亲友站起来让座。舅舅端过几杯咖啡，拿出香烟。我拿起火柴，为他们逐个点烟。

他先是看了看我，又环顾四周，清了清嗓子："昨晚就听说了，姚桂花流落在海外的儿子终于回来了，所以我们也特意过来看一下。现在国家实行改革开放，华侨探亲往返自由，回到家乡遇到什么事儿了，也别客套，就来大队里找我。"李书记转头看到了我母亲，又说，"桂花嫂子，近来身体可好？几十年了，儿子能回来，你就好好疗养身体，安心享福吧！"

我娘看了看书记，过了片刻才说："好啊！"

看到母亲的举动，我微微一愣，但碍于宅院里都是人，也没有开口询问。

李书记接着说："柯诚，祖国对华侨一直都很关心的，还出台了很多政策。我们工作在农村基层，文化水平都不太高，如果有什么不周到的，也请你多理解。如果有什么困难，可向我们反映，我们都有义务给你提供帮助。"

李书记的话简短却有力度，让我在心里有了着落。

聊得差不多了，李书记说："今天有缘与大家共品咖啡，有生以来第一次啊。咖啡香、人情暖、乡情浓，实在难得！然而，我们时间有限，不能久留，还得去公社开会呢。柯诚，欢迎回家，日后有空再细聊吧！"说完，他与同行之人与我们分别。

我和二叔、舅舅连忙拿出四个装满礼品的塑料袋，追了上去。

"等一等！李书记！"此时，他们已经走出了十几步远了，二叔不停地喊着他们，"大家等一等！"我和姚鹏舅舅也跟了上来，将四袋礼品要递给他们。然而，李书记摆手拒绝，随行几人也都不肯收。无奈之下，我们也只好不再强求。在海关处，我就对政府工作人员的作风有了些许了解，想不到，乡村干部也是一样的。

待我们回到院子里时，生产队长和族亲们也都准备告辞，要回家去准备午饭了。各人拿着一份小礼品，不断地和我握手，逐渐散去了……

二、摒弃前嫌向前看

院子里又重新恢复了平静，只剩下母亲、二叔、舅舅和我几个家里人。舅妈和二婶已经去厨房忙着做午饭。我这才开口问："娘，刚才人太多，我也不好问，你怎么对李书记的问话爱答不理的？"

娘听了之后，沉默不语。二叔见状，接过话头说："那都是很久之前的事情了。当时你去做了南洋客，你娘留在老家这边，李书记也是个毛头小伙子，刚刚当了基层干部。新官上任三把火，自然要彻查清楚，你娘一不敢说你爹的无头公案，二不知你的真实去向，这不就僵住了吗？"

我若有所思地点了点头，说："原来是这么回事啊。"

舅舅也说："不过，李书记那个人还是不错的，也很会调节邻里矛盾，村里人对他的评价都很高。后来，他当了书记，更是处处作表率，也没有再难为过你娘。柯诚，主要是你母亲心里对你的下落耿耿于怀，所以每次看到李书记，都会想起当年他追问你下落的情景。眼下好了，你们母子团圆了，心中的疙瘩自然就没了！"

我心里也很清楚，母亲当年历经了那么多，有些往事已经成了心结，但正如李书记所说，都已经过去了，不必总是记挂于心。再加之刚才和李书记聊了一番，觉得他这人很不错，对我这个陌生的归国侨胞，说话中处处体现谦恭和关怀，这样平易近人的干部让我很感动。

我对母亲说："以前的事您就不要多想了，既然儿子回来了，人家来看我们是真心的，以前的事儿，都已过去了，就忘了吧！"

母亲听后,也觉得刚才那番话的确有点小题大做,脸上露出一丝不好意思的表情。她叹了口气,说:"我想起当年那桩旧事,言语间就稍微有点不客气了。现在见到小诚,就差儿媳和孙子们了……"

二叔说:"嫂子,你得先养好了身子。没准等柯诚这次回去后,很快就能带着全家回来看望你呢!柯诚回国的路通了,早晚都有这么一天的!"

我有些心虚,不敢多说,生怕露馅儿。

二叔与舅舅又问:"柯诚,当年你离乡去国,之后又发生了什么啊?怎么会和家乡断了联系呢?"

几十年的谋生路,一直很艰苦,每走一步,前面尽是丛林与荆棘。这么多年来,天天都是往前奔,不知道归途究竟在何方。然而,母亲与二叔、舅舅多次询问,让我不得不回忆起几十年来的艰难岁月!

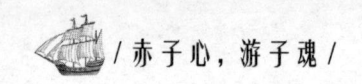

第五章　登上孤岛艰辛路

一、登陆危难

出国那年，我搭乘的船在南海航行中遇到了暴风雨，木机帆船的发动机又发生了故障而不能前行，船老板如何奋力从险情从中捡回一船人的生命。之后遇到好心的同胞，找人帮我们修好了发动机，继续前行。

当时，木机帆船驶到靠近马来西亚北边的海岸附近时，竟然发现有军队的快艇正在沿海防线上，不知道是要做什么。船老板不敢贸然靠岸，只能绕到新加坡岛的沿海线上，在那里靠岸登陆。那时，新加坡还没有独立，是隶属于马来西亚国最南端被内海隔出的岛屿。在动荡年代，很多外来船只都会选择在此地登陆。

然而，面对着荷枪实弹的巡逻海警，我们根本找不到任何能够上岸的缺口。又过了几天，我们只能在海上漂泊着，仍然找不到合适的登陆地点，但就在此时，船上的粮食与淡水都已用尽，柴油也即将用尽……

船老板非常着急，急火攻心，他的嘴唇上起了好几个大燎泡。我们这些跑到海外来讨生活的人，哪里见识过这种场面，都万分无助。

我记得那天下午，船老板突然召集所有船客和船员，声嘶力竭地喊："诸位，眼下已经无计可施了，只能将命运交给老天爷了。接下来，只要在海上遇到了任何一座小岛，为了活下去，我们必须立刻抛锚上岸……只要有岛，不管面积大小，上了岸就可能有野果子，或有淡水，那就有了一线生机。不过，对这种在陌生的小岛上登陆，有很多不确定性，若是真的碰上危险，也请大家在思想上要做好准备……"

所有人都面露难色，甚至有人哭出声来。我虽然是个孩子，但这么多天也经历了不少事，此时此刻，我竟然没有落泪，反而是在胸中涌起一股气。我终于体会到临行前，娘亲的千叮万嘱究竟是为了什么。是啊，我不是出门游玩的，也不是去投亲靠友的，而是要豁出性命去南洋各国讨生活的……

船继续在海上滑行着，船老板指挥着船工利用望远镜寻找能够登录的小岛。突然，天气说变就变，一阵东北风将风帆吹得鼓鼓的，不过半刻钟的样子，乌云便急速向着我们这边压了过来。

果然还是下雨了，且雨势越来越大，鼓满的风帆将船体压歪了一半，船老板果断让船员将风帆降下一半。然而，躲闪不开的巨浪仍旧在摇晃着船体。原本已经停止了晕船反应的众人又开始呕吐不止……

就这样在海上坚持了两三个小时，风雨减小，最后又重新恢复到了万里晴空。在船上待了这么久，我无数次听到船工们说起过，南洋的天气变化万千，时而阳光灿烂，时而风雨交加，自然就不觉得惊讶了。

趁着这阵风平浪静，船老板立刻又将风帆拉满，借着余风继续前行。我问船老板："前面是哪里，咱们到底准备去哪儿登陆呢？"

船老板简短地回答："前面是马六甲海峡。咱们得绕过去，到时候找到合适的地方就上岸。那边华侨很多，如果能顺利登岸，相信能够找到活路。"

不知不觉地，我们顺水又漂流了两个小时，具体漂到哪了？谁都不知道！

这时，站在船栏边的人突然兴奋起来，指着海面激动地大声叫喊着，说看见远处隐约有数座山峦相连。船老板闻声走到那边瞭望，他是位极有航海经验的人，几乎立时便确认那是海上的一座岛山。助手闻言也迅速转换角度，顺着风势向着岛山急驰。

离得近了，岛山的样子越发清楚，我们甚至还能看到，岸边停着很多条木船，说明这并不是一座荒岛，岛上有居民。船老板异常兴奋地说："我们有救了！"众人听到这个好消息，也都打起了精神，去舱舍内拿出自己的行囊，我也赶紧找到自己的行囊，做最后的登岸准备。

终于，我们的船进入了风平浪静的岛湾。岸边站着一些人，有一些是皮肤为棕灰色的本地人，还有一些看上去像是华人。他们说着不同的语种方言，我也听不懂。船员们将船锚抛在水中将船停稳，船老板显然更有经验，他直接用福建话向岸上的人询问，果然，岸上有人用福建话回应。

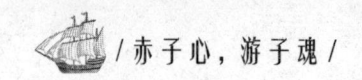

一番交流之后，船老板告诉我们："岸上的人说这座岛叫鲁发岛，隶属印度尼西亚。现在咱们是在这座岛的北面登陆，对面偏西北的方向就是马六甲。多亏了老天爷保佑，我们总算是平安抵岸，此次航程虽然历经波折，但好歹有了好的结果。"

众人发出阵阵的欢呼声，为了这次下南洋的惊险，也为了自己即将开启的新运程。

船老板说："天下没有不散的宴席，我们这艘船的船工们会在岛上停留几天，筹备些粮食和柴油，分别之后就返回祖国了，请诸位拿好自己的行李赶快离船吧！"

海上漂泊一个多月的时间，几乎每个人都是精疲力尽。尽管现在我们已经有整整两天没有吃过东西了，早就饥肠辘辘，却仍是喜出望外，异常亢奋。这就是"希望"的力量。夕阳西下，船客们各自拿着行李，互相牵扶，陆续下船了，大家正在奔向未知的明天……

二、觅食续命

下船的时候，我才发现，因为这几天接连遭遇暴雨，我的行囊已经被打湿了。上岸的途中，我又不慎摔了一跤，行囊更是变得脏污不堪。我心想，这里没有什么重要物品，无须担心。然而，我却忘了里面夹杂着一张记着家乡地址的纸条，正是因为这个事情和变故，导致我数十年和家乡失去联系。不过，这是后话了。

为了自救，众船客即将各自找寻活路。船老板又不放心地大声叮嘱着："这座岛孤悬于海上，物资有限，你们上门去找寻食物时不要聚在一块。如果岛上的居民觉得恐慌，反而什么都找不来了。大家最好分散开来，自找门路！"

听了船老板的嘱咐，众船客一哄而散，但有些在船上相熟的人会选择结伴而行。我还只是个十来岁的青少年，在船上一个多月，因为有船老板的照顾，并没有太过恐慌。眼下，这些还算熟悉的人逐渐远去，胆怯和恐惧立刻占据了心头。

走在我前面的男人面容和善，我不敢乱走，只好紧紧地跟着他。男人看到后问:"小老弟,你跟着我,咱们两个人怎么去讨要食物呢?"

"大哥,我跟着您就是为了壮胆,会和您保持距离。如果住户能给些吃的,你就喊我一声'柯诚',我再上前讨要。如果太少了,我只在暗处等你。"

"算了,出门在外,谁都不容易。你叫柯诚?"

"嗯,大哥您呢?怎么称呼?"

"我叫夏淳。"

没过多久,天已经彻底黑了,整座小岛都几乎陷入黑暗中,我们只好摸着黑四处乱转。走着走着,前方似乎有一点微弱的光亮,夏淳自言自语道:"有光亮,就应该有人住啊。"我也表示赞同,跟着往前走。

可能因为脚步声,刚刚靠近光亮处,一条狗突然狂吠起来。我们被吓了一跳,夏淳忙说:"柯诚,赶紧找根棍子,如果狗冲上来,好歹能抵挡一下。"

我们在黑暗中胡乱抓着,从灌木丛里随意折断了灌木枝,充当武器。此时,已经有两三只狗冲了上来,惊慌中,我们左右开弓,毫无目标地乱打。一时间,几只狗也找不到攻击我们的破绽。

这时,屋子里传来一句福建话,我们没有听懂,只能用中文求饶。对方听到我们说的是中文,便用带着福建方言强调的中文问:"谁啊?打我的狗,都半夜了,是干什么的?"

我们知道,这是遇到同胞了,对方应该是福建人。夏淳连忙说:"主家,我是从中国坐船来这里登岸的,一路辛苦,口干舌燥,想讨杯水喝。同是中国人,给个方便吧!"

主人连忙喝退自家的狗,举着一盏马灯打开了门。在朦胧的灯光下,我看清了对方的样子。那是一个高个男人,肤色黝黑,一看就知道是卖力气的壮汉。

他不断地上下打量着我们,大概猜到了我们的身份,叹了口气:"进来吧。"

我们随着壮汉往里走了二三十步,踏上几个木阶进入宅里。

刚一进去,便看到一位年轻的妇女,面带笑意,看肤色应该是本地人,旁边还坐着有两个孩子,应该是壮汉的妻儿。

客厅很小,我们两个一进去就显得格外拥挤。壮汉让我们别客气,随便坐,然后从里屋提出一个水罐,给我们倒了两杯。

其实,喝水是次要的,但讨要了水,就不好再说讨些饭了。我忐忑不安,时不时地瞄夏淳,希望他能开口。当时的我并不懂,其实讨饭这种事情应该由我这个岁数小的孩子出面,不过这都是后来我才明白的为人处世的道理。

夏淳见我并不开口,无奈之下,只好再问:"老乡,实不相瞒,我们现在还没吃饭,您这里有没有能充饥的东西呢?"

壮汉有些为难:"按理说,都是同胞,你们开口我没有拒绝的道理,可眼下我们家里也没有口粮啊!"

我年纪小,情绪比较外露,一听壮汉这么说,脸立刻垮了下来。

看到我这副表情,他连忙解释:"鲁发岛都是山岭,没有平地,没有水田,所以很少会有大面积农业种植,平日只能以木薯作为主要农作物。这里环海,偶尔也会去捕些鱼来改善生活。我们家里没有存储粮食的习惯,每天都会去园子挖木薯,如果你们不嫌弃只有木薯,就随我一起去挖些回来,煮着吃吧。"

夏淳连忙说:"有木薯吃我们就已经万分感激了,怎么还会嫌弃呢!"

壮汉点了点头,交给我们一把勾刀,自己则是提着灯笼,背着箩筐,扛着锄头,带着我们往园子走去。出门的时候,刚才冲我们狂吠的领头的土狗也忠实地跟在我们身后。

在路上,壮汉告诉我们,他叫吕宁,是福建泉州人,十几年前,他在专门跑南洋运输的货船上当船员,一次出海时遇上了大风暴,船被打翻了,船上所有人都掉进海里。他十分幸运地被海水带着漂到了这座岛上。他的妻子名叫亚秋,当时正在海边拾海螺,看到晕倒在海滩上的吕宁,便救回了家,捡回了一条命。

亚秋是当地岛民,和父母、弟弟一起住在山里的草房里,家里很穷。吕宁身体恢复健康之后,为了表达自己的感激之情,便借住在亚秋家里卖力做工。他用自己的手艺去海边抓鱼改善生活,还用自己在福建老家掌握的木匠技术帮着亚秋家里改善了居住条件。久而久之,亚秋的父母就撮合这对小年轻,但其他亲戚不怎么赞同。因为这座岛的环境相对闭塞,有女儿不嫁外族人的风俗习惯。但亚秋的父母通情达理,觉得女儿的幸福最重要,便为他们举行了十分简单的婚礼,结为夫妻。原本他们都和亚秋的父母住在一起,直到儿女相继出生,才搬到岸边这里搭建了木宅。岸边十分潮湿,所以这一片土地当时还没人居住。吕宁心灵手巧，便在这里搭建了木脚柱的房屋，就是在木屋下面垫上木脚架子，让房子架构离地防潮，又添建了一些台阶。这种架构的房子在我们老家那边比较普遍，所以刚才我和夏淳并不觉得奇怪。但对于鲁发岛的当地人而言，这种房屋结构简直是天方夜谭。

后来，吕宁的手艺得到了岛上当地人的认可，常常会有人因为建房子找他去帮忙，他也就借此赚点钱。除此之外，他平时主要还是以种植木薯、打渔为生，一家人过得也算不错了……

而我们也给他讲述了中国老家正在遭遇着战火，下南洋实属是无奈之举。在海上漂泊了一个多月，吃了很多苦，无路可走，希望能在这里扎下根来……

听到这里，吕宁长叹了口气，说："这谈何容易啊，这座岛很是闭塞，没有船，交通不易，物资也很有限。这座岛上大部分人都是靠山吃山，靠水吃水，也是苦得很，想要在这里发迹，衣锦还乡，当然不行啊……"

正说着，我们走进了他所说的园子，里面长着又粗又高的木薯。吕宁介绍说，这里除了木薯不分季节，随时都能够挖掘和栽种，甘薯与番薯要分季节。恰好现在正是收获的时节，他问我们喜欢吃哪种？

我们本来就是来讨要食物的，怎么可能再多做要求？吕宁是个好客之人，便每种都挖了一些，木薯、甘薯、番薯装了满满一箩筐。他又从我手中接过勾刀，将木薯干砍去头尾充当扁担。我年纪小，力气也小，便提灯走在前面，他们二人合力抬着箩筐跟在后面。那只狗也很有灵性地跟在我们左右，翘起尾巴，一起返回住宅。

亚秋看到我们回来，便去厨房处理木薯，没一会儿就端着一筐热气腾腾的木薯走进小厅来，放在桌上。闻着这扑鼻的香气，我和夏淳再也按捺不住，尤其是我，拼命咽着口水。

亚秋冲着我们点头示意一下，便要带着孩子进入里屋。我很想感谢她，但不太会说他们那边的语言，只好合十双掌，微微鞠躬。吕宁则张罗着，让我们别客气，说完，他就回里屋去了。刚才去园子挖木薯是个力气活，我以为他是累到了，而此时，我满心都想着赶紧吃饭，根本不会计较主家要做什么。

狭小的客厅里只有我和夏淳两个人席地而坐，饭桌上，薯是热的，水是

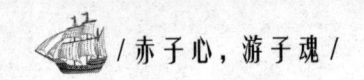

温的,在如此绝境中,能遇到心善的同胞,能吃到一顿热乎饭,已经是非常幸运的事情了。

夏淳一边吃一边感慨:"柯诚,咱们初来乍到,能碰到同胞,真是老天爷保佑……"

我倒没想那么多,问:"淳哥,咱们一会儿睡哪里啊?"

"果然是小孩子,除了吃就是睡。"夏淳开着玩笑,也不禁打量起这座小小的木宅,"实在不行,咱们就用随身带的粗布,在外面的树底下凑合一宿吧。已经给吕宁兄添了不少麻烦了……"

我点头称是:"淳哥怎么说,我就怎么做!"

"怎么能让你们睡外面呢?"吕宁又走了出来,手上还拿着一卷草席,恰好听到我们的谈话,"睡在外面,有可能会被蛇蝎咬到,否则我们怎么会搭浮脚宅呢?"

一听到有毒蛇,我立刻被吓得瑟缩了一下。

"一会儿把桌椅放到一边,你们就在地板上铺上草席!对了,亚秋烧好了热水,你们也去冲个热水澡,赶紧睡吧。"

吕宁考虑得如此周到,我们二人不免再次感激一番。就这样,我们度过了登陆后的第一个夜晚。

三、找工求生

第二天天刚亮,淳哥便醒了,翻身对我说:"柯诚,赶紧起来吧,咱们睡在人家客厅,到底不方便。"我听了觉得有道理,连忙起身收拾铺盖,又将桌椅搬回到原处,然后便老老实实地坐在那里。

又过了个把钟头,吕宁才从里屋走出来,看见我们都已经收拾妥当,惊讶地问:"怎么这么早就起来了?不再多睡会儿?"

淳哥说:"借宿是无奈之举,怎么好再给你添麻烦呢?再说了,我们也忧心去哪里找营生,得解决糊口问题啊!吕宁兄,能否给我们指点指点?"

吕宁想了想,道:"指点可谈不上,但我知道有一些比较艰苦的工作,你们能做吗?"

"什么工作?"

"这座岛的南边有个小弯溪,弯溪两侧都是山岭,长着密密麻麻的参天古树,那可都是烧木炭的好材料。木炭场场主是和我一同经历海难的福建人,姓李,现在大家都叫他李老板了。他很聪明,登岛之后,考察一番,就发现这里是经营炭场的好地方,便花钱建造露天灶,雇佣六七个本地人砍树、烧木炭,后来也收了几个中国同胞,也都和你们一样,是逃难的过程中偶然寻来的。想让他接受你们不难,难的是烧炭这个工作比较辛苦,怕你们做不了,尤其是这位小兄弟……"

夏淳连忙说:"我们初来乍到,不管多么辛苦,也都得试试看。在你的家里借住,也不是长久之计,如果你今天有空,能不能带我们去见见那位李老板?"

"这个没问题,先吃早饭吧,吃完饭我带你们去!"

早饭仍然是昨天抬回来的木薯,亚秋又用小海鱼熬了点鱼汤,十分美味。

吃过早饭,急着找营生的我们打理好行囊,又和亚秋点头致谢,便跟着吕宁一起向着炭场奔去。

沿着海岸边崎岖的山路,我们三个人步履蹒跚,缓速前行,刚开始,吕宁还给我们介绍一下炭场的情况,到后来,三个人谁都不说话了。待赶到炭场时,太阳已经高高地挂在当空,已经到正午了。远远地,我们就看到炭场正中坐着一位中年人,他手里拿着本子,一边写字记录,一边指挥场工扛木炭。

吕宁向我们介绍:"那位就是李老板。"说完,他又高声喊了一声"李老板"。

李老板闻声看过来,诧异地说:"是老吕啊!什么风把你吹到我这儿来了?"

吕宁说:"李老板,这两位难弟也是中国同胞,他们坐船下南洋,结果路上遇到危险,在咱们岛上登陆。人生地不熟,昨天晚上好不容易找到我家借宿了一晚……逃难之人,想找营生先糊口,我只好带他们来投奔你了……"

三言两语就道出了我们的苦难境地,我和夏淳也忙不迭地点头,希望李老板能看在都是同胞的份上收留我们。

李老板也是见多识广之人,或许也是遇到过与我们有类似经历的同胞,闻言,他长叹口气:"你这么一说我就知道了,危难之际能漂到鲁发岛上,也算是天意吧。若是再拖延几日,恐怕这艘船的人都要葬身大海了……"

吕宁也说:"可不是!他们那船人在海上漂泊数日才勉强登岸,既然是同

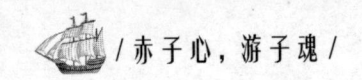

胞，眼下又流落海外，若是您不帮一把，他们想要度日也艰难啊。"

在我们三个人殷切的目光中，李老板坦白地说："说实话，收留他们不是不行，但丑话得说在前面。辛苦不必多说，我这个炭场就是个小产业，真正有收入得等到把木炭平安地运出去，收到货款之后才行。咱们没有那么多正经的手续，所以海运时也得躲着海警，曾经就因为没有办法运输木炭而几个月没有收入！别说发薪水了，为了维持生活，也得和老吕你一样，去挖木薯、打渔。如果再碰上欠着运费的船主上门追款，我都有心当裤子去还债了……你们看我这个老板可怜不可怜？"

吕宁可能也没想到做小产业会有这么多门道和风险，面露难色。

李老板继续说："不过，既然你带了两位同胞来投奔我，我肯定不能推辞。不过，做成什么样，有多少生意，我没办法给你们保证。如果遇到难题就得共渡难关，你们不能有怨言，有什么吃什么。能做到这一点，你们就留下，不知你们愿不愿意？"

我还有点犹豫，但夏淳连忙捅了我一下，道："愿意！李老板，我叫夏淳，这个小孩也是和我坐同一艘船过来的，叫柯诚。我们一定好好工作。"

吕宁松了口气："这可太好了！能给你们找到栖身之所，也算我尽了一片心。老夏，这就是个起点，之后你就多努力，会好起来的。柯诚还是孩子，麻烦李老板也多照顾着点。"

"那是自然！"李老板一听我们欣然接受，也就不再多言。

自此，我和淳哥在炭场做烧炭工，就住在炭场的草寮里，挣扎求生。

第六章　炭场艰辛的日子

一、安排今天上岗　却又闷着待工

　　加入炭场的当天，李老板便给我们分配了任务，淳哥年轻力壮，上山砍木，我还小，就在炭灶间和其他工友轮流看着火的燃烧情况。

　　第二天一早，找到新工作的我正准备大干一场的时候，天空竟突然开始下起了瓢泼大雨。活儿也不能干了，我们只好躲在草寮里避雨。刚开始，还有两个人在炭灶口的蓬盖下看着火，最后封灶门。三号灶因为昨天刚刚被清理，并没有点火，就没派人看着。

　　这场雨下了一天都没有停下的迹象，到了晚上，三号灶突然发出轰隆一声巨响，在草寮里避雨的工友们都匆忙跑了出去，三号灶竟然塌了。

　　片刻之后，李老板匆忙赶来，查看一番后皱着眉，说："先不管三号灶了，得把燃火的两个炭灶处理好，今晚九点封灶、闷炭，后天好歹能出一批。明天大伙儿都辛苦一下，合力修复三号灶。"

　　雨终于渐渐地停了下来，天也全黑了，只有草寮房那边透出一点煤油灯的微光。工友们一起进入伙房，坐在竹条椅上。大部分的工友是少言寡语的本地人，此外，还有一位本地姑娘来这里做厨娘，名叫阿罕。她只有十七八岁，年轻漂亮，就是肤色偏黄棕色，说话时轻声细语，带着笑意。

　　炭场里的几位华人，包括李老板，都是下南洋时偶然闯入的游子。用餐时，李老板会用我听不懂的印尼话与本地人交谈，他们会带点笑意予以回应。看样子，李老板与当地人很熟络。

　　今天的晚餐还是木薯和汤，众人都低头吃饭。还是相同的饭，而且今天几乎没怎么干活，我也不怎么饿，所以在吃饭时总是忍不住好奇地抬头，打量四周。无意间,竟然发现李老板与阿罕总是对视,姑娘水灵灵的眼睛脉脉含情,李老板有时候甚至看着她发愣。尽管我还是个小孩,但也懂得李老板与阿罕姑娘之间有着说不清的情愫。

看着眼前一成不变的木薯,李老板突然心生感慨,用中文对在场的华人说:"最近这段时日,让你们跟着我受苦了!海上不太平,咱们的炭运不出去,赚不到钱,只能顿顿吃木薯。但这个小产业,已经让我投入了所有,想另找生路都不容易。你们则不同,哪里有出路就去哪里,如果你们找到了,该走就走!"

这一番话,本地人听不懂,但在场的同胞都明白,脸上都露出动容的神情。李老板是个通情达理的人,并不仗着自己曾经在苦难时给了同胞落脚之地而挟恩自重,还能设身处地地为同胞们着想。我听出了李老板的言外之意,他是打算在这里扎根了,想娶阿罕姑娘做老婆,就像吕宁和亚秋那样。但当我和淳哥说了自己的想法之后,淳哥反而教育我,说我这个小孩子懂什么是情情爱爱?我心想,别看我年纪小,当年在老家时,很多青年男女在我家村口的海棠树下诉说心事的情景也没少见,但眼下也不再提及此事了。

二、找寻到了驻脚点　拼命求生有希望

竹条床十分坚硬且凹凸不平,再加上夜间蚊虫多,我睡得并不安稳,直到天亮了,才勉强睡着。

第二天,阳光透过栏杆照在床上。淳哥推了推我:"小诚,起床吧。工友们都起来忙活了一个多小时了。也就是看你还是个孩子,李老板特意让我现在才来叫醒你。"

我听到这话,慌忙起床,穿好衣服就往塌崩的炭灶跑去。李老板昨天说过,今天大伙儿要合力修复三号炭灶。

等我赶到时,聚在炭灶周围的工友已经在工作了,每个人都在忙碌着。我知道自己起晚了,又是第一天上工,所以只能更加卖力。

太阳越升越高,毕竟是体力活,也就过了一个多小时,我就累得满身大汗。淳哥与我刚来,还没拿到草笠,被这毒日晒得越来越难受,为了遮阳,

我只好脱掉短袖背心披在头上。

又过了一两个小时，在烈日下卖苦力的工友们已是口渴难耐，但所有人都没有发出任何抱怨。淳哥告诉我，看样子李老板平日待大家非常友善，赢得了所有人的尊重和信任。但我除了口渴，已经无力去想任何事情了。

到了中午，李老板与阿罕姑娘合力将一大筐食物抬了过来。李老板的手里还提着一个陶壶，应该是解暑的凉白开。他们边走边笑，在离炭灶约三十多米远的一棵大树底下放好东西，然后招呼道："工友们，过来吃饭！"

众人都放下手上的活儿，陆续走到大树底下。顺着大树所在的斜坡往前走一小段路便是小弯溪，有人走到岸边用手舀水冲洗身上的污泥，有人直接脱掉衣服，蹚进半腰的溪流里冲洗。我早饭就没吃，现在饥肠辘辘，匆匆洗了手脚就去看午饭是什么。

阿罕姑娘从大箩筐里拿出十几个椰壳碗，又拿出煮熟的木薯和苞麦（玉米），还有用树叶包着的咸菜。已经连着吃了好几天的木薯了，能够吃到玉米，已经算是改善伙食了。我吃得不亦乐乎。

李老板说："这段时间，难为诸位天天只能吃这些粗粮了。想要解决困境，就必须租到船去马六甲市出售木炭，换到一笔资金后就能买回大米和肉，还有其他食品。不仅能改善生活条件，还能给大家发放工资。"

一听到有大米和肉，还有工资，我忍不住幻想起来，有多久没有吃到大米和肉了啊。

李老板继续鼓励道："所以，今天得赶紧筑好炭灶。明天，你们将一、二号灶的木炭搬运出灶，用草袋包装好放进仓库里。我要出去找船运炭，这几天的工作就交给温师傅。"说完，他看了一眼阿罕姑娘，就离开了。

被李老板点到名的温师傅冲众人点了点头，他看上去三十多岁，从言行举止便能看出是位稳重踏实的人。

吃完午饭后，我们在温师傅的带领下继续筑灶。尽管李老板不在，工友们的劳动热情毫不减退，直到下午五点，炭灶终于封顶了，灶侧的烟囱也筑好了。

第二天，我吸取昨天的教训，没有赖床，跟着大人们一起起来干活。今天一、二号炭灶要出炭，年长的工友提醒我要穿黑色衣裤。

待大家都围在炭灶边后,温师傅说:"出炭并不需要重劳力,只是灶里温度高,得打开灶门降温,一定要确保温度降低后才能入灶做工。黑炭会弄脏衣服,所以今天特意让你们都穿了黑色衣服。除此之外,李老板还特意为大家准备了口罩,做工时必须挂上。只要出灶的木炭能够安全运出去就有工资了,就能改善生活了,所以请大家务必要坚持下去啊!"

温师傅将工友们分成二组分别负责两个灶,夏淳分在一灶,我分在二灶。因为我和淳哥是新人,温师傅又指点了一番,让我们跟着老工友学着做。

两位有经验的工友先是从草寮仓库里扛出两大捆草袋,分别放在二个灶门旁边。

一、二号灶在前天就已经熄火了,为了闷炭,从烟囱到灶门都用泥浆封得严严实实。工友用木棍撬开灶门并将灶泥砖全部搬离,他告诫我们,刚刚开封时温度很高,得等一两个小时候才能进入。

终于,温度降下来了,我们进入灶门,就看到原本一段段碗口粗的优质圆木已经被烧成了乌黑的炭条,整齐地叠放在灶里。果然像李老板所说是"黑金"啊!

温师傅看到我很好奇,便解释道:"烧炭闷炭是一门技术活儿,没有经过千锤百炼还真做不出来。李老板的老家在福建山区,从小就跟着家里的大人在炭场,学到了不少经验。要不然,他怎么敢拿出所有积蓄建造炭场呢?只有这种整条的炭质量才高,所以马六甲市的生意人加钱都愿意买咱家的木炭呢!"

两组工友们排成两队,第一个人从灶里取出的炭条,一个接一个传出去,为了避免扬尘,在外面负责包装的人会将炭条一头支在地上,用粗木棍轻轻敲击后,炭条就断成几截了,这才放入草袋里。

就这样,我们除了吃午饭,一直忙不迭地干到了晚上,全凭着毅力和信念。待一整天的工作完成后,衣服已经被汗水湿透了。我们照旧去小弯溪里清洗,就在这时,阿芊姑娘突然朝远方奔去。

顺着她的方向,只见一肩挑着东西,手里还抱着小竹箩的李老板回来了,后边跟着一位同样挑着东西的本地人。

三、老板设法去找船　带回了生活喜讯

李老板刚回来，就对众人宣布了一个好消息！

这次李老板去马六甲海峡的港湾碰运气，没想到，竟然遇上一位本土朋友。他告诉李老板，离这里不远有个湾埠点，那里有个利加岛，岛上有位早年定居于此的中国汕头人，他有一艘货载量为二十吨的二手机帆两用木货船，专门在这附近的海域上跑运输，帮助炭场运输木炭绰绰有余。于是，他便和本土朋友一起去寻找那位汕头船老板。这一路的艰辛自不必说，没有客船去利加岛，他和当地朋友只能依靠双手摇着船桨，拼尽全力划到利加岛。幸而这段路程没有那么远，只有十几公里，但也花费了数个小时，两个人累得精疲力尽才到达。

然而，船老板并不在家，已经出海跑运输了，只有老板娘独自在家。老板娘是位马来西亚当地的人，因为丈夫是中国人，所以待李老板非常友好。她代替船老板接受了这单生意，并向李老板介绍了那艘货船的航线。听她说，大概再过三四天就会经过我们所在的岛屿，于是，李老板便赶紧回来准备货源。毕竟，他和本地朋友还得靠双手划船回到鲁发岛。

当时天色已晚，老板娘看他们已经累到极限，便留他们吃饭，准备的菜肴十分丰盛。李老板念及我们这群工友还在岛上天天吃木薯和玉米，便询问老板娘家里还有多少食品，希望她能按照市场价格转让一些，以解燃眉之急。

老板娘清点了一下，竟然拿出三十斤泰国大米，两斤花生油，四瓶酒，两斤熟牛肉，两斤腌猪肉，一小竹箩鸭蛋和十多斤萝卜。又听说李老板现在因为货物卖不出去，资金并不充足，还特意说等结算运费时一起支付。

李老板对老板娘表达了一番感激之情。他知道，那位船老板一定是个有本事的人，光看这间修建得不错的宅院，再加上家里清点出来的食物，就知道对方靠着跑船赚了不少钱。

就这样，李老板和本地朋友带着所有的物品回到了炭场。下船时，本地朋友还特意找来自己的朋友，帮着他挑货回炭场……

听到李老板讲述了自己这番遭遇之后，众人都感慨此行真是太不容易了，但同时，大家也被有了货船可以将木炭运出去的消息所激励着，毕竟卖出了

货就代表着能拿到工钱了，工友们都发出阵阵欢呼声。

李老板又说："这次带回来不少吃的，今天晚上咱们加菜，改善伙食。大家都来帮着阿罕姑娘做晚饭去吧！"

听到老板这么说，众人都热情高涨，有的进厨房帮忙炒菜，有的在空场上择菜。我年纪小还不太会做饭，只能跟着淳哥到厨房当杂工。

很快，菜就被端了出来，白切鸭、咸肉炒萝卜丝、萝卜块煮咸肉汤、牛肉炒菠菜、鸡蛋羹、水煮蛋……众人齐坐一桌，李老板拿出了一瓶山兰酒，本地人好酒，不先吃菜，反而一杯接一杯地喝着。我不会喝酒，只是忙不迭地夹菜，想要一次吃个够。

酒过三巡菜过五味，李老板见众人已经有了醉意，说："今天已经吃好，明天我们还有新的工作要做，大家都早点休息吧。"说完，他扶着已经喝醉的阿罕姑娘回家，过了很久，才见他返回……

清晨七点，我起床后往窗外一看，李老板早就坐在空地处等着了。昨晚，工友们都喝醉了，现在还都在呼呼大睡。我连忙叫醒工友们："快起床吧，李老板已经来了！"在我的叫喊声中，工友们才迷迷糊糊地起床，洗漱过后，清醒过来的众人快速到大树底下集合。

李老板对众人说："既然我们马上要将炭条运出去了，那就需要新的树木填进来，继续烧炭。这样，上午咱们就先整理炭条，中午船老板会来这里上货，诸位齐心合力，搬运木炭。下午淳哥带着工友上山砍木，留一人帮温师傅继续烘烤炉灶，添加木料。望两位师傅多照看一下，工友们必须配合师傅的指挥，安全第一啊！"

上午的工作并不辛苦，主要是将炭条打包、清理数量。这个工作并不辛苦，主要就是用草绳将炭条捆绑结实，避免在搬运和运输的过程中散掉。众人的进度非常快，完成之后，阿罕姑娘就做好了午饭。今天的午饭已经不是木薯了，吃大米饭和炒菜。说实话，连续吃了好多天的木薯，我真的是有些怕了，倒不是挑食，而是木薯吃多了，肚子会胀，特别不舒服。

吃过午饭后没多久，一艘机帆木船徐徐地驶进小弯溪。船舱里走出一位强健的汉子和一位青年小伙。李老板知道，这就是船老板和他的助手了，他快步赶到岸边，冲着他们挥手。

虽然他们没见过面，却因为都是中国人而一见如故。两个人相互交代了运输的货物、重量和费用。我们这些工友开始搬运起来，每人搬一包，可是不搬不知道，一搬吓一跳，一包五十多斤的木炭对我来说实在是太重了。我弯腰背了十几步，实在走不动了，只好又将木炭放下，用双手抓着草袋的两角在地上拖行，没走几步，草袋的底下就开了口，火炭都掉在地上！

我心里一惊。我知道，木炭想要卖出高价，就必须保证它的完整度，如果被摔裂了，会大打折扣的。被老板看到，不知道会不会挨骂啊……

李老板看到我拖行费劲，就走到我身边，但他并没有训斥我，而是帮我将这袋炭抬进船舱。就在我担心之际，他说："你不用背炭了，待会儿我有其他的任务交给你。"

终于，炭货全部装运上船，我没有活儿干，也不知道待会的任务是什么，只能跟着李老板跑前跑后。最后，李老板对我说："柯诚，你个子小干不了体力活，但你也有个优势，到了马六甲市跑腿串户最方便。我想安排你跟我上船跟货，不知道你愿不愿意？"

我忙不迭地点头，表示同意。我深知，这是李老板对我的器重，只会对他更加感激！

四、船过马六甲海峡　难料的复杂情景

随着船机隆隆作响，船开动了。船老板端坐在驾驶室中央，老练地撑着方向盘。船尾掀起翻滚的浪花，机船渐渐地远去了。

李老板问："咱们这艘船现在是往马六甲的方向开吧？"

船老板道："不是，我得先去都迈市。"

在行船中，他向我们介绍了他的经历。其实找他运输的货物客源不算特别多，单靠跑货物运输根本就赚不到什么钱。但是船老板的脑子很活泛，这片海域上有数十座岛屿，岛和岛之间的客船少之又少，有很多航向路程不远，根本就没有所谓的客船，想要去就只能像李老板那样，靠人力划船过去，所以他就在大小岛屿中间运送客人，充当客轮，靠船客的船票赚钱。他这次的

任务是去都迈市接送已经约好的客人。能够顺道带上李老板的货物，实属偶然。不过这种生意也不好做，据他所说，运送客人得掌握好时间和情况，否则会出大问题。

李老板十分疑惑："会出什么问题啊？"

"你看啊，咱们这艘船应该算是印尼的货船，可是你要去的马六甲市是马来西亚国的领土，这就涉及是否有护照的问题，只不过，现在时局比较混乱，没有人管罢了。同样，运输货物也涉及了两个国家的海关问题，像你这种小本买卖，得交到十五个点的税呢。"

经过船老板这么说，李老板才明白其中的利害关系，忙问船老板的意见："船老板，那我这批货如果运送到马六甲市后，该怎么办才好呢？我这只是小本经营啊……"

船老板想了想，说："其实你也不用太过担心，就像我所说的，现在时局混乱，几乎没人管，只要找到买主就没问题。我在马六甲市里认识一位菜农，他家住在马六甲附近的小村庄里。那个小村庄靠近海边，村里有红土公路能通到马六甲市区。我建议，就在那个村子附近的海域卸货，菜农也能帮忙找人来运货，让他帮忙想想办法，看能不能直接找到买主。"

李老板连忙表示感谢，同意了船老板的建议。同胞之间，总是最能设身处地为人着想的。

经过两个多小时的航行，货船顺利抵达都迈市码头。虽被称为码头，但这里根本就没有什么特别像样的建筑。总之，这个码头给人的感觉太萧条了。而且，码头上活动的人很少，根本就没看到船老板口中的船客。

船老板看出我们的疑虑，便说："既来之则安之，你们在这里耐心等等。我和助手去市菜买些东西回来做饭，你们可以去船舱里暂时休息，等我们回来再作理会。"

闲来无事，我和李老板走到船厅，各自依着椅背闭眼休息。也就过了半个小时，他们回来了。东西买了不少，看着他们准备饭菜，我有些过意不去，提出帮忙，但被他们谢绝了。

终于开饭了，饭菜十分丰盛，令人垂涎不已。我们围坐在桌边，大快朵颐。

就在我们吃饭之际，岸上陆续来了七八个人，助手忙去撑篙将船渡到板桥旁。看来,他们就是来搭船的旅客了。

六点整,准时开船。此时天色虽暗,但海面风平浪静,能看到远近数不清的渔舟,灯光点点地游动着。船老板对时间的掌控非常精准,船已经靠近马六甲市的海岸边了。当货船关灯后慢慢进入村溪沟停下来时,正好是晚上九点。

助手分别用印尼话和中文对旅客们交代:"这里离村有一公里,往村口走两公里是去马六甲市的大道,现在公交车还没停,还有机动和脚踏三轮车往来行驶,你们去搭车时不要说是刚下船的,要不然会有被海关巡夜船扣住的风险。你们要零星地出去,不可一拥而上!明天返回必须在中午十二点半前到这里集合,一点准时开船离岸。还有一点,旅客们从市区返回时,坐三轮车只能在村口外下车,步行入村,避免暴露船舶的目标位置!"

这一番话将注意事项交代得清楚明白,旅客走后,船老板让助手留守看船,让我和李老板一起去菜农家中详谈卖炭的事情。

为了不引人注意,我们三个人相隔十几步来到菜农家门口。他轻轻敲门,菜农开门出来,一见船老板便知其来意。他带着我们一起向外走去,并没有让我们在家中多做停留。走出了几百米后,村路上迎面驶来一辆机动三轮车村。菜农忙拦住他,说自己有朋友来访,聊得太晚了,现在需要赶回市区,请车夫行个方便。车夫一见有生意做,自然是连声应下。

三轮车上了市郊大道后,菜农让车夫开到市中心的鸡场街西。到了地方,菜农带领我们走了十几分钟,来到一家名叫"鸿大酒店"的酒店门口。

听菜农介绍,鸿大酒店的老板是华人后裔,在当地的生意做得很大,应该能做成木炭生意。菜农是这里的熟人,服务员一见他,就把我们领到了经理室,并且端上茶水。

坐定之后,酒店老板开门见山地问:"怎么,又有什么好生意了?"

菜农指着我们,说:"这几位都是我的朋友,在鲁发岛以经营木炭为主。他们手上一百多袋优质木炭的现货,你们长期兼做木炭买卖,是否有意向啊?"

店老板听后想了想,说:"你们来得不是时候,眼下我们的库存还挺多的!如果你们的价格低,每斤低于四角可以收,如果比这个贵我们就不收了!"

我们还没来得及说话,菜农就说:"这也太低吧?市面上大概是八角五分钱一斤,您这都直接砍一半了!这个价格我们做不来啊!"

第六章 炭场艰辛的日子　　067

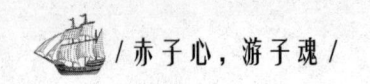

之后，双方都不再说话，彼此较量着。

又过了约五分钟，菜农看了一眼我们，便礼貌地说："好吧，那打扰了！这次谈不成，咱们下次有机会再谈！"

说罢，我们四个人离开了，酒店老板也站起来挥手送行。

走到酒店大门外，菜农说："他这边的出价太低了，咱们往前走走，还有一家海南鸡饭店，咱们再去问问！"

李老板已经有些六神无主了，船老板却说："听菜农的。酒店老板觉得你们初来乍到，不懂价格，所以才胡乱压价。"

就在这时，女服务员匆忙跑了出来，说："我们老板请你们回去再谈！"

船老板得意地说："看吧，一听到咱们还有其他门路，就急着挽留。"

我们再次回去后，酒店老板直接问："你们想卖多少钱？"

船老板抢着说："木炭生意我们做了很长时间，行情也一清二楚。所以我们的要求并不离谱。"

李老板听懂了他的言外之意，说："现在市面零售价是八角出头，我们最低可以以六角发货，但货源离这里有十多公里，你们得包车运输。我们每斤让利五分，也就是五角五分，一手交钱一手交货。"

酒店老板闻言，跷起二郎腿，右手食指不断地敲击茶几，沉吟片刻道："如果要付现款得再让点利！"

菜农和船老板都看向李老板，用眼神示意他基本如此。于是，李老板点头说："这样吧，咱们是第一次交易，那我们的最低价是五角三分，如果再低，就算了！"

酒店老板马上起身，声音响亮："成交！我们有两部小卡车，也有司机，可以抽调五位工人去搬货。"

酒店老板和自己的助手，再加上带路的菜农坐在第一辆车上，我和李老板、船老板坐第二辆。搬运工人相互用马来话聊着天。一个说："咱家木炭都断货几天了，今天来得真及时啊！"第二个说："老板肯定有门路，不然怎么赚钱呢？"

李老板能听懂马来话，就将他们的对话内容翻译给我听。我心想：酒店老板真是精明，明明都缺货了，但与我们议价时还能那么沉得住气，难怪生意能做得那么大呢。

很快，我们就来到了村口。菜农嘱咐道："为了不惊挠村民，两辆车都关掉车灯。村子的路不比城里，路面凹凸不平，后车要跟紧啊。"他坐在头车用手电光引路，几分钟后，车子就行驶到海滩的货船旁边。

酒店老板先下了车，在微弱的星光下环视一圈，叹道："哦，怪不得呢……"

李老板悄声对我说，他早就知道，对方一看这种情况，自然知道这是什么货。双方都是生意人，有些事情就心照不宣了。

经过一个多小时，工人们将船上的木炭全都搬上了车。我站在一旁负责记录运下来的袋数，最后算出款项是四千三百七十元。酒店老店核对过金额，爽快地拿出现金交给李老板。之后，便带着他的员工和货物离开了。

为了答谢菜农，李老板拿出一百元递给菜农，说："这次能在这么短的时间内出货，多亏了老哥，以后再有机会来这里出货，我们也不会忘记您的牵线搭桥！"

菜农认可李老板的慷慨为人，连声说："咱们就当是交了个朋友！"说完，也拿着钱回家了。

这次能做成生意，最应该要感谢的人是船老板。我们回到船上，李老板立刻拿出原本商定的运费四百五十元，又让对方计算当初从他家里拿到的食材费用。船老板也是个爽快人，便凑整抹零，说直接给五百元就够了。李老板还想要多给些表达感激之情，但船老板坚持不收，说都是同胞，本就应该互相帮助，这个钱不能收。几番推脱之后，李老板只好作罢。

五、去马六甲市购货　跟船返回印尼岛

第二天天刚亮，我和李老板准备去马六甲市采购日常用品。船老板叫助手守船，三个人一起上岸，步行到村路旁，搭乘大篷车到了市区的荷兰红屋广场。

到了地方，船老板说先去吃饭。那里的海南鸡饭店是附近比较著名的中餐馆，用餐的人很多。我能听懂大部分人说的中文，看得出来，在这里他们过得还算惬意。

由于时间有限，我们仓促地吃完饭，船老板有业务要去红屋广场，又嘱

咐了一番，约定一个小时之后在中央菜市场的门口集合，谁先到谁等着。

走进鸡场街后，李老板并没有先去各种特产铺子，反而是进了一间金店。他先是四处打量，看中了一个金戒指和一条金项链。我站在一旁惊讶不已！李老板笑着让我保密，说自己要有大用途。我心想：我只是个打杂的小伙计，怎么可能随便乱传老板的闲事呢？

紧接着，我们又去了服装店。李老板挑选了很久，选中了一条连衣裙，又买了几件其他款式的女装，这才心满意足地离开。

我们终于来到了中央菜市场。一路上，我寻思着李老板买的东西，又想到了他和阿罕私下里暗送秋波的模样，终于明白了。

最后，李老板买了很多种东西，大米、油、腊肉、佐料，还有各种果蔬，装了整整四辆三轮货车。又到杂货店补充了香皂、手电电池、被褥等日常用品。

买完这些东西之后，船老板也来汇合，看到我们买的货品，感慨道："真没少买啊！"

李老板笑着说："前段时间没什么进项，都靠这帮工友们咬牙坚持，现在终于赚了点钱，自然要改善工友们的生活！"

船老板一听，竖起大拇指说："李老板大气派，大胸怀，日后必有大成功！"

这么多货需要运到海边，李老板便请船老板帮助雇车运送。船老板找到货运司机，商定运费。看得出来，船老板对这里很熟悉，估计也是常常在这里采买吧。

带着一车的货，我们三人上了车，很快便开到了船边。此时，船舱上已有几位乘船过海的旅客，助手一看我们回来了，连忙下船，和我们一起将货物全部搬进船舱。

搬运腊肉时，我好奇地问："买这么多腌肉，不买鲜肉吗？"

李老板笑着解释道："路程遥远，天又热，要是买了鲜肉，还没运回去呢就臭了。"

待所有货物搬得差不多了，李老板单独把那几件衣服小心翼翼地收好，看他宝贝的样子，肯定是十分喜欢阿罕的吧！

货船开动了，这次是助手掌船。我们慢慢退出溪沟，向着都迈市徐徐驶去……

六、工友们劳动回报　老板与阿罕成好事

当货船驶到鲁发岛已是傍晚，等驶到炭场弯溪时，天已经完全暗了。炭场大树底下聚集了所有吃过晚饭正在休息的工友们。货船的灯光在黑夜中十分显眼，工友们看到后都飞奔而来，他们知道，一定是李老板回来了！

我跟着李老板下船后，工友们都兴高采烈地迎上来，最后一位是阿罕姑娘。李老板与她紧紧地握住手，握了好久才缓缓放开。李老板对着工友们说："赶快把船舱里的东西都搬上岸来！"

众人一呼百应，仅用了十几分钟，就已经搬完了。

工友们看着充足的食物，都开心不已，接下来的日子可算是有了希望。李老板重新登上船，对船老板说："这周五，我们准备聚餐，让辛苦了这么多天的工友们改善一下，热闹一下。上次也承蒙您夫人的照顾，不如您带着夫人也来参加吧。"

船老板笑着回复："放心吧，一定来！"

因为周五要聚餐，又邀请了船老板和他的夫人，对我们炭场来说，是件大事，需要做些准备。同时，还要坚持工作，继续烧炭。

这几天，李老板总是显得心事重重。在马六甲市，他不仅买了首饰和衣物，还买了一些被褥等床上用品。刚开始，我没反应过来，现在细细一想，那肯定是结婚用品。现在李老板还瞒着众人，大概是想等聚餐那天再公开吧！

"明天，温师傅与夏淳照例带工友们上山伐木，柯诚留下来帮我收拾。"李老板开始分派这两天的工作内容，"对了，这两天我会拟好工资表，给大家发些薪水……"

一听到有薪水，工友们都兴奋得无以言表，就连动手干活都比往日多了些干劲儿。全都整理好了之后，已经过了十一点，工友们陆续回到宿舍休息。我按照李老板的交代，给他找出手电筒，看着他送阿罕姑娘回家。

等我已经睡了一觉起床小解时，看到他才举着手电回来。碰到我后，李老板破天荒地有点脸红，还嘱咐我快去睡觉。我心想：小孩子才不想管你们大人之间的情爱之事呢。

第二天，温师傅和淳哥带着工友们继续上山伐木。我和李老板、阿罕姑

娘一起打扫卫生。当然，我埋头干活，尽量不去看他们两个，给他们留出自己的空间。

待工友们忙完一天的工作回到这里时，老板的房间内饰已经是焕然一新，床上铺着新的被褥，放了两个枕头，就连简易木桌也铺了花布，放着镜子、茶壶、茶杯，看得他们目瞪口呆！

夏淳一看，揪着温师傅的衣角，退远几步小声说："是李老板的新房啊！"

温师傅是个木讷的男人，问道："新房？连个女主人都没有，谈什么新房？"

"你可真是个榆木脑袋，整天除了烧炭啥也不会，看不出李老板和阿罕吗？"

温师傅吃了一惊："啊？阿罕可是本地人啊……"

淳哥说："李老板和阿罕姑娘暗送秋波好一阵子了，我刚来的时候就注意到了，枉费你在这里做了这么久。"

温师傅一笑，说："我哪会注意到那些……"

淳哥感慨道："咱们流落在海外讨生活，后半生成了未知数，有个家不容易。如果再挑剔是不是华人，那可太难寻觅良缘了。只要双方情投意合就好，同样是生儿育女。看这个布置，估计他明天要公布与阿罕姑娘的婚事了。"

然而，李老板趁着大伙都在，直接宣布道："晚上召集大伙儿过来有两件事要说，第一件事儿就是大家最关心的，现在就发薪水；第二件，说起来有些不好意思，就是我准备和阿罕结婚了，明天的聚餐也是个小型的婚礼。希望各位工友，给些面子，热闹热闹，就当是给我们这对新人的祝福了。"

这是两个令人喜悦的消息，工友们顿时都沸腾起来！发薪水已经说过了，大家都知道，但结婚这件人生大事，估计只有我因为看到了李老板买首饰故而猜到之外，也就剩下有人生阅历的淳哥悟到罢了！

李老板拿出一张纸，说："按照咱们炭场的情况，这次发放薪水的标准是每天每个人两元马币，欠着的几个月的薪水也都按照大家的工作天数如数发放。你们签名领取后保管好，过段时间如果还去销售木炭，你们也可以随船去马六甲市采购。"

这些工人的薪水一百四十元到两百不等。薪水最高的就是温师傅，淳哥因为带队伐木是五十元，我则是四十元。因为我的工作时间短，也就半个月左右，李老板完全是因为照顾我，看在我跟船辛苦，所以多算了些。这让我对他更加感激和敬佩。

翌日清晨，工友们起床后都加入了准备宴席的行列，但人群中不见新娘子阿罕。我问夏淳："怎么不见新娘子啊？"

夏淳看着我笑："你还小，不懂！就算这里的风俗习惯和咱们老家差很多，女儿出嫁，男方必须上门迎娶。新娘子先登门男方家是讳忌，知道了吧？"

闻言，我似懂非懂地点了点头。

就在这时，李老板走过来对夏淳说："淳哥，记得你说过，你以前读过私塾，能不能拟条祝福的对联贴在门前？类似'百年好合'什么的……"

夏淳有些不好意思地说："我怕写得不好，惹人笑话！"

"反正也只有咱们几个华人，就是讨个彩头。"

夏淳想了想，道："那就抄两句《诗经》中最常用的吧！"

我忙从办公室里拿出墨笔红纸，放在长桌上。夏淳也不再推辞，先在其他纸张上试了几笔，然后在两张红纸上挥毫泼墨，上联是"窈窕淑女，君子好逑"，下联是"乾坤定矣，钟鼓乐之"，横批是"关雎致禧"。众人都围在夏淳的身边，见他的字迹苍劲有力，皆称赞不已！我拿对联贴在门框两侧，这么一看，还真是挺有气氛的！

贴完对联，我回到厨房，竟然见到了大恩人吕宁夫妇，他们也是被李老板邀请来参加婚礼的。我开心地跑过去，一边和他们热情地聊天，一边开始忙活择菜的琐事。

温师傅凑过来问："水煮开了，你知道这些家禽打算做几只吗？"

我答道："李老板说，要给阿罕姑娘家送去四只鸭和一只鹅，都已经提前备好了，笼子里的都做好上桌。"

温师傅点了点头，开始杀鸭宰鹅。吕宁夫妇忙从锅中舀沸水，一边烫一边拨毛。其他工友们有的拿出食品与酱料，有的挑水洗菜……温师傅全程指挥且掌勺，烹饪美食。

李老板走进厨房，看着我们都在忙碌着，也很感动。他指着我和夏淳，又指着本地的青年三人，用中文和印尼话说："你们五个人给我做伴郎吧，跟我一起去阿罕家迎新娘，你们要是有好衣服可以去换一下，没有的话这样也行。"

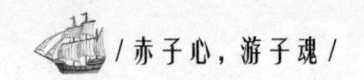

我们五个人互相看了一眼,都无奈地耸了耸肩,表示没有更好的衣服了,只好就这样跟着李老板走了出去。

自从来到鲁发岛上,我除了去炭场、回宿舍,很少去岛上的村庄里走动,所以看什么都觉得新鲜。这个村子不大,仅有五六户人家,住的都是草寮,条件甚至比吕宁家还要贫寒。阿罕家就在村口,门口有几棵大树,树下已经摆好了三张桌椅。

一行人刚走到门口时,就有个孩子大声喊:"新郎官来了!"

阿罕家里跑出很多来凑热闹的人,接着,村子里的老人与孩子也都跑了过来。淳哥说,他们都是来吃酒或凑热闹的,按照咱们的习惯,越热闹越好。

此时,有位看着像村长的中年人站出来说:"迎亲的人已经来了,大家赶紧上桌,准备放鞭炮!"话音刚落,各位乡亲都围桌坐定。一位少年郎将挂在树枝上的鞭炮点燃,顿时间,爆声震天,场面热闹非凡。

在鞭炮声中,一位年轻姑娘扶着新娘阿罕走出屋子,在众人的注视下,女方的三位伴郎、三位伴娘和我们男方的五位伴郎也都坐入一张长桌的座位上,新郎和新娘也入座了。年长的老者大喊一声"开席",亲朋好友便轮流端出各色菜肴,还有酒水和果盘。

新娘阿罕穿着一件粉红色带花纹的连身裙,乌黑光亮的长发已经盘起,还戴上了漂亮的头饰,脖子和手指上戴着金项链和金戒指,就是李老板在马六甲市买的那一套。在珠光宝气的衬托下,显得她更加靓丽多姿,十分美丽。

一位女方伴郎起身,用绳子绑着一块气味浓郁的水果——榴莲走到新郎和新娘的面前,让他们齐咬榴莲。在老家时,我也见过新人咬苹果的习俗,此地盛产榴莲,所以连咬的水果都换了。

阿罕面薄,想要推辞,但在亲朋好友的面前,还是配合着。两个人一起张嘴咬住榴梿果肉,可伴郎似是故意,让两个人咬了个空不说,还弄得满脸都是榴莲果肉。

伴郎立刻大喊,让新郎舔干净新娘脸上的果肉。旁边有亲友也起哄道:"你们这群外人想这么容易就娶走我们村子里的姑娘吗?我们可不答应啊!"

"就是,阿罕是我们村子里最能干的漂亮姑娘,就这样被外人娶走了,村子里的男青年可怎么办啊!"

虽然只是女方的乡亲们在起哄，但实际上也说中了问题的关键。鲁发岛非常闭塞，适龄的男女青年数量并不匹配，这些年又多了很多像李老板、吕宁这样过来讨生活的华人，自然给岛上本地的男青年造成了一定的压力。就像当年的吕宁能够娶到亚秋嫂子，也是亚秋的父母力排众议坚持的结果。

我和夏淳都扭头看向李老板，想看看他怎么解决。但李老板还没来得及开口说些什么，阿罕的母亲就已经不干了，满脸愤慨地站起身，骂了一句："差不多得了！我家阿罕找到了心爱之人是她的福气，谁说她不能嫁给华人了？我们家还就乐意！时间不早了，你们赶快吃酒、吃饭，好送新郎新娘赶路去新房！"

众人一听阿罕母亲出来主事，也就不再多言起哄新郎和新娘，饭桌上又恢复如常了，专心吃酒吃饭。

看得出来，阿罕母亲平日是个非常泼辣的女人，能镇得住场。

酒足饭饱之后，亲朋好友渐渐离开。李老板与阿罕扶着阿罕的母亲回了屋子，当着阿罕的妹妹，李老板将早已用红纸包好的红包双手递给老人家。老人家始终舍不得女儿的，抹着眼泪，絮絮叨叨。

我这才知道，原来阿罕姑娘的父亲早在五年前就因为日军侵略印度尼西亚，患疟疾无药可医而离世，这几年，多亏了李老板让阿罕姑娘在炭场里帮工才勉强维持家用。李老板不断保证会好好待阿罕姑娘，两边的距离不远可以时常回家。突然，院外有人高喊"吉时已到"，几个人这才一起走出院子。此时已是中午十一点，我们该回炭场去了……

七、生意转好人更好　娶回美女成佳话

迎送新娘的队伍包括我们五个从炭场来的男方伴郎，还有阿罕娘家这边派出的六位伴郎、伴娘和一位随行姑娘，我们一行十二个人走在路上，都有说有笑的。来到这里已经将近一个月了，虽然我还是听不太懂当地的话，但很多简单的词汇也能明白，再加上有华人工友做翻译，所以当地人的话也能懂得七七八八。他们都在称赞李老板既能吃苦耐劳，又能张罗生意，阿罕嫁过去一定会幸福的。

跟在新娘后的姐姐叫亚蒂兰梅，她看着一对新人幸福的模样，无比羡慕地说："尽管我们这里总是告诫女孩不要嫁给外族人，但是爱情应该是没有国界限制的，遇到了心爱之人就是要勇敢追求！罕妹嫁给外族人又怎样？遇到对的人我也嫁！"她的话得到了几个女孩一致同意，纷纷表示要勇敢追求自己的幸福。

不知不觉间，我们已到了炭场路口。

温师傅带领工友早就将现场布置妥当，工友们也列队欢迎娶新娘的队伍。

在那棵我们常常吃饭的树底下也摆好了几张长桌，大家分宾主落座。一位当地工友忙去点燃鞭炮，炮声划破了弯溪的寂静，预示着华人与本土姑娘的婚礼仪式即将开始。

就在这时，弯溪远处也响起了一阵锣鼓声！循声望去，原来是船老板带着夫人来了。他和夫人今天也是盛装出席，穿着十分正式。李老板忙拉着阿罕上前去迎，并带他们落座。

眼下，所有被邀请的客人都已经来了，船老板夫妇、吕宁夫妇，还有李老板特意找来的帮他去联系船老板的当地朋友，原本小小的炭场被热闹和喜悦所笼罩。李老板举起酒杯，感慨道："感谢大家能来参加我的婚礼，我们这个小炭场能走到今天不容易，也多亏了船老板、老朋友等人的鼎力相助，还有吕宁给我介绍的两位靠谱的工友……"

船老板为人爽快，大声说："李老板朴实厚重，为人可靠，生意转好实属应该。现在娶了美人再成佳话啊！中国人总说，'洞房花烛夜'是'人生四喜'之一，我们也得先恭喜你啊！"

李老板用印尼话将"人生四喜"的意思翻译给阿罕听，阿罕姑娘低下头，露出一个甜甜的笑容。

有很多工友都是当地人，他们用印尼话问："'人生四喜'是什么意思？"

船老板用印尼话解释了一下"人生四喜"包含的久旱逢甘霖、金榜题名时、他乡遇故知和洞房花烛夜都是什么意思，喜在何处。当地人这才听明白，纷纷竖起大拇指称赞着，你们中华文化果然是博大精深，特别在座的女伴们都听得了入了神！

说话间，工友们端来各种菜肴和多种酒类，婚礼仪式正式开始。李老板先是拉着阿罕向来宾和工友们一一敬酒，好几次都是给船老板夫妇特意敬酒，以此来感激上一次他们对自己的帮助。桌上酒菜热，人心更热，用吕宁的话来说，在这里不分是本地人还是中国人，大家都互帮互助，日子才能越过越好！

我不怎么会喝酒，被其他工友带着喝了几口，觉得还是菜肴更好吃。吃得差不多了，也开始听工友们相互敬酒，互相倾诉衷肠，渐渐地，眼眶也不自觉地发起热来。一个小小的炭场，竟然成了情感交融的场所。在这里，所有人都冲着一个目标努力，所有人都不必区分彼此，多劳多得，即便是有了困难，也都是一起咬牙挺过去。而李老板待员工又是极好的，只要赚到钱，就会拿出来按劳分配，谁家有点困难，他也绝无二话，尽自己的绵薄之力。就是因为这一点，这家炭场得到了当地人的口碑，很多当地人都愿意来这里工作。

直到下午四点，宴会接近尾声，众人都面带醉意。李老板和阿罕与船老板等人一一道别。阿罕现在作为炭场的老板娘，也必须拿出女主人的待客之道，她说："船老板啊，我们炭场的情况你是知道的，以后每一两个月，还得辛苦你们帮我们运货出货。感谢你与嫂子大度待人，这次真的是帮了我们不少的忙，解了我们的燃眉之急！以后，咱们可要多多走动，嫂子如果在家里无事，也可以来我这里做客。"

船老板夫妇见到阿罕通晓情理，又会说话，也不禁赞许连连。阿罕、老板与他们握手分别后，身后还有站着三位伴娘和一个送亲女孩，个个如花似玉。和阿罕年龄最相仿的亚蒂兰梅十分羡慕地说："能参加阿罕的婚礼，见到这样热闹温馨的场面，真的很感动！我们的婚姻大事还没影儿呢，真盼着我也会有这样美满的婚姻！"其他几个女孩都安慰她说"一定会有的"，没想到，一语成谶，她们姐妹二人都嫁给了我们炭场的华人同胞。当然，这就是后话了。

大家一次又一次地辞别，相互之间皆难舍难分，在繁忙的劳作之余，都更珍惜这难得的团聚时光！

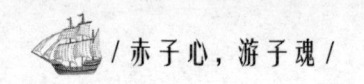

第七章 天生有缘到都市

一、去国之痛 乡魂之恸

自从李老板和阿罕姑娘结婚后，木炭有了销路，所以整体条件有了些许的好转，又有阿罕这位老板娘很会关心大家、照顾大家，日子一天天地改善了，工友们的心情自然舒畅了，精神也饱满了，大大地提升了工作效率。

温师傅和淳哥每天带着工友们上山伐木，数量十分可观。我们几乎保持着每两个月去马六甲市出货一次，仍然是船老板运输到酒店那边销售。李老板也讲信用，每次售货回来，都会根据出勤记录给大家发放工资。除此之外，还会在船运时间给大家放假，让工友们自行跟船去马六甲市逛逛街，买东西，以此来打开视野，放眼于外。

当炭场有了些积累后，李老板又提出要逐步改善工友们的住宿条件。我记得那是在1948年的中旬，他到马六甲市买回了大批铁皮和其他用品。先把仓库、伙房和工人宿舍的茅草顶棚全换成铁皮瓦，并在瓦顶上盖了一层草垫隔热。再把单人床和被褥都换了一遍，还有吃饭的桌椅等彻底改善了工人们的住宿条件和生活条件。

每一点改变，本地工友也看在眼里，都称赞这位华人老板用智慧和善举凝聚了员工的心。这种管理智慧，在他们看来很不可思议。

很快，春节到了。前一年，没有余钱能做些什么。但今年不同了，李老板赚了钱，就想趁着这个日子，让大家好好热闹热闹，尤其是要让在炭场里的华人工友们，也好好感受一下中国传统节日的氛围。

在众多工友中，李老板最信任温师傅和淳哥，温师傅在炭场的工作年头长，为人可靠，而夏淳和李老板年龄相仿，虽然来炭场年头短，但最能替老板分忧。我虽然年纪小,但平日里都是跟着李老板跑前跑后,他觉得我很有眼力,懂得分寸,平日里讲话并不背着我。那天晚上下了工,李老板将我们三个人留下,诉了一番衷肠:"兄弟们,想来咱们都是一样的,为了躲避国内的战乱,迫不得已下南洋,想当年,我和吕宁兄当船员,就是为了讨个生计,谁承想会遇到风暴,让我彻底离开了故乡……我来这里的时间比你们早,这么多年过去了,也终于安稳下来,娶了媳妇成了家。但实不相瞒,午夜梦回,常常想起福建老家,记挂着亲友们是否安好,也常追念逝去的父母。当年在故乡时,每逢清明,我必会上山扫坟祭祖,给爹妈上一炷香,以表思念之情。现在,我已经与故乡离别,作为海外游子,只能冲着故土的方向磕头……"说到这里,他潸然泪下,"不管咱们离开故国有多远,都会无比眷恋着故土,眷恋那里的一切!还好,咱们这个小小的炭场有越来越多的华人,咱们有缘聚在一起,把家乡的那些习俗都带了过来,这是咱们对故土最好的纪念啊!"

温师傅也感慨着:"是啊,咱们这里华人越多,越能缓解咱们的思乡之苦。李老板一向重情,咱们好好操持一下,让大家过个更有中国味儿的春节吧!"

淳哥点着头说:"对,李老板您说咱们怎么弄?"

想要过春节,重中之重肯定是除夕这一天,李老板提议,在这一天杀鸡宰鹅,邀请些好友过来一起吃年夜饭。不仅如此,婚礼时陪伴新娘阿罕的闺蜜也来参加,没准还能促成几段好姻缘呢。

除夕夜近在眼前,李老板带着我们几个人坐船去了马六甲市,采购了足量的肉类、果蔬。在大年三十这一天,老板娘阿罕和温师傅掌勺,其他工友则帮忙打下手。

刚刚过半,李老板就把温师傅叫了出去,让他和夏淳两个人负责招待亲朋好友。今天来的还是参加婚礼的那些人,尤其是老板娘的几位闺蜜,在人群中甚是打眼。我知道,李老板这是有意而为。

小岛上人烟稀少,当地人不愿女儿嫁给华人,这是不争的事实。而且,有的华人也固执地认为,要找同胞结婚才能长久。李老板是想利用年夜饭的机会让各位工友开开窍。

曾经做过阿罕的伴娘瓦蒂兰梅今天也来了,去年她就在婚宴上感慨过,如果遇到真爱，也要学着阿罕那样勇敢而坚定。夏淳坐在她的左边，不时地用眼角余光偷瞄她。她发现后目不转睛地看着夏淳，却因语言不通而无法顺畅地交流，只能靠简短的词汇和比划来猜测。几番下来，两个人就不再交流了。

温师傅坐在瓦蒂兰梅的右边，再右边是比瓦蒂兰梅还小两岁的姑娘——瓦蒂伶伶。她年纪小一点，更外向一些，直接用筷子夹了一块鸭肉，放到温师傅的碗里。

温师傅受宠若惊，不知所措，用不怎么流利的印尼话说："妹妹，这可使不得啊！太失礼了！"

平时温师傅总是憨厚稳重，难得看到他脸红羞涩的模样，工友们都哄笑起来。其实，姑娘的心意已经表达得再清楚不过，只是温师傅如临大敌，无所适从，看来还需要继续努力啊！

众人在一起吃饭喝酒，好不热闹！按照习俗，除夕之夜一定要守岁，也就是要熬过零点。可这对我们这些作息非常规律的工友而言，十分困难。刚过十一点，大部分人都已经醉得迷迷糊糊了，更有甚者，已经趴在桌子上打起盹来。

瓦蒂兰梅靠着夏淳的左肩，她也喝了不少，小脸红扑扑的，别有一番韵味。瓦蒂伶伶则斜斜地靠着温师傅的右肩，温师傅已经醉得睡了过去。

我看着他们的样子，觉得好笑又觉得有些狼狈。我没喝酒，所以见到了这个难得的场景。李老板虽然喝了不少，但他酒量好，也保持着一丝清醒，对我开玩笑："小诚啊，你觉得这两个小姐姐怎么样？"

"挺好的啊，如果能和淳哥、温师傅结婚，那就更好了。"

"是啊，能有机会让这两个男人有机缘认识女孩，这场年夜饭就没白吃。小诚，人生两件大事，一个是成家一个是立业，缺失哪件都不行。赚钱是让你能活下去的首要条件，成家才找到了人生归宿，不然漂洋过海来到异国他乡，赚了多少钱也只能孤身一人，又有什么意义呢？"

来到这里之后，我已经不再是那个刚出茅庐的小小少年，李老板说的话我也能听明白，也渐渐懂得他说的那些所谓的过来人的劝告。

二、艰辛的炭场生涯　度过十八成年礼

在炭场的每一天都很忙碌，这锻炼了我的体力和意志，我也渐渐脱掉了孩子的稚气，愈发成熟了。尽管李老板最开始因为照顾我，让我留在温师傅身边看着火候，但炭场最需要的是烧炭的原材料，所以当炭场缺少木材时，我和温师傅也必须随同工友们一起上山伐木。

伐木的工作很辛苦，经过几年的时间，山脚附近的大树基本已经砍尽，我们只能往山上走。这是一座还未经过开采过的山，怪石嶙峋，崎岖路滑。工友们经常开玩笑说："你想它的木，它要你的命。"足以见得上山有多么危险。

除了道路不好走之外，山岭上还有山水蛭、大白蚊子。这些虫类见了血就不松口，叮在人身上哪个部位，就会流血不止。甚至有人因此而患上疟疾，若是感染了，很有可能丧命。

好在本地青壮年男子对这些虫类很熟悉，知道该怎么预防，即便是被咬了，也能找到草药，缓解症状。后来，彼此之间熟悉了，我们这些华人也懂得个中奥妙。

李老板曾在闲时跟我说过，他刚到这里，也是因为被蚊子叮咬而患上了疟疾，当时他已经虚弱到无法行走，在绝望之时，猛然想起去寻找当地人求救。被求救的正是阿罕一家，几位女眷挖了草药，才把他的病治好。在养病期间，阿罕自始至终都在照顾李老板，帮他熬药，让他这颗已经千疮百孔的心重新燃起了希望。这正是李老板和阿罕爱情的开始。

这段时间，原材料缺得厉害，我们每天连续劳动九个多小时，连午饭都是老板娘挑上山。靠着众人拾柴火焰高的团结，这次用了四十多天，将原材料补足了。很快，三个灶一齐开火，等烧好后通过船老板给送出去销售，又能赚回一笔钱了。

然而，我却在这个时候病倒了。原因无他，身上不知道什么时候被蚊虫咬出好几个伤口，症状就是无力、厌食、盗汗。

来这座岛已经有好几年了，我很少生病，这一病，就禁不住倍感凄凉！想家，想娘，有时候想得在夜里躲在被窝里掉眼泪！转眼间，又因为在登陆

的时候弄湿了记载着家乡地址的纸条而感到懊悔。早些时候，淳哥知道我的情况，还会安慰我，让我努力回想家乡有什么特征，哪怕是个特别小的当地小吃都行，到时候碰到华人朋友可以打听一下，就能知道具体是在哪个县了。然而，鲁发岛的环境闭塞，哪里还能遇到更多的华人朋友呢？从小到大，我几乎就是在亲戚所在的村子里来回走，连县城都没去过，更不要提能说出更多的特征了。时间久了，再加上做工的辛苦，我也逐渐忘却了，但这一生病，真真是勾起了我的思乡之情！

李老板和老板娘对这种病非常熟悉，去山里挖草药，淳哥也经常陪着我、照顾我。还总是逗我："小老弟，咱们都是在海上从死神手里逃生的，命硬，别怕啊！这就是个小病，几服药下去，准好！"

好在几天之后，我的病有所好转，又过了几天，终于痊愈了。我又生龙活虎了。

在养病的这段时间，我第一次开始思考自己的未来。李老板是一位难得的好人，在我们最无望的时候给了我们生计，并且让我跟船去繁华的马六甲市见世面。他无数次地教过我，人要有远见，要学会规划自己。在老家时，也曾经听乡亲们说过，有些成功的南洋客在海外打工做生意，成功后衣锦还乡，好不骄傲。他们回乡后，翻新老宅，购买耕田，从此衣食无忧。

所以在我的脑海里，做个成功的南洋客就是最大的目标，我无比渴望能够带着成功回到家乡，回到母亲的身边。

跟船去马六甲市时，无比向往这个繁华的城市，我心里不止一次地想过，想办法在马六甲市找到工作，那样就能遇到更多的华人，或许就能打听到家乡的具体位置。再者，去那里工作不仅能体会到都市生活，收入肯定也会比在炭场要高很多。但这只是一个想法，我现在还必须留在李老板的身边多学学，至少要多学学马六甲市说的马来语和英语，哪怕只是掌握最基本的日常交流呢……

时间过得很快，日复一日地上山砍木、烧火烤炭、跟船送货。又过了些日子，我也渐渐长成身强体壮的青年了，恰好满十八岁。

最开始，我还没有这种意识，直到有一天，我正在伐木，老板娘用扁担挑饭上山。我见她走得艰难,便快步从山腰奔到山下,接过担子,这一路竟然不费吹灰之力。吃饭时,老板娘笑着说:"柯诚真是长成男人了,身体健壮,个头都蹿起来了!"

工友们也在一旁附和着:"是啊,转眼已经过了好几年了,当年的后生仔长大了啊!"

被他们这么一点拨,我突然觉得自己更要有成年人的担当和胆量,更应该去见一下世面。这几年,我跟船去马六甲市销售木炭时,认识了一位老顾客袁老板,他介绍自己是广东人,租了一座三层小楼经营"粤味酒店",店铺就在鸡场街横街口的拐角处。他常常邀请我去他的酒店做客,说里面不仅能吃饭,二楼白天是咖啡厅,晚上还有舞会,能认识形形色色的人。成年之前,我一直没敢去过,生怕自己太小被别人笑话。现在,我成年了,一定得找个机会去见识一下,而且袁老板那边可能会有一些门路,或许能够给我介绍一份新的工作。

关于这一点,我已经考虑很久了。刚刚过了几年,工友们伐木就已经要走到半山腰了,再过一段时间,山腰上的树木也会被砍伐干净。到了那时,要么炭场另选有高山树林的地方,要么直接关闭。而且,现在老板娘同村的老乡看到炭场越办越好,也都来这里打工。李老板人好,来者不拒,都会给他们一份工作。有时候,我总觉得李老板是可怜我年纪小,才一直把我留在身边,这个炭场并不是缺了我不行。

再次跟随李老板跑船送货时,我就跟他说想去袁老板的酒店见见世面。李老板通情达理,跟我说晚上十点回到船上就行。当天晚上不到八点,我就到了"粤味酒店",二楼已经开始布置成了舞会的模样,厅里的灯光也变成了五颜六色,音箱里也播放着柔和的轻音乐。

袁老板看到我,走过来招呼道:"小诚,你今天怎么想到来我这里了?"

"袁老板,生意兴隆啊!"我现在已经学会了说场面话,能够应对自如,问,"最近我们来马六甲市销售木炭,怎么不见袁老板再来光顾了?"

袁老板"嗐"了一声,说:"这不是库存还多嘛,所以并不急着采购。"

"我就是随口一问。"我打着圆场,"李老板今天来这里销货,我成年了,所以就跑到您这里来长长见识。"

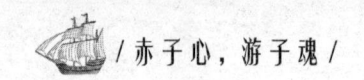

"来来来，别客气。"袁老板笑着把我带上了二楼，和门口的人打了招呼，放我进去。

我往里面看，只见一些青年女服务员在忙碌着。过了一会儿，客人们陆续来了，灯光更暗了，音乐一转，变成了适合跳舞的圆舞曲。我之前没听过这种音乐，一听之下，也觉得非常有韵律。

不过，我还不太会跳舞，只能看。袁老板招呼了我一阵，就去忙别的事情了。我心里一直记着想要向他打听找工作的事情，想再找他好好聊聊，可惜的是，他可能太忙了，也没再见到他。

不多时，我就被舞池中青年男女的舞姿所吸引。这是我第一次见识到女性在音乐中展现出的柔媚，男人尽情地追逐着，女性尽情地舞动着，散发着青春的活力和暧昧的氛围。似乎情爱都在交错中展现殆尽。

我还在陶醉中，余光瞥见挂在墙壁上的时钟，坏了，已经十点半了！李老板交待我要在十点前赶回去的！我快步转身往外走，也顾不上找袁老板询问工作上的事情了。不料，在酒店门口就看到已经找过来的李老板。我有点紧张，可他并没有训斥我，只是轻描淡写地让我赶紧跟他走。

我们两个快速往回走，一路上，李老板显得有些心事重重。我因为赶时间，并没有多想。赶回码头船边时，船老板已经站在驾驶舱里，看到我们便大喊："回来了啊？没事，正好今天船客多，多等等也无妨。"

我知道，这是船老板替我解围呢。上船后，在隆隆的机声中，很快便驶离了港口，开上了大水道。

马六甲海峡的夜晚是另一番景象，海中的船不只有大油轮，也有小渔船，灯光点点如天上的繁星数也数不清，海面上凉冷的大风一阵阵吹进船舱，抵挡不住，我只好再添了件大衣防寒。

李老板走过来，沉吟着问："怎么，今天去酒店长见识了？看了很多年轻漂亮的女孩子？"

我想起在舞池里他们交错的舞步和曼妙的身姿，点了点头。

"小诚啊，我前段时间和你说过，男人要成家立业，这样人生才有奔头。但是成家这件事，可不是你参加几次舞会就能解决的，要慢慢来，得找到和自己未来一致的人才行啊……"

船在风浪中不断摇摆，我听得昏昏欲睡，并没有把李老板的话放在心上，不知不觉间竟然睡着了……

三、图脱旧环境　寻生活新路

炭场的工作日复一日，睁开眼睛，不是伐木烧炭，就是准备去马六甲市销货，尽管这份工作对我来说不算辛苦，但在这种寂寞枯燥的环境中，精神上总是觉得无比空虚。尤其是在见识到了马六甲市的繁华之后，见识到了更多姿多彩的生活之后。我意识到：不能再这样继续下去了。

又过了两个多月，木炭已经烧得差不多了，该去马六甲市了。

到了地方，做完了本职工作后，我对李老板说："我想去步行街走走，我保证今天会准时回码头，绝不误时间！"

李老板意味深长地看了我一眼，说："年轻人果然是心猿意马，去逛吧！"

我转身离去，心想：再着急也不能让李老板察觉。都走出几十米远之后，才三步并两步地奔去"粤味酒店"。这次，我没上二楼咖啡馆，而是去前台找袁老板，站在前台的服务员纷纷摇头，示意自己听不懂中国话。我有些懊恼，有些想当然地认为服务员一定会懂中国话了，没办法，只能在这里等着了。可得等到什么时候呢？我在心里叹了口气，等就等吧！

十多分钟过去了，我一直在心里想，该怎么和袁老板说找工作的事情，希望能够得到机会。半个多小时过去了，我开始着急了，生怕再等下去会耽误回程时间，又怕见不到袁老板，还得再等两个多月……

就在我心急如焚时，猛然看到袁老板往酒店大门走来，我心里的石头终于落下去了。

我急忙喊道："袁老板，你好！我有事找您呢！"

袁老板转过身，握手道："哦，柯诚啊！好久没见，进里面边喝茶边聊吧！"

这再好不过了，总比在外面站着聊更能聊出东西来。

袁老板带我走进办公室，坐定后便问："柯诚，有什么事吗？"

"是这样的……"我思量着用词，将自己如何来到鲁发岛、如何做了炭工的经历原原本本地讲给他听，又说了对炭场现状的担忧，然后说，"袁老板，

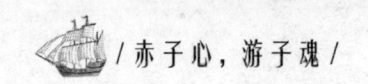

您这家酒楼现在生意兴隆,我就想在你这里打工。我的要求不高,有饭吃有地方住,有点薪水就行了,您看您这边招工吗?"

袁老板听我说话时不停地抽烟,我猜不出他的想法。

墙上的挂钟嘀嗒嘀嗒地响,十分钟过去了。袁老板才说:"我这里不缺人,勉强让你留下当然也能给你饭吃给你地方住,就是工资比较低。我担心的是,如果让你来我这里工作,李老板会不会认为我在拆他的台?"

我连忙说:"不会的,我可以与你写个文字协议:第一年来您这里打工,我只求能在马六甲市找个稳定的工作,袁老板给我个地方睡觉,让我有饭吃,不需要您给我发工资,每个月给我几块零用钱就行。您看我表现,第二年再定工资。另外,我绝不会让您为难。李老板那个炭场是什么情况我心里很清楚,也会和他解释清楚。李老板总说,让我把眼光放远点,我若有了更好的去处,他不会反对的。"

"可以倒是可以……"袁老板想了又想。

我心里很清楚,他是愿意的,毕竟用最低廉的价格聘请了一年的零工,怎么算他都是划算的。果然,他点了点头,问:"什么时候过来?"

我计算了一下,说:"我这次返回去,会与李老板沟通好,同时还得处理一些事情,收拾一下,最快两个月后再跟船出货时,来您这里报到!"

袁老板听完后,原来皱着的眉头舒展开来,他说:"柯诚,这么多次买炭,我也看出来了,你是个老实人,用祖国的同胞,我也放心。你的工作主要是在火锅厅,给客人的火锅备火、加炭,保持火候。报酬的事情,我心里有数,也不会亏待你的!"

袁老板的这番话使我喜出望外,让我对未来充满希望。此刻,我归心似箭,恨不得赶紧去和李老板商量。袁老板也不再留我,约定两个月后再见。

四、想法公开试探　谋求都市生活

回到炭场,见到憨厚老实的温师傅、对我照顾有加的淳哥,再看到忙前忙后的李老板和温柔贤惠的老板娘,刚刚得到袁老板确定消息的我竟然又不敢开口了。李老板对我有救命之恩,恩重如山,尽管我之前考虑再周全,但感情方面，我始终会觉得有所亏欠。

日子还是如往常一样不紧不慢地过着，我每天都在说与不说之间犹豫着。直到又要准备跑船销货之前，我已经不能不提了，这才小心翼翼地找到李老板。

"李老板，我……"我走进办公室，踟蹰着。

"小诚啊，来，坐下说吧。"李老板一副胸有成竹的表情，看样子，他早就知道我心里装着事情呢。

"李老板，您一直跟我说，要让我多去见世面，这几年我和您去马六甲市时，总觉得如果能在那里找到工作，是不是就能见更多的世面，也能赚得更多一点……"

"大城市肯定比咱们这座荒岛要好得多。"李老板肯定地点了点头。

"刚开始我岁数小，胆子也小，就想跟着您干。可这段时间，咱们能砍伐的树木越来越少，炭场的工友越来越多，我总担心这不是长久之计……"

李老板眼睛一亮，说："小诚啊，我很高兴你能看到这一点。说实话，这也正是我担心的，不过那些老员工里竟然还没人有这份疑虑。"

得到了李老板的肯定后，我心里有了底，说："而且，眼下炭场的工友人数越来越多，可炉灶并没有增多，烧出来的炭也都是定数……所以，我想去马六甲市闯一闯，看自己能不能立稳脚跟。又担心您这边……毕竟您是我的救命恩人，对我恩重如山，我也舍不得咱们这个大家庭……"

"年轻人的确应该去大城市里闯一闯，肯定比窝在咱们这座荒岛上有前途。"李老板若有所思地说，"原来你这段时间心事重重是为了这个啊？"

我点了点头，说："上一次去粤味酒店见了袁老板，也和他提过，想看看能不能在他那里打工……"终于说了出来，我小心翼翼地看着李老板的脸色。

他想了一下："袁老板那个人倒还算是知根知底，买卖木炭的时候也交流过，比起其他陌生老板来说，算是个不错的选择了。怎么，是想让我帮你去沟通吗？"

我知道李老板通情达理，但没想到他竟然能如此照顾我，不仅不怪罪我离开，还想要助我一臂之力，忙说："其实袁老板算是同意了，就是让我来和您沟通，必须得到您的首肯。毕竟他还要和您做生意的，怕因为我这么个小

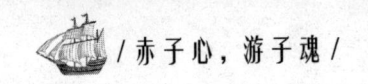

员工造成你们的隔阂。"

"这是哪里的话？"李老板如释重负地一笑，"我的员工有更好的出路，我高兴还来不及，怎么会介怀？其实啊，我一直担心你是因为外面的女孩而烦恼，还在想怎么开导你呢……"

我不好意思地笑了笑："看您说的，我现在什么都没有，哪会想到那些啊，还是先站稳脚跟再说吧。"

最后，李老板特意叮嘱我，如果在袁老板那里待不惯，可以随时回来。和李老板沟通完后，我心里轻松了不少，准备回去后要开始收拾东西了。

回到宿舍，温师傅和淳哥已经回来了，我又开始陷入纠结。温师傅手把手教会我怎么烧炭，淳哥更是待我如亲兄弟。可眼下，我就要和他们告别了，种种情感在我的心里交错着。

工作的疲劳再加上心烦意乱，我躺在床上不知不觉地睡着了。

再醒来时已到了晚上十一点，工友们都已经睡着了，甚至打起了呼噜。我环视一圈，没见淳哥与温师傅，跨出房门去找他们。走到院子里，看见李老板的办公室里还亮着灯，我走过去一看，果然看到李老板、温师傅和夏淳三个人在里面闲聊。

我敲了敲门，走了进去："睡醒了没看见你们，出来找找，没打扰你们说正事吧？"

李老板叫我坐定："我正和他们说你准备离开的事情呢。"

温师傅也接口说："年轻人往城市走是对的，我们都支持你。"

相比于李老板和温师傅，夏淳与我的感情更加浓厚。他眼眶有点红，说："眼看着当年的小孩子长成大人了，也有了自己的主意了，我这当哥的心里又欣慰又不舍。"

说话间，老板娘也从里屋走了出来，劝慰道："这是好事儿啊！柯诚已经找到了新工作，以后的日子一定会越来越好，我也支持你！"

当船老板再将船开过来时，我已经收拾好了东西，李老板特意安排温师傅和淳哥陪着我一起跟船，实际上就是为了送我一程。我心中感激，向各位工友挥手告别，也向我生活了多年的小岛告别……

五、村溪沟离别　进驻马六甲

船顺风顺水地到达村溪沟,我们还是如往常一样。但今天来的人不是袁老板,而是一位自称是"粤味酒店"的代理人。他说:"袁老板今天没在,出去办事了。他交代过,你和他签了合同,要多少袋货,如何结款都讲明白了,那咱们就是开始干活吧。"

我一边记录数字一边和代理人沟通,说已经和袁老板说好了,要去"粤味酒店"打工。

代理人微蹙着眉,说:"我没有听袁老板说过这件事啊……这样吧,你先跟着我们的车过去,我看看怎么安排。"

听他这么说,我不禁有些心慌,生怕袁老板根本就不是真心想要留下我。可事已至此,我也不能再回岛上了,还是和李老板作别。李老板拉住我,递给我一个信封,说里面是最后三个月工资一百五十元,奖金三十元,让我收好。我双手接过,不断地说着感谢的话!

我拿好行李,又和温师傅、淳哥、船老板等人告别。他们目送我上了车,不断喊着再见和保重。无论多么不舍,我也要离开那座小岛,像刚出笼的鸟儿一样努力煽动翅膀,才能真正高飞。

很快,车子便进入"粤味酒店"后院的库房门口。我拿好行李下车,一位戴着白色帽子的员工对代理人说:"经理,这么快就回来了?"

代理人笑了笑,说:"今晚事情很顺利,袁老板回来了吗?"

听到这里我才明白,代理人原来是袁老板聘请的经理,又会管理又会开车,真不简单啊!

员工说:"还没呢,得晚上了,也没准是明天一早。"

经理不再多言,便催督员工们赶紧搬货。我也放下手里的行李,跟着帮忙。很快,几十袋木炭被员工们搬进了库房,工人渐渐散去,经理似乎忘了我的事情,早就离开了。我不知道该去哪里、该做什么,有点心慌。今夜我在哪里休息呢?

时间越来越晚,我独自在后院里,直到管理后院的工友走过来,问:"先生,要关门了,您这是?"

我连忙将约好来酒店打工的事情全盘说给他听。他听完后，笑着指教我去三楼左手第一个房间找经理，他应该可以安排我的住处。

我道谢后，从楼梯进入酒店，直奔三楼。找到房间后，我敲了敲门，经理开门后，一见是我，这才恍然大悟："哦，我把你给忘了。袁经理具体是怎么跟你说的？"

我说："袁老板当时说，要安排我去火锅厅，专门负责炭火的事情。"

经理皱眉说："可能是他忘了和我说了。既然你这么说，我就先勉强安排，库房那有一张小床，以前是给看灶火的工人住的，后来他离开了，床就空着，你可以先住在那里。不过，时间有点长了，床铺不怎么干净，今天也来不及收拾，你先凑合一下吧。"

我点头答道："只要有地方安身就行，谢谢经理关心！"

道了谢后，我回到后院。那位工友见我回来，便问："怎么样？"

我简单讲了经理的安排。他找来一盏煤油灯交给我，并打开库房门，说："就是这里了，条件不怎么好，你先将就一下。这盏煤油灯留给你，你当心点，睡觉时一定要熄灭，别着火！"我走进库房，里面放着很多杂物，突然想起里面还有刚运进来的木炭，忙把煤油灯放到窗台上，避免火星溅到木炭上。床铺果然是一层灰尘，我捡起一块破布想掸掸，还没弄几下，就被飞起的浓尘呛得不行，只好作罢。

万般无奈，我用行李当枕头，顺手从里面取出一件大衣当被子。就这么凑合一宿吧。人生真是难料，想着这几年来的艰辛历程，难说自己以后或许还有这样的"幸运"呢……

第八章　火锅厅与舞会

一、独居炭房仅栖身

一束强光从窗外射进库房里，照着我的眼睛，知道天已大亮，但我仍疲累得睁不开眼。直到外面有人敲房门，我才迷迷瞪瞪地问："谁啊？"

"我是老梁！都十点多了，你还不起来啊？袁老板回来了，他让我来告诉你，起来后去三楼办公室找他！"

我立刻起床，胡乱洗漱一番。洗手间的墙壁上安装了一面梳妆镜，我一看，好家伙，衣服、脸和头发上都粘着大片大片的黑灰，怎么掸都掸不掉。无奈之下，只好洗干净脸，衣服就顾不上了。

走进酒店，客人们络绎不绝，都在吃早茶。他们大都是西服革履的绅士和雍容华贵的女士，看到我这副狼狈的样子，有的客人甚至笑出了声。我尴尬极了，只好充耳不闻地往三楼跑！

我走到袁老板的办公室门口，见他正低头聚精会神地看着账本，一时间不知道该不该敲门。一位女服务员端着一盘装着小笼包、奶酪和一壶热咖啡的餐盘走了过来。咖啡的香味不断涌出，我从昨天晚上到现在都没有吃东西，闻着这股香气，肚子也发出咕噜噜的叫声。女服务员纳闷地看了我一眼，毫不客气地说："让一下！"

我知道自己现在的模样很狼狈，只好退后两步。

女服务员敲了敲门，进去，将餐盘放到办公桌上。袁老板一抬头，正好看到我，便招手让我进去。

我深吸一口气，说："袁老板，我已经做好准备到您这里来打工了，请您给我安排工作吧。"

"哈哈哈，你放心，我既然已经答应了你，就不会失约。"袁老板上下打量着我，说，"不过你这一身……"

"昨天晚上凑合在库房里睡的，粘上不少木炭的黑灰，我也没什么像样的衣服能替换……"我越说越觉得不好意思。

"刘经理已将昨晚的事情告诉我了。两个月前你说想来这里打工，我肯定不会食言，就是不知道你什么时候能来，所以没有和刘经理做具体交代。还是那句话，包你食宿，工资发多少，主要是看你表现，我也绝对不会亏待你。"

我连连点头，道："工资方面，我也绝对信得过您。"

袁老板皱了皱眉，说："不过，住宿问题现在比较麻烦。酒店只有三楼是员工宿舍，地方已经安排不下了。昨天刘经理安排你睡库房实在是没办法了，眼下我也找不出合适的宿舍……这样吧，今天不安排你工作，让人帮你收拾一下库房，在里面隔出一个小屋，重新钉张床，买点新被褥来。你就好好收拾一番，暂时先住下。吃饭就跟其他工人一样，在院子后面的小食堂，开餐时到那里用餐。至于工作，今天收拾好了，明天再做具体安排吧。"

听了这番话，我不禁喜出望外，相当于有了自己的私人空间，再好不过了。

"对了，你这身衣服赶紧换下吧，去后面领一套员工制服。穿这身衣服在酒店，会影响咱们的声誉。以后遇到什么问题，就去找刘经理，他会帮你解决的。"

按照袁老板的吩咐，我先去员工区找了一身干净衣服换上，又回到了库房，已经有几位员工在那里忙活了。我走上前，说："各位大哥，我是新来的，叫柯诚。感谢各位来帮我收拾宿舍，请各位多多照顾。"

"我们就帮你隔出一个房间，里面的卫生你好好打扫一下，好长时间没住人了。"一位员工大哥吩咐道。

闻言，我也开始忙活起来。在其他员工的指引下，我找来扫把、水桶和抹布，先把库房里里外外擦拭了一遍，又将原先的破床板扔到外面。偌大的院子里聚集了不少垃圾，还有很多落叶，我顺手都给扫到了一处。没多久，刘经理给我送过来一张用薄板钉好的床，还有被褥。我都收拾好了之后，才坐下来稍事休息。抬眼一看，太阳已经明晃晃地挂在正上方，约摸已经过了中午十二点了。

又过了一会儿，早上叫我起床的老梁走了过来："后生仔，去吃饭吧！"

我连忙跟了上去："梁师傅，您在这里是具体负责什么的啊？我能不能跟您学学呢？"

"我主要是负责客人吃火锅时的炉火，附带着看管后院。火锅店上午十一点左右开始上人，一两点才能闲下来。下午五点左右又开始晚上一轮，得忙到十点多才行。一般都是等忙活完了才能开饭，今天客人少点，还没到一点，就差不多了。"

我点了点头，对今后的工作作息稍微有了点概念，又说："袁老板跟我说，也是让我学着做掌炉火和添炉炭，您多带带我。"

"客气什么，掌炉火和添炉炭挺累人的，以前除了我还有一个人一起做。不过，他岁数大了，儿女们都说让他回去养老，他就干脆辞工了。你现在住的库房以前就是那位老工住的。以后的事情以后再说吧，赶紧去吃饭吧！"

我跟着老梁向员工食堂走去，刚要走就碰到袁老板和刘经理两位领导进了院子。我站住后喊了一声"老板好"，等待着他们吩咐。

刘经理看了一圈，称赞道："今天的院子打扫得这么干净啊，真好！"说着，他还推开库房门看了看。

老梁忙说："院子是这位后生仔打扫的，他很勤快，把库房里里外外都擦得很干净呢！"

袁老板露出欣慰的神色："看来我没招错人啊。跟你们交代一下，咱们火锅厅缺一位掌炉工。柯诚，你以后就和梁师傅撑起这个工作，具体业务呢，由梁师傅带你熟练，你也上点心。"

我连忙点头表示自己一定好好干，请两位领导放心。

袁老板和刘经理没有再说什么，我与梁师傅也赶紧去食堂吃午饭去了。

下午，一名员工带着一位三轮车夫来到库房门前停下，三轮车上有很多木条和薄板，还有一个小木箱。员工跟我说，这是木工师傅，过来给我隔房间的。

木工师傅十分麻利，用尺子丈量出距离。我和员工把木板卸下来，按照木工师傅的吩咐，逐一递给他，很快，就隔出了一个三四平米的小单间来。

"我看你们库房里放着很多木炭，再加上这个木板房间，你晚上在这里住

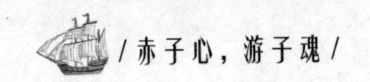

的时候，一定要小心火烛，最好用电灯，别用明火。"木工师傅很有责任心，钉装完毕后，还不忘嘱咐我。

梁师傅一看，便说："行，到时候我帮你去和刘经理沟通一下，看能不能给你拉过来一盏小电灯。"

我喜滋滋地走进木板房里仔细观看，木工师傅的手艺真是没话说，顶头很整齐，木板之间的缝隙也很小，相信那些炭灰不会轻易飞进来。和员工的大通铺比起来，这里的私密性更好，也更安静。

还是和梁师傅一起去吃的晚餐，袁老板今晚没安排我工作，便随便在院外散散步，回到房间里，躺到床上，准备养精蓄锐。然而，酒店二楼播放着有节奏的管乐声，是舞会开始了。我不稀罕他们的享乐，我在心里暗暗发誓，要通过自己的打拼获得和他们站在一起的机会。

二、时刻忙在火锅厅

第二天一早，鸡鸣声将我唤醒，紧接着，就传来后厨里不停地响着盆碗声。我心里一惊，以为自己又起晚了，匆忙洗漱后便赶到后厨。

此时，后厨里已是一片繁忙景象，不过都是在忙活着做早餐。我只知道自己是掌炉火，但不知道具体该做什么，只好随便找了一位面点师，问他知不知道梁师傅住在哪里？

面点师淡淡地说："三楼九号大房，七号床下铺。他应该还没起呢。"

我按照他的指示找到九号大房，在门口看到里面诸多位员工都还在睡觉，我只好蹑手蹑脚地走进去，找到梁师傅，轻声唤他："梁师傅。"

梁师傅迷瞪着睁开眼睛，问："柯诚啊，有什么事吗？"

我有点不好意思，问："我今天要上班啊，后厨里都在忙活呢，我该干什么呢？"

梁师傅笑着说："我昨天和你说了，吃火锅的客人一般得在上午十一点才来，你起这么早干什么？咱们十点才上班呢，现在在后厨忙活的是专门负责早餐的员工。你赶紧回去再睡会儿吧，火锅餐厅从十点忙活到晚上九点，别到时候坚持不下来。"

我这才明白，原来在酒店里分工是这么细致，现在才五六点，还能再睡三四个小时呢。我不再打扰梁师傅，又回去库房里睡个回笼觉。

早上九点半，梁师傅来库房门口叫我，我们一起去食堂吃完早餐，恰好是十点，这才是我正式上班的时间。

梁师傅将我带到火锅厅，向我介绍了基本情况。火锅餐厅一共有十五张圆桌，八张大桌，七张小桌，平时只摆放一部分，开餐后再根据客人多少来安排。一般炉火工都会事先准备十桌的定量，后面有需要再随时调整。

火炉都在墙边放着，我们随手搬出十几个炉子，拿到后院，准备分批起火。梁师傅让我去库房搬来一大袋木炭，便开始烧炭起火。

烧炭这个活儿我很熟悉，但如何点着火炉，还不太会。于是，我留心看着，心里记着。其实不算很难，先将木炭敲成小块，放在炉中点着，再将细炭粒放在火苗上，一手用扇子扇，保证火苗不灭。细炭点燃后，再添些大块的木炭，待炉火不冒烟后，将火炉端进去。火锅内部有专门放置火炉的空当，对准了放好就行。

梁师傅让我也试了试，我刚掌握一点窍门，一位员工过来喊道："梁师傅，速度快点，已经来了三桌客人了。"

梁师傅连忙把已经点着的火炉端进厅内，留着我在院子里继续干活。刚才看梁师傅信手拈来，等我独自掌火时，不知为何，浓烟滚滚，远远看去像着火了似的，被呛得直流眼泪，只能拼命用扇子扇。好在没过多久，浓烟就散了，炉火也点着了，我随手用毛巾抹了一把脸上的汗和泪水，将这个靠自己点燃的火炉端进厅里。

梁师傅看到我已经能独立生火，很高兴，让我继续去后院点火炉，说又来了三桌客人。

回到后院，照工序我又点了三个炉子，点火、下炭、扇风、这次比第一次顺手多了。为了不耽误客人，等炭差不多燃旺了，我又陆续将三个火炉提到餐厅，安装在圆桌上。后院里要留下一个装着点着木炭的炉子，以备不时之需……

就这样，忙活了几个小时，中午的用餐高峰终于安全度过了。我松了口气，觉得虽然辛苦，但也不算什么。梁师傅看出我的懈怠，便提醒说："午饭不算什么，还有晚餐呢。一般来说，晚餐才是最辛苦的。"

梁师傅这可是经验之谈，我明白这家酒店为何如此生意兴隆了。

突然，他又对我喊："柯诚，有几个炉子要灭了，赶快用小筐装炭去接火！"

闻言，我忙拎起箩筐，到空余炉灶前装好碎炭，跑进餐厅内。那几桌的炉火快要灭了，我将碎炭铺在上面，因为炉子的温度够高，无须扇风，炭火也能慢慢自燃起来。

梁师傅在后面叮嘱道："柯诚，你就守在门口，看到有客人的炭火要灭了，就赶紧加碎炭。我在这儿给你加碎炭，得保证炭火足，火锅才能吃痛快。"

我站在一旁，闲来无事时，就看着女服务员们忙进忙出。客人们喝够酒吃够肉，就会不停地催促："服务员，快拿菜来！"也有客人喊："服务员，拿点主食来！"还有些明显喝多了的客人嘴里不停地叫服务员，但也不说有什么需求，就是小声嘀咕着……直到下午一两点，客人们才慢慢散去。

梁师傅过来叫我："柯诚，咱们赶紧去吃午饭，休息一会儿，下午三点半要准时来餐厅里候班，记住了，每天都是如此！"

时间已经不早了，吃完午饭，在库房稍微坐了半个小时，梁师傅就跑来叫我去上班："今天不知怎么了，刚开业就来了一群从新加坡来的客人，嚷嚷着要吃火锅，你赶紧过去吧，把炉子先点上。"

我一听，忙穿好工作服，跑到火锅厅。一眼看去，好家伙，已经来了二十多位客人了，我也顾不上别的，忙去后院点炉子。经过一上午的操练，已经非常熟悉了，没过多久，我便提着两个火炉回到餐厅，放在大桌上。二十多位客人有了地方坐，女服务员也端上了食材，终于开始大快朵颐。

这个晚餐高峰，让我见识了酒店真正的繁忙。我陆陆续续地点着了不下十个炉子，但满耳朵听到的都是梁师傅急切地叫喊："柯诚，又来客人了，赶紧上炉火！""柯诚，××桌的炉火要灭了，赶紧去加炭！""柯诚，后院余火要点旺一点！"

中间还有我点炉火点早了，火炉都放在桌子上，但客人迟迟不来，梁师傅又大声喊道："别浪费炭火，客人没来，就先给其他桌子的客人安排上，要不然木炭空烧着，等客人来了，炉火也灭了。"

就这样，我不停地点火、扇风、添炭，很快，院子里备好的木炭都用光了。我只好回到库房去取炭。还没忙完,又听到梁师傅找我:"柯诚!柯诚去哪了?"

"我在库房!"我高声回复他,"没有余炭了,我过来拿炭!"

听到他找我,我更着急了。这时候,我早就是满头大汗,一不留神,身上、脸上都蹭上了炭灰。我想起袁老板的吩咐,不让我这么脏着进入火锅厅,会影响酒店的声誉。走到后院,我点好炉火,将炉子交给梁师傅。

"你送进去就行了,给我干啥?"梁师傅不明所以。

"我这身上脏了,袁老板说不让我这么进火锅厅。"

梁师傅一拍脑袋:"对了,我把这茬儿给忘了。这样,你赶紧去换一套制服来,顺便洗把脸,赶紧回来,要不忙不过来。"

我按照梁师傅所言,忙去员工区找人换了一身制服,又借用他们的卫生间洗了把脸。待我回到火锅厅的时候,梁师傅已经又安排了几桌客人,并收拾了已经离开的客人的炉火。我忙走过去,和他一起将火炉抬到后院,又开始新一轮的点火、扇风、笼火……

一整天,我和梁师傅两个人,不停地从后院到餐厅,从起火到添炭,忙得不可开交。毫无疑问,我从未如此紧张地劳动过,难怪那位老师傅会因为身体吃不消而辞职了。当晚直到十点,火锅厅的食客们才慢慢地散去。结束了第一天正式的工作,我几乎累得直不起腰来,简单地冲洗一番后,倒头就睡。

过了一段时间,我也开始逐渐适应了工作强度,十点吃完早餐到了火锅厅。这几天,中午吃火锅的客人数量并不多,不过晚餐的客人人数少了一些。大多是新加坡来的客人,有男有女,还有许多欧洲人同行,穿戴很不一般。他们一进门,就告诉女服务员要吃羊肉火锅,看样子是想吃很久了。

但这段时间火锅食客实在是多,一时之间竟然没有切好的羊肉片了。刘经理见状,忙让我和梁师傅去后厨帮忙切肉。梁师傅看样子也是刀工娴熟,而我根本就没有切肉片的经验。主刀师傅笑着看我笨手笨脚的样子,便指点我要怎么下刀,怎么卷……

自此之后,我不仅要点炉火,如果缺少肉片了,还会和梁师傅去后厨帮忙处理。切好后的肉片,通通放入冰柜内保鲜或冷藏。

在火锅厅里整天都是忙忙碌碌的，时间久了，也就适应了！不过，我心里还是惦记着二楼晚上举办的舞会，那动听而舒缓的音乐，常常灌进耳朵里，我心里向往着那些能在舞会中肆意享受的男男女女，幻想着能成为其中的一员。可我一直都在忙，不能随便离岗到二楼，这让我心痒难耐啊……

三、体会迷人夜总会

当我工作了一个月期满时，袁老板果然守信用，我工作的情况他看在眼里，给我发了八十元的月薪，让我喜出望外。梁师傅比我多二十元，这是情理之中的，他是老员工，又带着我学习，自然要多一些。

有了薪水，干起活儿来自然是充满干劲儿。我几乎不怎么出酒店大门，除了个人需要一些日常用品，会抽空跑到商品街，买完就回来继续工作。因为包吃包住，自己的花销并不多，基本上都能攒起来。

转眼间，又过了三年，我每个月都会数一数到手的薪水，这时候，手里已经攒下两三千元，当然，包括了在炭场里攒下的几百元。在我看来，这已经算是一笔巨款了。终于有一天，我大着胆子和刘经理说："刘经理，今天晚上我想去二楼的咖啡厅里看看……"

刘经理笑着说："早说啊，你都来这里好几年了，竟然没去楼上参加过舞会？"

我有些不好意思地挠了挠头，说："还没来这里打工之前，来过一次，但没坐多久。"

刘经理也是过来人，当然知道我这种年纪的男生心里想的是什么，便很爽快地答应了："去吧，晚上让梁师傅帮你多担待点，但别太早离开啊，看着客人人数不多了再去。"

"放心吧，刘经理！"

我又和梁师傅说了，他也很支持我，还嘱咐我多带点钱，遇到好的女舞伴，别小家子气，请姑娘喝杯酒，交际一下。

很快，就到了九点左右，火锅餐厅里的客人已经不多了，大都在收尾。我收拾好炉具，转身正要上二楼，梁师傅一把揪住我，说："柯诚，你去舞会，好歹穿件像样的衣服啊。工作了一天,满身都是汗臭味!"

我有点不好意思,忙转头换了身便装,上二楼去了。

距离上一次来舞会已经过了好几年了,咖啡厅里虽然装潢没什么变化,但灯光和音乐已经变了很多。我正要步入大厅时,一个身材高瘦的年青姑娘挡住了我。

我一愣,问:"姑娘,我不能进去吗?"

姑娘笑着说:"当然不是,哪有把客人往外拦的道理?我在这里工作也有半年多了,在火锅餐厅里吃过饭,所以认得你是炉火工。但是我们这里有规定,来这里的客人需着装得体,带好舞伴。你今天穿的是便装,如果进去肯定显得格格不入,也不会有女孩愿意做你的舞伴。我是实话实说,不如你去换身西装,再来吧。"

西装?我怎么会有呢?我从来没买过那种款式、那种价位的衣服啊。

"我不是泼你冷水,是怕你进去浪费了钱。这一进去,必须要点杯喝的,里面的酒水费用可不低呢。你又没穿西装,女孩不愿意做你的舞伴,那你进去了干坐着吗?"姑娘看我愣在那里,又好心解释道。

我这才恍然大悟,难怪我几年前来的时候,根本就没有女孩搭理我,还是袁老板特意关照才让我进去的。

梁师傅看我这么快就下来了,也吃了一惊,忙问我发生了什么。听我解释后,他安抚道:"别泄气,那个女服务员也是好心,怕你平白地花了钱。等过两天,你也去商业街做一身西装,就当是正式行头,以后参加什么重要场合,也算有合适的衣服了。"

我暗自下定决心,周末一定要去商业街里找一家服装店,买一身好一点的西装,再配上一双皮鞋,怎么也得去舞会里瞧瞧。

半个月之后,我再次做好了去参加舞会的准备。这一次,我买好了合体的定制西装,配了一双黑色的皮鞋,甚至还买了一瓶不知道什么牌子的香水。梁师傅看到我这副样子,觉得有些不放心,便嘱咐道:"柯诚,我知道年轻人肯定想要多接触女孩子,你就放心去吧。不过,我得多句嘴,和女孩子交往不能太小气,但也绝对不能当冤大头。咱们这里工作也是赚份辛苦钱,日子

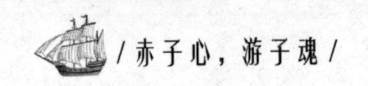

还长着呢，别被姑娘的几句甜言蜜语就情绪激动，掏空自己的家底啊！"

"梁师傅，你放心吧，我知道分寸。谢谢您替我费心了！"

我当然知道这些钱有多难赚，去舞会只是想多认识几个女孩子，可不是在里面摆阔的。晚上九点，我换上了西装、皮鞋，喷了香水，再次踏上了二楼的咖啡厅。

舞会上的乐队早已演奏起西方音乐，我站在门口，又遇到上一次的女服务员，今天她竟然也穿着一身连衣裙，戴着首饰，更加漂亮。

她打量着我问："我好像见过你，又不敢肯定，没带舞伴吗？"

我并没有回答，只是说："进去了就有了。"

她笑了笑，便放我进去了。舞池里聚集了很多人，我选一个靠近乐队的位子坐下，一边听音乐一边看着陆续进来的客人。我这才发现，大多数都是成对成双地坐在一起，心里一惊，生怕今天又是白费心思。

又过了一会儿，大灯熄灭了，换成了暗黄的暖色灯光，乐手们演奏起舒缓的音乐。一对对的男女携手走进舞池，怀着切切情谊在厅中轻步漫舞。

我孤零零地坐着着实有些尴尬。就在这时，刚刚在门口遇到的女服务员走了过来，笑着问："这里有人吗？我可以坐在这里吗？"

我连忙摆手示意她请坐，说："我不知道来这里要提前带舞伴，你来了正好给我解围了，要不然我傻乎乎地独坐在这里，多尴尬啊。"

"小伙子，你是楼下火锅厅里的炉火小师傅吗？"

我点头说："是我，你眼力真不错。"

"那你愿意和我跳支舞吗？"女孩落落大方，竟然主动邀请我。

我木讷地点头，刚才就看到客人们如何邀请舞伴跳舞，也如法炮制地伸出手。女孩将她的纤纤玉手放在我的手掌上，转瞬就变成拉着我步入舞池。

这是我平生第一次拉着女孩的手，掌心中似有一股热流冲上心头，暖乎乎的！

其实我不太会跳舞，只会胡乱地移动脚步，一不留神，皮鞋就踩在她的高跟鞋上。我很愧疚地看着她，可她丝毫不在意，仍旧微笑着拉着我轻轻晃动。

"不用那么紧张，你越紧张越容易出错，跟着音乐轻轻摇晃就行，慢慢来。"她在我的耳畔柔声说。

听着她的安慰，我渐渐放松下来，脚步也与音乐变得同步了。两个人配合得越来越好，越来越像模像样了。

她问："你是哪里人啊？"

"我是中国人，在这里打工的。"

"你叫什么？"她继续问。

"柯诚。你呢？"

"女孩的年龄和名字可不能随便告诉给别人哦。"她俏皮地一笑，继续和我跳舞。

两个人有意无意地一问一答间，时间过得飞快，我感觉没过多久，这一轮结束了。音乐停了，灯也亮了，舞池中的男男女女都回到座位上。我想请她喝一杯，但她突然站起身来，准备离开。我看到一位梳着飞机头、穿着得体的中年男子走了过来，她上前恭敬地说："老板，今晚跳舞的人挺多的！"

原来这位是老板，我听袁老板说过，他租了咖啡厅晚间的时间，专门办舞会，收取门票和酒水钱来赚钱。

舞会老板嘱咐道："记得收入场费啊！"

女孩回复道："放心吧，怎么可能忘呢？"

说着，她从吧台后面拿出一个开口的方箱，走到门口，放在桌子上。我仔细一看，方箱上贴有三种文字的牌子，分别是英文、马来文和中文。我只认识中文，写道："先生们，女士们，散会时请自觉缴纳舞会入场费，每人三十元，投入箱内，欢迎明晚再来！"

我只顾着看她，也没有点酒水。很快，下一轮又开始了。这一次，我目标明确，直接走到女孩的面前，伸出手邀请她。她笑着表示接受，我们又共同步入舞池，随着音乐晃动身体。

我问她："你是本地人吗？不会是舞会老板的女朋友吧？"

女孩扑哧一笑："我也是来这里打工的，舞会有几位女收银，我是其中之一，平时都是轮流上班。"

"那我还挺幸运，随机上来的两次遇到的都是你。"

"我来这里也算是机缘巧合。"女孩打开了话匣子，"我家在新加坡州，有个亲戚在这里，我经常来这里看望他。他和老板认识，所以安排我来这里打

第八章　火锅厅与舞会　101

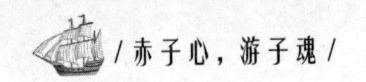

工，好歹是熟人，能关照一些。"

"是啊，有熟人就是方便些。那你打算在这里长做吗？"

"也不一定。我父亲是跟轮远洋的老船工，他岁数大了，可能过两年就要退休了，母亲以前在商场做售货员，现在也退休了。家里有个弟弟，初中还没毕业呢。这半年我在这里上班，下个月，家里就让我辞工回新加坡了……"

我心里有些失落，刚认识了一位友善的女孩，对方却不一定什么时候就会离开。

"对了，那你呢？你的父母也在这里吗？"女孩问。

"不是，我父母……"不知为何，我突然撒了谎，"我父母都住在印尼的都迈市，只有我一个人来这里打工。"

她点了点头，突然笑着说："刚才跟你说女孩的年龄不能随便问，那我问问你，你今年多大了？"

"二十二。"

"那你比我大一岁啊！"

"哦，这样啊……"这下子，我知道她今年二十一了，也算是间接告诉我她的芳龄了。

我还想继续追问她的姓名，就在这时，音乐忽然停止了，灯光大亮。紧接着，传来舞会老板的声音："先生们，女士们，将近凌晨一点了，今晚的舞会到此结束，欢迎大家明晚再来！"

女孩立刻从我的掌心脱力离开，像条小鱼一样"游"到了门口。眼看着客人们一个个掏钱、放进纸箱、离开，我也只好将三十元纸币投入纸箱，并对姑娘道了声再见，有些沮丧地下楼去了。

回到属于我的小屋，心里不停地回想着刚才和那个女孩的只言片语。据她说，可能再过半个月就要辞职回新加坡了，刚认识，她就要离开了，我竟然从心里生出一丝不舍的情绪。不知道是不是因为她是我第一个牵手的女孩，又或许是认识女孩太难的缘故吧。不管怎样，这半个月里，我必须再抽出时间去参加一次舞会，至少要当面和女孩告别才行啊！

我躺在床上辗转反侧，脑海里总是浮现出跳舞的画面，以及那双柔弱无骨的手。带着对女孩的想念，我进入了梦乡……

四、沁人的白雪飘香

昨晚能去参加舞会,是得到了梁师傅的大力支持,还有他任劳任怨地替我承担了工作。所以,今天一开工,我就抢着去点炉子、运木炭。

梁师傅见状,调侃道:"柯诚,你这么卖力气,我看我要失业了。"

"又开我玩笑!昨天让您替我的工,那么辛苦,今天我多干点,应该的。"

梁师傅露出一个别有深意的笑:"听说你昨天下来的时候挺晚的了,怎么样?"

一提到此事,我不禁叹了口气:"好不容易认识了个姑娘,结果她说半个月后可能就要走了。"

"是做什么的?"

"就是在舞会上负责收钱的女孩,昨天幸好有她,我才不至于落单。"

"那不错啊,既然是在这里上班的,还有半个月的时间呢,可以多接触一下。如果聊得来,就算她要走了,你们也可以书信往来。"

梁师傅的话说到我心里去了,我也是这么想的。这几天,我一直都在琢磨,怎么跟她道别,怎么询问她的去向,怎么能继续和她保持往来……直到第十天,又是梁师傅的一句话点醒了我。他说:"你这傻小子,想这么多都是自己在唱独角戏,你得勇敢地去问才能有答案啊。天天在这里瞎琢磨管什么用?"

我想了想,觉得也是,还不知道女孩是否愿意和我继续保持联系,自己就在这里做起白日梦了。于是,我顺势请求梁师傅,晚上再替我多担待担待,我好去舞会上找寻姑娘。

梁师傅点点头,说:"行,那晚上你就去吧。"

到了晚上八点半左右,二楼咖啡厅里已经响起了和缓的音乐,我看着客人们陆续上楼,心痒难耐。梁师傅看我坐立不安的样子,笑着摆手,让我赶紧该干什么干什么去。我一溜烟便跑回自己的小屋,换好西服、皮鞋,再次出现在二楼咖啡厅门口。

女孩没有进入舞会,还是站在门口,可能是因为客人还没到全,所以她才没有进去吧。

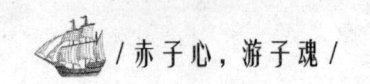

我刚要上前打招呼，一位男士就走上前，笑着说："今天你穿得真漂亮，真会打扮，不如当我的舞伴吧？"

女孩笑着回复道："怎么，今天您的舞伴没来吗？我看她每次都和您一起啊，今天是迟到了吧，您还是再等等看。"

"她还没来，要不你先陪我跳一支？"

女孩摇摇头，婉言拒绝道："我在这里是工作，要是客人舞伴稍微晚到一会儿，我就去替补，这一晚上不得累坏了啊。"

正说着，一位女士踩着高跟鞋上楼来了。看到男士和女孩搭讪，有些愠怒。男士见状，忙笑着去拉自己舞伴的手，赔着笑说："今天怎么晚了？我在这里等了你好久啊。"

女士没有说话，率先走了进去。路过女孩时，竟然瞪了她一眼。男士没再说话，对女孩歉意地笑了一下。

我站在一旁算看明白了，看来女孩平时没少碰到这样随意搭讪的男士，也会时不时面对女性的迁怒。可我深知，作为服务人员，什么样的客人都会遇到，这也是没有办法的事情。

就在这时，女孩看到了我，走过来问："你今天怎么来了，又想跳舞了？"

"刚才那人……"

"没事，每天不知道会碰到多少这样无聊的人呢。"女孩耸了耸肩，"走吧，我和你一起进去。今天，还做你的舞伴！"

我被她拉着进了大厅，舞池中已经有很多客人开始翩翩起舞。我们也顺势直接进入舞池，开始跟随音乐随意舞动。

她的手仍然很软、很暖，让我不由得心猿意马起来。待心跳恢复了些后，我想起了今天来这里的主题，直截了当地说："姑娘，今天是我们第三次见面、第二次共舞，可我还不知道你叫什么呢，能告诉我吗？"

她迟疑一会儿："其实我也是华人后裔，中文名字叫凌雪香。"

我称赞道："好名字，真是好名字！原来你当初愿意帮我就是因为我是中国人？"

"我第一次在火锅厅里见到你的时候，就知道了。你们那里很多员工都是华裔，再加上你们总是用中文沟通，想知道并不难。"

"原来我们也是同胞啊……"我感慨着,"我从老家出来后,一路上多遇艰辛和坎坷,很多次都是被同胞搭救,在绝路中给我活下去的希望。"

"你也说了是同胞,尤其是在异国他乡,同胞就是手足。"凌雪香肯定地说。

我们舞步在继续,但我心里挂念着事情,总是跳错舞步,不是踩到她的脚,就是碰到旁边的客人。为了不影响他人,我拉着凌雪香走到吧台。

我嗫嚅道:"上次你说过几天就要回新加坡了,你是这里第一个向我散发善意的女孩,真不舍得你离开。不知道以后我们还能不能见面。真希望你以后抽空能回来,下次你回来,我请你吃火锅,还请你来跳舞!"

她笑着说:"我家有亲戚在这里,就是家务事太多了,我也不知道什么时候能再来。"

我从衣兜里掏出一个装有一百元的红包递给她,说:"原本我很想买一份纪念品送给你,但我实在不知道女孩子应该送什么。不如送你个'一帆风顺'的红包吧。"

她连忙推脱道:"这不合适,别看我来这里打工做服务员,其实我家在新加坡过得还可以,有自己的住宅,不需要交租。"

"有什么不合适的?我比你大,在中国,年长的要给年纪小的人红包。"

她根本就没有回过中国,对中国的习俗一知半解,竟然就相信了。待她收好红包后,我们又闲聊了一会儿,主要是听她说自己的父母在新加坡打拼的过程,不过看到他们能够成功地过上自己想要的日子,对我而言,也算是一种鼓舞……

凌雪香走了,我是第二天才知道的消息。听梁师傅说,凌晨两点左右,她在火锅厅门口站了一会儿,看我们这一层都关上了灯,才转身离开的。我想,她有可能是来与我告别的吧。

日子还得继续,我接着跟随梁师傅一起负责火锅厅的炉火,偶尔去后厨帮忙切羊肉。

有一天晚上,刘经理突然到后院叫我,说门口有几位朋友找我。来这里好几年了,从来没有人来找过我。但仔细一想,似乎只有炭场李老板、船老板和菜农有可能了。

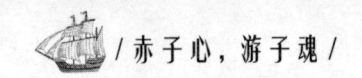

我急忙跑出去，仔细一看，果然是炭场李老板，身后跟着的竟然是温师傅和淳哥。

我大叫一声，跑上去抱住他们，激动地大叫："李老板、淳哥、温师傅，我好想你们啊！好几次都想回去看看，或者跟刘经理一起去买炭，可总是没机会！"

我说的是实话，最开始的几次，我还和刘经理申请过，但刘经理说，火锅厅里一时半刻也离不开炉火工，梁师傅一个人也忙不过来。如果我跟着他去买炭，再加上旧友重逢，原本两三个小时的工作就得拖延到四五个小时，店里不可能这么长时间没人的。我也理解，毕竟是来这里打工的，不可能什么都由着自己的性子。久而久之，也就不再提了。

淳哥锤着我的肩膀，叹道："长大了，高了，黑了！不再是当年跟在我屁股后面叫淳哥的小孩了！"

李老板说："柯诚，你说的我们都知道，有时候袁老板或刘经理去船上买炭的时候也会说说你的情况，说你干活肯卖力气、肯学习，我们是真为你高兴啊。"

"吃饭了吗？来来来，我请你们吃火锅！"我高兴地张罗着，想要拉他们进去。

"不了，不了，我们吃过了。"李老板连忙推脱，"今天是过来邀请你来参加婚礼的。"

"婚礼？谁的婚礼？"

李老板哈哈大笑，指着旁边两个大男人说："还能有谁，当然是温师傅和淳哥的！还记得当年我老婆阿罕的闺蜜姐妹吗？她们俩要嫁过来了！"

"恭喜！恭喜啊！"我发自内心地祝福他们，"什么时候？"

"还有两个半月，也就是下次我们过来的时候，到时候我们来接你。你拿着请柬和酒店老板商量一下，事先请假，安排好自己的工作，到时与我们同船返回鲁发岛！"

我接过请柬，看着他们三个人坐上车子离开了……

第九章　炭场请柬婚庆浓

一、抹掉舞会恋　趋宴回炭场

凌雪香回新加坡已经两个多月了，尽管我们只有三次见面，但在我心里，她是第一个对我这么好的姑娘。我甚至有些情难自禁地想，她对我也一定有些许的好感，否则怎么就能一眼认出我是火锅厅里的小工呢？否则怎么会特意在离开那晚在我们口等待呢？

有些时候就是如此，越想越觉得自己是对的，越想就越陷入在自己的情绪中走不出来。

自从她离开之后，我发现，我比想象中更喜欢她，更放不下她。

梁师傅看到我的情绪变化，有些担心，便说："柯诚，你是不是疯了？只和人家女孩跳过两次舞，如今女孩走了，你竟然变得这么沮丧，日子还长着呢！"

眼瞅着快到温师傅和淳哥的婚礼了，我拿着请柬去袁老板的办公室，想找他请几天假。袁老板看到我，还没有说请假的事情，反倒让我先坐下，问："小诚，你来咱们酒店已经好几年了，一直都是勤勤恳恳，最近怎么回事？听说是你喜欢的姑娘离开这里了？"

我先是一愣，然后点了点头，有些不好意思。

袁老板又说："你们这个年纪，有喜欢的对象很正常。那个女孩是楼上舞会的女招待？"

"是啊，她也是华裔，现在住在新加坡，听说还有自己的住宅。父亲是老船员，母亲是售货员吧。"

"那家境还不错呢。"袁老板说，"可能你不知道，在新加坡那里，作为华

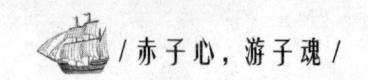

人，想要奋斗出自己的一处房子有多难。"

  我心里一凉，其实我也想到了，毕竟那三次见面，雪香的衣服都没有重样的，可见是一位喜欢打扮的靓丽女郎。和我这个只有一身西装充门面的穷小子相比，简直是天壤之别。

  袁老板又说："小诚，你还年轻，想认识女孩子是正常的，但是在舞会上认识的，不管是女招待，还是女舞伴，都不要太认真。娶老婆最重要的是要情投意合，在咱们中国人眼里，妻子要贤惠，要能持家，这样才能幸福啊。"

  这番话用心良苦，可能是我最近太过消极，袁老板也打听到了我和凌雪香的事情，非常担心，才过来安慰我吧。我点了点头："老板，您的话我放在心上了。"

  "你能想通最好不过了。行，你下去忙吧。"袁老板放心了，"只要自己好起来，将来肯定能娶到贤惠的妻子，男人还是应该先立业才行。"

  "对了，袁老板，过几天，我想向您请几天假……"我将温师傅和淳哥的婚礼讲给他听。

  袁老板边听边点头："没问题，你和梁师傅协调好就行。"

  袁老板时刻不忘了教导我人生道理，让我十分受用。我再三向他道谢，下楼继续工作去了。

  回到后院，梁师傅就走上来问："怎么样？袁老板找你什么事儿啊？"

  其实我早就告诉他要回去参加婚礼的事情，梁师傅自然是鼎力支持，只是碍于他说了不算，毕竟他没少听我叨唠从中国来到这里经历了多少艰苦，遇到过多少贵人，自然理解我的心情。

  我忙说："袁老板同意了，就是得辛苦您了，又得替我多做几天工。"

  他摆着手说："那算不得什么！"

  "不过，袁老板还跟我说，让我努力工作，不要过分沉浸在雪香离开的伤心中。他还说……"

  "还说什么？"

  "还说，雪香和我之间毕竟还有差距……"说完，我禁不住叹了口气。

  梁师傅拍了拍我的肩，安慰道："缘分没到而已，相信日后你也会找到好姑娘的。"

很快，就到了李老板约好要来接我的日子，早上不到九点，我就换上西装和皮鞋，还戴上了新买的梅花表，精神抖擞地准备去码头。结果刚走到商业街，就看到拎着大包小包的李老板、温师傅和淳哥，他们还在买东西。我想起来了，他们说过，要来这里购买婚礼上用的东西。

我几步就跑了过去，对着他们大喊道："李老板、淳哥、温师傅！"

他们听见喊声便停下脚步，李老板说："能在这里碰到你真是太好了，省得我还得去酒店里找你了！"

我帮他们分担了一些包袱，拿在手里。

淳哥打量了我半天，说："现在在大街上看到你，我都不敢认了。真想不到，柯诚稍微捯饬一下，竟然这么精神！"

"淳哥，你又取笑我了！"

温师傅还是那般沉稳老道，说："有话回去慢慢讲吧，船老板还等着咱们开船呢！"

我们加快脚步，走到码头。果然，船老板已经站在船头，远远望着。我们刚一露面，他就连忙和助手下船，帮我们将物品一一拿到船舱里。

很快，船驶出了码头。直到这时，船老板才注意到我，道："你是柯诚？我的天啊，这才几年不见，都不敢认了！果然是大变样啊！"

几年之间，我随着李老板帮忙跑船运货，和船老板已经十分熟悉了，我们又热络地聊了一阵，才回到船舱里休息。

二、炭场已变样　婚庆情意浓

几个多小时之后，我终于再次回到鲁发岛的小弯溪。听到汽笛声，炭场里的工友们都跑到岸边，不断地挥着手。李老板告诉我，他早就和工友们说过了，我今天会跟着他们一起回来，工友们都十分想念我。

我同样是百感交集，跑下船，首先映入眼帘的是小弯溪岸边用石块筑成的小码头，竟然不是印象中自己搭建的厚木板了。

老板娘阿罕抱着一个小女婴走上前与我握手，我不知道李老板已经有了

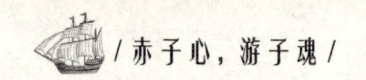

孩子，在西服兜里掏来掏去，想要给孩子包个红包。

阿罕打量着我，说："柯诚，我都不敢认了！"

她这么一说，工友们才真的认出我，尤其是那些和我一起工作过的工友们纷纷簇拥上来，你一言我一语地说："你是柯诚？穿得这么精神啊！"

"如果不说，我还真不敢相认啊！当初去大城市打工真是对了，比我们有胆量、有见识，现在也是城里人了！"

"回来是来参加温师傅和淳哥的婚礼吧，想不到如此重情重义，难得啊！"

工友们的感情非常质朴，于是我说："大伙们过奖了，不敢当啊！"

工友们自行搬运货品，李老板和温师傅、淳哥拉着我，说要好好叙叙旧。我对李老板说，想先去炭场看看。温师傅和淳哥还要去忙活婚礼，李老板便带着我，在炭场周围转了一圈。

好家伙，和三年前相比完全是大变样了，只有三个炭灶没变，周围却摆放着无数的一层压一层的木料，烟囱还在冒着烟。犹记当年李老板就曾担心过，山上的树木还能支撑这个炭场几年，我也顺着眺望山岭，放眼望去，尽是砍去树林留下的光秃秃的岩层。不过，除了树根和嶙峋怪石，相对平坦的空地处已种上了耐旱的野生山兰稻。

李老板说，这些山兰稻是当地人的一种作物，但产量很低，即便是在好年景，亩产也只能勉强收七八十斤，如果遇到雷电引发山火或人为纵火，就颗粒无收。但这已经是此处能够选择的最好的作物了，好歹能将这些零碎的空地利用起来。

从炭灶溜达到溪边，那棵大榕树长得越来越高，树叶枝繁茂盛，如同伞盖。树下新添了一些石桌石凳，炭灶向北通往码头的道路已经平整，沿岸也修建出了空旷的广场，岸边种植了绿叶成荫的树。除此之外，厨房、仓库、员工宿舍也都改装成红砖房屋。但是，在办公室左侧，竟然还新建了一座土木结构的小屋，看着只有几平米大小。我心想，这么小的房子能做什么呢？李老板问："还不错吧？你离开的这三年，添了一些设施，但改善得还不够啊。"

我竖起大拇指："已经很了不起了！对了，我还记得我离开之前，你很担心树木不够的问题，这么一看，山上的树木即将砍伐殆尽……"

提起这个，李老板来了兴致："我和温师傅他们都研究过了，现在已经将一个炭灶改烧砖瓦了，这些砖瓦已经运往都迈市和马六甲市销售了，如果销路好，另外两个炭灶都改成烧砖瓦。咱们这座岛的黄泥土黏性很强，是用来烧砖瓦的最好材料。"

真想不到，李老板竟然能够充分利用资源，从中走出一条新的道路来，我也着实为他高兴。正聊着，老板娘走过来，说："柯诚难得回来，你带着他去新建的宿舍吧，顺便参观一下温师傅和夏淳的新房。"

所谓的新宿舍，其实是给有家室的员工单独居住的，共五间房，李老板与阿罕及女儿住两间，三四间分别是淳哥和温师傅的新房，第五间留着备用。马上就要举办婚礼了，新房已经布置妥当，很是喜庆温馨。屋子不大，但应有尽有：一张双人床，挂着蚊帐，铺着床毡；一张木桌两把木椅，靠近门口的地方放着脸盆架和洗漱用品；还有一个大衣柜。不过，新房今天肯定不能住，所以李老板安排我们三个人暂时住在第五间备用房里，还能聊聊天、叙叙旧。

我问："明天就是婚礼了，具体是怎么安排呢？需要我做什么吗？"

李老板笑着说："当然，其实具体流程和当年我的婚礼差不多，不过得兵分两路。我和你带着几个伴郎去接淳哥的妻子瓦蒂兰梅，毕竟你是和夏淳一起来到这座岛的，算是亲近之人了。另外一个队伍让其他员工带队。"

我拍着胸脯说："肯定的，就冲着当年淳哥带着我在这座岛上扎下根，像哥哥一样照顾我，我也得给他撑住了门面。"

淳哥十分感动："小诚啊，明天是哥哥的好日子，相信很快也就轮到你了。到时候，哥也给你去撑门面！"

聊着聊着，我不知不觉睡了过去……

第二天，我是被一阵喧闹声吵醒的，睁开眼朝窗外望去，外面已经开始忙活起来了。我也赶紧起床，出去加入他们的队伍。

没过一会儿，穿着新郎官衣服的夏淳和温师傅就收拾妥当。我走过去说："真是不一样啊，穿着新郎官的衣服，就是帅气逼人！"

淳哥十分紧张，不停地搓着手："小诚，你就别取笑我了，我现在可真是紧张死了。"

李老板正好就在旁边，转过头鼓励道："怕什么？现在当地姑娘嫁给异国人已经不再那么轰动了,娘家人也不会为难你。对了,柯诚,"他转头又对我说,"吕宁夫妇来了,你赶紧去见见他们。我敢说,要是不介绍,他们肯定认不出来你。"

提到吕宁夫妇,我十分激动。想当年,我们刚流亡在这座岛上时,连续几天水米未进,饥肠辘辘之际,进了他们家中。幸而吕宁大哥是同胞,对我们伸出了援助之手,并且介绍我们来李老板的炭场找工作。如果没有他们,就没有今天的我和淳哥。不仅要见,还要把酒言欢!

在老板娘阿罕的指引下,我跟着她进了厨房,只见吕宁大哥和妻子亚秋都在忙活着。我快步走过去,对着他们深深一个鞠躬,道:"吕宁大哥,亚秋嫂子,好久不见了啊!"

他们看到我,都是一愣:"这位是?"

"我是柯诚啊!"我凑上前,让他们看个仔细,"当年,我和淳哥去你家里讨饭,如果没有你们,我早就饿死了。还记不记得我?"

"你是柯诚?"吕宁当然记得当年那个小不点,但时过境迁,他已经认不出我了,"你长这么大了?还这么一表人才!"

"几年前,我去马六甲市打工了,也没什么大出息,在一家酒店里打工。"听到他们这般夸奖,我有点不好意思,"您太过奖了。"

亚秋也附和道:"柯诚长大了,是个男人了!都过了这么久,还记着我们,当初不过是举手之劳!"

我说:"在酒店里打工很难请假,原本打算趁着这次机会回来看看老同事和你们。如果今天你们不来,我肯定也得去你家拜访啊。"

吕宁笑着说:"在外面看来没少长见识,会说话会办事了!"

正说着,李老板在窗外大喊:"时间快到了,我们集合吧!"

我忙和吕宁夫妇打了个招呼,走出厨房,广场上已经聚集了很多人,有阿罕的母亲和妹妹,有船老板夫妇,还有帮李老板去利加岛找货运船的当地朋友。这些人中,有的是去当伴郎的,有的是来帮厨的,还有的是来参加婚礼的。

温师傅和淳哥一现身,广场上就响起了热烈的欢呼声,有人高声喊道:"新郎官,赶紧去接新娘子吧!"

李老板举手示意了一下，说："接新娘子是正事儿，咱们兵分两路：A某、B某、C某三位场工，你们跟着船老板，随温师傅去岭西村迎娶瓦蒂伶伶；我和柯诚带着D某、E某随着夏淳去岭东村迎娶瓦蒂兰梅。岭东村比较远，我们尽量走快些。还有最重要的一点，咱们必须在十二点之前离开村子往回走，千万不要让新娘的娘家人拖太长时间啊！"

和李老板的婚礼流程一样，在我们这两支接亲队伍离开时，依然要点燃鞭炮。不同的是，今天不是小串鞭炮，而是吊在榕树树杈上的大挂鞭炮。工友们点燃，热烈的炮声在小弯溪边的空中不断回响，又一次打破了鲁发岛千百年来的沉寂……

接亲队伍走到三岔路口时，温师傅他们往西走，我们往东走。大概走了半个多小时，我们来到一条小道，又绕过怪石嶙峋的海岸边，随着海浪不断拍打，我们只好脱下鞋子，卷起裤管，从浅水滩中走了过去。

刚刚走过浅水滩，面前豁然开朗，出现了一个村落，这就是新娘瓦蒂兰梅的娘家岭东村了。突然，几只狗冲着我们奔了过来，一边跑还一边吠叫，我们都被吓了一跳。就在我们慌乱之际，村口的几个男女忙叫住了狗，问："你们是谁？"

李老板喊道："我们是来迎娶瓦蒂兰梅的接亲队伍，不知几位是否是准备参加婚礼的？"

果然，那几位是在村口等待我们的，于是我们同行到新娘家门口。当接亲队伍到达后，新娘家也会点燃鞭炮，不过这里的规模和炭场的相比小了很多。

这个村子并不大，大约只有十几户人家，住的大多是草屋房。房间都不大，所以我们无法都进去，只得先被安排在村子的空地处。淳哥带着我和李老板，一行三人进入新娘家中，一同会见新娘的父母和弟弟。按照习俗，淳哥拿起茶壶倒满几个茶杯，双手捧茶逐个递给新娘的父母与弟弟。此时，瓦蒂兰梅在草房里梳妆打扮，还不能出来相见。

敬过茶后，屋子实在太过狭小，我们又都走了出来，在树底下坐好。这里离海边很近，海风透过树荫，十分凉爽，空气显得格外清新。不一会儿，四个桌子都坐满了，大多是屋主家的兄弟和外村来的亲戚。他们的伴娘队伍

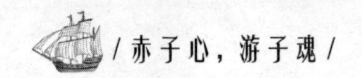

有好几位姑娘，同坐在一张桌上。

酒席管理人宣布正式开席，我看了一眼手表，正好是十点。几个来帮厨的男女端着各色菜肴穿梭在几张桌子之间，一共是八个热菜，有常见的鸡鸭，还有洋葱黑木耳、炒葫芦丝，还有木耳烹羊肉。想来，这已经是他们能够准备的最好的菜肴了。

待我们吃到一半时，新娘子走了出来，淳哥连忙起身相迎，从新娘父母手中拉过她的手，预示着人生进程。酒足饭饱之后，我们也该离开了。在娘家人的不舍中，我们顺利地将新娘接出了村子。果然，这次接亲过程比李老板当初可顺利多了。

回程的路上，遇到一件好玩的事情。到了浅水滩，都得脱下鞋子、卷起裤筒才好通过，但新娘穿着长裙，十分不便。于是，李老板说："得保持新娘子的仪态，不可涉水，来，夏淳，你背她过吧！"

夏淳脱下鞋袜，放在口袋里，背上瓦蒂兰梅。他们俩在前面走了过去，我们在后面起哄。

我开玩笑说："淳哥，七年前，是你带我去乞食，现在是我陪你背新娘！你猜我想起什么了？猪八戒背媳妇，哈哈哈。"

兰梅不知道我说了什么，淳哥就翻译给她听，她听了之后也笑！随行的人也都跟着嘻嘻哈哈地笑了起来！

回到炭场，温师傅的队伍已经到了。等到我们也回来之后，鞭炮齐鸣，热热闹闹的婚礼正式开始。比起岭东村来，我们的菜肴丰盛许多，大家都兴高采烈地沉浸在婚礼的热烈气氛中。

三、婚宴酒席间　　思想好交流

婚宴共五桌，首桌是夏淳夫妇和伴郎伴娘，第二桌是温师傅夫妇和伴郎伴娘，我和李老板等人坐在第三桌。老板娘阿罕在各个桌上分发555牌香烟，倒上各色洋酒。对当地人来说，这些高档货几乎闻所未闻。

一些心急的工友已经开始点燃香烟，吞云吐雾。有人说："果然是好烟，抽着不呛人。"

一位伴郎说："来你们这里可真是长见识了，难怪女孩都愿意嫁给华人，看看炭场里的工友，吃穿用度，就是比我们村子里强得多！"

另一位接口道："可不是。之前听参加过李老板婚礼的朋友回去说，看到他们小两口的日子，别提多羡慕了。之前还有女方家长不愿意让女儿嫁给华人，李老板的婚事一出，立刻成了榜样，现在大多数长辈都盼着女儿能嫁给华人呢。要我说，咱们当地人不懂如何利用资源去赚钱，你看人家李老板，先是利用木材烧炭，听说最近又要利用泥土烧砖瓦……"

工友们张罗着："赶紧喝酒、吃菜啊，这么好的酒，别浪费！"说着，他打开一瓶白兰地，醇香的酒气不断弥漫在空气中。他站起身为宾客们倒满酒，主动和大家碰杯。

当地人都很会喝酒，白兰地、威士忌都不在话下。而且他们还爱好猜拳，一时间热闹非凡，慢慢地，他们都已经醉倒了！

和新娘的娘家酒席不同，炭场这里的婚宴上没有了打趣新郎新娘的环节，而是会让他们讲一讲自己的恋爱过程，让他们互相夸奖一番。当然了，娘家酒席上打趣新郎新娘的环节无外乎就是吃同一个水果，新娘蒙着眼猜新郎等，也不会太过分，只是会让一对新人觉得不好意思，已经不会像李老板的结婚酒席那样，要闹到让老板娘阿罕的娘亲站出来主持公道了。

不过，温师傅和淳哥都是老实人，不太会说什么甜言蜜语，都只会用行动表示。大家让他们表示有多爱自己的妻子，温师傅先是用筷子夹起一块鹅肉，放在新娘的碟子里，说："婚姻就是两口子好好过日子，我就是会把好吃的都先给她。"这般朴实无华的话却赢得在场所有女士的集体鼓掌。

淳哥也有样学样，把鱼肉的刺都剃干净，才放在新娘的碗中。逗得新娘哈哈大笑，和温师傅的新娘相比，她更加爽朗，也更壮实一点。

李老板说："咱们祝福这两对新人百年好合，早生贵子！"紧接着，两对新人在所有亲朋好友的注视下，喝了一杯交杯酒，算是礼成。

看着他们此时的幸福，我心中的百感交集。现在，我也到了该思考人事大事的年纪，也遇到了心生好感的姑娘。然而，按照袁老板所说，我和凌雪香之间有着难以跨越的差距。可看到温师傅、淳哥，还有李老板夫妇、吕宁夫妇，他们不仅跨越了国籍，还跨越了很多文化上的差异，都能有情人终成眷属。我和凌雪香之间的差距，无外乎是金钱和社会地位，但我们都是华人，在生活习惯等方面，还是有共同语言的。

也许是借着酒意，也许是心里有事，我突然想要抒发情绪，大声说："各位来宾，能回到旧处参加故友的婚礼，深感荣幸！想当年，我和淳哥流亡到这座岛上，前途未卜，多亏了在座很多位恩人伸出援手，将我们从生死边缘处拉了出来。给了我们安身立命的工作，让我们有机会在这里生活下去。"

说着，我举起酒杯，对着吕宁夫妇、李老板夫妇敬了一下，一饮而尽。又倒上一杯，说："几年前，李老板迎娶老板娘阿罕嫂子，我也跟着接亲队伍去了新娘的娘家，当时有很多当地人都不理解，但感情这回事，又怎么能被条条框框束缚住呢？就像今天，温师傅、淳哥迎娶的也都是当地姑娘。其实，不管是岭东村、岭西村，或是其他村落，大家都是生活在这座岛上的岛民，平日里也都多有交集。爱情就是由心而发，爱就爱了，不论国籍、不论年纪，只要相爱，就能克服很多困难！希望所有朋友，都能找到心中所爱，我也同样希望自己能够如此！到时候，我们再相聚于此，见证彼此的幸福！"

我只是有感而发，也希望自己能够有勇气去追求爱情。但这番话鼓励了在场所有来宾和工友，他们纷纷鼓掌。

李老板也对我竖起大拇指，称赞道："看不出来啊，你现在说话也是一套套的了，看来在大城市打工就是能增长知识。"

闻言，我并没有多说什么，只是继续喝酒吃菜，在一片欢声笑语中，酒席也走到了最后……

四、悼国殇　祭乡魂　安土地

婚宴的最后，李老板还准备了最后一个环节——祭祖。其实，当年他就想在自己的婚礼上祭祖，但碍于那个时候，当地人还是比较反感本地姑娘嫁给华人，所以也就没弄。现在，时机成熟了，温师傅和淳哥也都是华人，三个人再加上我们这几个华人工友，正式举行一次祭祖仪式，了却心愿。

淳哥文化程度最高，他草拟了一份"悼祭"短文，李老板时刻放在兜里，反复熟悉。他们去马六甲市采买的时候，买了一些祭祀用的物品，还是我帮着拿回来的，有陶瓷香炉、紫檀香、蜡烛、适量的红纸，都被一一摆放妥当。温师傅又在香炉里添上沙子，在桌案上摆好三碗白酒、几碟贡品。

来参加婚礼的宾客好奇地看着，只有华人工友知道这些仪式的内涵。片刻之后，李老板站起身，说："我们华人讲究祭祖，今天是夏淳和温师傅的大喜日子，但家乡的爹妈看不到，就用这种方式了却心愿吧。来，两对新人，阿罕，你们都站过来。"

很快，李老板与阿罕站在中间，夏淳和瓦蒂兰梅站在左边，温师傅和瓦蒂伶伶站在右边，三对夫妻列队站好。李老板一拍脑袋，叫道："哦，还有吕宁夫妇，也站过来！"

吕宁也是华人，娶了当地姑娘亚秋，也不曾回过祖国拜见高堂，于是站在李老板身后。船老板也拉着夫人站在吕宁的左边。

一切都妥当了，李老板宣布："祭祖！"紧接着，他开始念诵夏淳撰写的《悼祭》：

　　1954年秋，吾辈携印尼鲁发岛当地女子——阿罕及其他兄弟、妻子等一行人，叩悼灾难深重之祖国，祭拜家人先祖及乡亲前辈之亡魂，溯念父母亲人与乡人养育之恩。吾辈垂泪于桌前，点燃香烛，香芬万里之外，心恸神知！

　　呜呼！吾辈乃中国之子民，岂料落难于此，此乃印尼国苏门答腊大岛外不远之鲁发小岛。读私塾时，国文老先生未通地理，不明一册面之地图，竟有此茫茫远洋，离乡老土万里之遥！吾等历尽万水千山之艰，登陆陌地之苦，跋山涉涧，举目无亲，原之饥寒终难摆脱。回悟吾辈焉有抛国都之思，移寄他域之念？

　　然，社稷疆土之内，战火连天，先有日寇侵犯我中华大地，后又陷入国民党抓壮丁之乱，期盼跨越远洋寻找出路，方至于此。后为求生而自谋，隐身于溪岭之间，伐木烧炭，任旱蛭山虫叮咬，忍躯体疾病折磨，且饥时难求米粒，木薯为餐，日久元气身衰，体力殆尽。幽烟香云回故乡，禀告父母亲人，命难维！苦极乎！痛极乎！

读到此处，李老板已是泣不成声，哭声深沉悯惋，催人泪下。然后，夏淳、温师傅、吕宁和船老板也跟着痛哭，五位妻子也泪流满面。我同样跪拜在队伍之末端，往事涌上心头，切切怆情，泪如雨下！

稍歇间，李老板接读祭文：

处百难之中，吾辈觅船运炭外售，入境异国，货获丰利以解倒悬命途，人生奋搏之旅，拼出图腾，方显一线曙光！从此窘境除去，犹似枷锁脱身！在旅之人有幸，皆娶得当地姑娘，结为夫妻，但愿日后生息繁衍，子孙兴旺，长居天隅一方，瓜瓞绵长。游子有知，缘家人累世，积德余庆，荫吾辈死里逢生，感国恩社稷恤抚之气，助吾辈于异域有成！

呜呼！苦海沉浮，盼承慈航，尚望百尺竿头更进一步！悲兮！壮兮！

接着淳哥倒满三碗白酒，李老板接过酒，口念：

第一碗酒，进谒华夏炎黄大帝在天之灵；
第二碗酒，洒向历世为祖国捐躯将士之亡灵；
第三碗酒，洒向已故和活着的亲人、乡人，以念养育之恩。

三碗酒洒在地上，李老板拿起桌上的三捆纸钱点燃，仅以此举为逃亡在异国的兄弟们了却长年的悼祭国殇之痛、牵挂家人之情。

就在李老板读祭文时，所有华人工友都已哭作一团，把心中长久的思念和郁闷都发泄出来。虽然语言不通，当地人听不明白文绉绉的祭文，但看到这番情形，也大抵明白了，皆沉默地注视着我们，从他们的眼神中，我读懂了一份感同身受的情感，心里好受很多。

李老板读完祭文，又带着所有华人工友和家属来到那座广场孤零零的小屋门口。第一次见到时，我还觉得奇怪，怎么会在这里建造一座这么小的房子，用来干什么呢？

李老板解释道："这间小屋是咱们祭拜土地公的，在我们老家有这么一个说法，盘古开天辟地，玉帝会往人间派一位管地皮的小官，也就是我们常说的土地公,能够保佑一方土地的平安。如今,咱们流亡在这座小岛上,也需要给土地公供奉香火,请他保佑我们都平安。当然了,我也知道这只是种习俗,不过权当是心理安慰吧。"

祭拜土地公的规格要小很多,主要是一番心意。之后,船老板夫妇、吕宁夫妇都准备离开了。我快步走到吕宁身边,拿出了一个红包,那是我特意找李老板要的,装了二百元,塞到吕宁夫妇手中。

吕宁连忙摆手,亚秋也直往后缩,口中不停地说着"不要"。我说:"我过来的时候要帮着淳哥他们搬运货品,也没有来得及去采买像样的礼品,只好给你们红包了。如果不收,我心里不安啊。"

李老板站在一旁也劝道:"这是小诚的一番心意,难得他还记得你们的恩情,怎能不收呢?拿着!"

最后,吕宁将红包收下了,我握住他们的手,反复说"之后还会回来再看望你们",情真意切。

由于我要搭乘船老板的船一同离开,看着诸位旧友,心里十分不舍。但天下没有不散的宴席,能够再回来已是不易,希望今后有机会还能再来这座岛上做客。

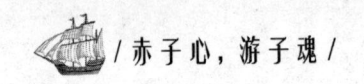

第十章　寻婚圆了我的梦

一、袁老板论当地女　指点求婚要华人

我在船老板家借宿了一宿，第二天回到了马六甲的火锅店。时间还早，火锅厅还未开工，我放好背包后赶到职工食堂吃早餐，恰好碰到袁老板和梁师傅。

袁老板见到我后，吃惊地说："柯诚，怎么这么快就回来了？婚宴办得怎么样？"

我笑着说："是啊，不想再多耽误工作了。婚礼办得挺风光，两个新郎官都是华人，新娘都是当地人，所以很热闹。"

袁老板道："唉，华人娶当地姑娘，没被村里人阻拦吗？当年，我曾经遇到一个华人新郎娶当地姑娘的婚礼，结果村子里的人各种拦住不肯放行，还用各种刁钻的方法折腾新郎。还说什么'不能让外面的男人那么容易娶走他们的姑娘'，你听听，像话吗？"

我想起了李老板的婚礼，虽然没有他说得那么夸张，但也感受到同村青年的愤怒。我说："现在好多了，鲁发岛毕竟是一座孤悬在外的荒岛，当地人也不算太多。李老板在那里开了炭场，雇佣了很多当地青年来打工，相互之间融合了很多。"

袁老板点了点头："我跟你说，你娶老婆，首选还得是找华人姑娘，而且定居的地方必须得是大城市，如果住在印尼、马来西亚的农村有什么意思呢？我认识的华人，大多选择吉隆坡、马六甲，要不就是雅加达、巴厘岛，还有越南的西贡也行，总之得留在大城市才有奔头。"

我听得津津有味，袁老板毕竟见多识广，认识的人又多，说起这些见闻来头头是道。

他继续说:"这些大城市啊,就比如咱们这里,华人多,可以用中文直接交流,同时还能学习英语、马来语,多掌握点语言。就算学得不好也没事,这里还有华文学校,当地人也都在积极学习中文,成家立业后,也不用担心孩子的教育问题。柯诚,你还年轻,可以慢慢去追寻你想要的生活,包括娶老婆,包括事业,不辜负自己就好。"

听了袁老板一席话,给我增加了许多见识,但也听出他对农村里的当地人误会比较深,尤其对娶当地女性存在偏见。

因为我刚从鲁发岛回来,风尘仆仆的,袁老板特意又准了我一天假,让我好好休整一番。我心里过意不去,想帮梁师傅干点活。梁师傅笑着把我打发走了,让我好好养精蓄锐,准备投入明天的工作。

二、跟车去买羊　途中遇雪香

参加完婚礼后的第二天,我便又投入到火锅厅里的炉火工作,日子和往常没有什么不同。就这样又过了几个春秋,不过袁老板说话算话,薪水给我涨了好几次,现在我每个月都能收入两百元了。偶尔还是会去楼上的舞会放松一下,没有固定舞伴,甚至有时候就是去上面坐坐。

每隔几个月,凌雪香会从新加坡寄回来一些信件,但不是单独给我的,而是她与承办舞会的老板之间的通信。刚开始,舞会老板并不知道我和凌雪香认识,后来我变成熟客之后,也和他熟悉起来,便总是从他那里打听雪香的消息。他自然也将我的情况通过信件告诉给雪香。这样一来,我们算是建立了联系。我不敢贸然说出心中的想念,也不敢询问她对我是否也有着同样的期待,只好这样不清不楚地继续通信。

如今,我也二十六岁了,在老家,已经是大龄青年了,早就该娶妻生子了。可眼下,有好感的姑娘在遥远的新加坡,我虽然攒了些钱,但仍然和她的家庭差距甚大,根本不敢随便去找她表白。

这一天,用餐的晚高峰时,我在后院里忙着备火、点炉子,一大群穿着特别的客人走了进来,其中一位高声说:"店家,我们要吃山羊肉火锅,给我

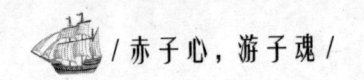

们备上两桌。"

他说的是中文,梁师傅瞄了一眼,对我说:"是停靠港口的船员,他们最喜欢吃山羊肉火锅。"

"我怎么记得今天咱们后厨准备的山羊肉不够了……"我想了一下,"昨天我还去后厨帮他们切了肉片,是最后一块了!"

果然,服务员从后厨跑出来,对客人歉意地说:"不好意思,几位客人,山羊肉没有了,还有肥牛、各色海鲜,可以吗?"

那位海员有些不满,询问了一下同行人的意见,说:"行,那就凑合吧。"

午餐高峰过去后,刘经理找到我和梁师傅,说:"现在咱们后厨没有羊肉了,袁老板让我安排一位员工明天一早去麻坡县城取定好的货,柯诚啊,你跟着去吧。"

"麻坡县城?怎么去那里?"

"咱们的羊肉一直都是从那里订购的,质量有保证。"刘经理随口解释道。

晚餐高峰结束后,梁师傅便让我提早回去休息,袁老板让我明早七点就得跟着走,需早点休息。能跟着袁老板和刘经理一起去办事,一方面能长点见识,另一方面也说明了他们对我的信任,理当重视起来。

第二天一早,我们几个人就准备出发了。刘经理当司机,袁老板坐在副驾驶位上,我坐在后排。我是第一次去麻坡县城,袁老板比较了解麻坡,刘经理也来过几次,路都很熟了。

我们停在羊庄村的村口,碰上了前来接我们的羊场主,他叫阿鲜,是个四十多岁的中年汉子。我们下车后,袁老板和刘经理和他握了握手,阿鲜也很熟络,说:"两位老板,好久不见了,今天带了个小年轻,是你们的助手?这么年轻,就能堪当重任,年轻有为啊。"

袁老板拿出一盒555香烟递给羊主,说:"还是阿鲜会看人,他叫柯诚,在我们店里做了很多年了,踏实肯干。我们的货怎么样了,今天能给我们多少只啊?"

阿鲜也不客气,接过烟,点了一根:"幸好你们来得早,这次给你预留出了十二只。"

"行，那这次咱们怎么计算价格呢？"刘经理作为酒店的管理，对货品价格更关心。

"这次还是那个价钱，都是老顾客了，不过以后要用的话必须更提前预定了。每斤算两元五角，这十二只羊基本上是一只三十斤，如果不放心，到店里绑着秤重也行。也就是七十五元一只，可以吗？"

袁老板点头道："没问题，我信得过你！"

阿鲜又问："是我们在这里宰杀，还是你们拉回去再宰杀？"

刘经理说："算了，还是我们回去自己宰杀吧，毕竟数量多，一时半会儿也销售不完。提前宰杀了，会影响肉的新鲜度和口感。"

阿鲜表示理解，帮着我们把十二只羊赶上了货车车厢。袁老板付了现金，便带着我们几个人离开了村子。由于车里装了羊，速度开得很慢。袁老板提议去烤鱼店那休息一下。

袁老板说的烤鱼店是个窝在篷子里的路边摊，一般是上午十点多开始营业，很多过往的司机都喜欢来吃烤鱼。我们到的时候，已经有几桌客人了。伙计站在篷子外用铁皮长炉自顾自地烤鱼，就算来了客人，他也只是寒暄两句，便又开始干活。

"店家，烤鱼怎么卖？"刘经理走上前询问。

"在这里挑，炉子上烤的，都行，挑好后称重。你们直接坐过去，烤好后给你们端过去。"

刘经理看了看，指着一条二斤半的鱼说："就这条吧！"说完，我们三个人进入篷子，找了个靠边的位置坐定。没一会儿，伙计用芭蕉叶包着烤好的鱼，连同一碟酸辣酱端到桌上。

这里的烤鱼都是沾酸辣酱吃，味道不错，别有一番滋味。有些客人喜欢拼酒，但我们还得开车回酒店，就没有点酒。突然，我余光瞥到另一个角落里坐着六个年轻人，两男四女，说的是中文，其中一个女孩我觉得眼熟。我揉了揉眼睛，确认自己根本没有喝酒，站起身又仔细看。

刘经理看我有些失态，问："柯诚，赶紧吃啊，看什么呢？"

我充耳不闻，只顾着看那个女孩。过了片刻，我才不确定地大声喊道："凌雪香？是凌雪香吗？"

那个女孩先是顺着方向望向我。等看到我后,先是疑惑了一下,紧接着,瞪大了眼睛,兴奋地对我挥手:"柯诚!"

她还记得我的名字,还记得我这个人。我的心狠狠地被击中了,那些被按压在胸膛里的蠢蠢欲动突然破土而出,让我有了不顾一切的勇气。我快步跑到她的面前,想要拥抱,却又退却了,只好紧紧地握住她的手,说:"雪香,真的是你啊!你怎么会在这里?真想不到,能在这里见到你……"

听到我语无伦次的话,她扑哧一笑:"我来这里吃烤鱼啊!你呢?"

"我也是,今天跟着老板来这里采买,中午路过这里,顺便来吃饭。上次你走了之后,我也不知道你的通信地址,只好经常去舞会老板那里,托他给我带些话。你的信他也会挑出和我有关的内容讲给我听,后来次数越来越少了,我也不好追着问。不知道你愿不愿意把通信地址直接给我,让我能直接找到你?"

"他只是我亲戚的朋友,大家都忙,后来的联络也渐渐少了!"凌雪香连忙解释,"我也一直记挂着你呢……"说完,她的脸有些红。

"阿香,我们吃好了,还得赶路回新加坡呢,你快点啊!"她的朋友催促道。

"这样吧,柯诚,我的姨妈在是新加坡小坡四马路开了家'吉利店',如果你想写信可以寄到那里,平时我也去那里帮忙,如果你有机会来新加坡,可以去那里找到我。希望能再见你!"

在朋友的催促下,她向我不断挥手,依依惜别的样子让我怦然心动。我把她说的地址牢牢记在心里,一个大胆的念头在脑海中形成……

回到袁老板和刘经理身边,发现他们都在用好奇的眼光打量我,让我很不自在。

"小诚,她就是你说的那个女孩?"袁老板曾经因为我工作消极而劝解过,所以相对了解一些。

我点了点头。

刘经理不太清楚来龙去脉,更客观地点评道:"不过,那个女孩穿着可不一般啊,不是咱们这种底层打工仔能追求到的。柯诚,她对你有那方面的意思吗?"

我也不能确定，只好摇了摇头。

袁老板却肯定地说："别的不敢说，几年的时间没见过，女孩仍然一眼就认出了柯诚，足以见得，在女孩心里，柯诚还是有一定分量的。"

这句话点燃了我，刚才她认出我的那个瞬间，给了我无限勇气。我忙追问："真的吗？袁老板，你可别骗我！"

去进货时的这个插曲，改变了我的一生，但当时的我根本不知道……

三、老板声援坚决　我决心去追她

回到酒店之后，我又开始变得情绪低落，脑海里总是想着凌雪香，从第一次见面她的善解人意，到第二次、第三次时的纤纤玉手，再到这一次的惊鸿一瞥。让我陷入一场无人知晓的单相思中。

又过了几天，袁老板和刘经理让我去楼上找他们，我正好也想和他们聊聊我的想法。

"柯诚，这两天你情绪不太对劲，我知道，肯定和那位姑娘有关。你年纪也不小了，都二十六岁了，自己有什么打算？"袁老板开门见山。

"老实说，如果没有这次再相见，我也没有什么其他想法。就像您说的，几年不见，她还能一眼就认出我，我觉得她应该对我也有好感。而且，当初在舞会上就和我聊得来。我曾经参加过三次婚礼，我不在乎另一半是否是华人，我只想找一个能相互扶持的妻子。在海外漂泊这么多年，我太想要一个家了。"

"华人好！就像我跟你说的，想要婚姻长久，就得找能聊得来的，彼此生活习惯都接近的，这样才没有障碍。如果找个当地女子，很多事情都得去迁就她和她的家人，无形中就有了很多矛盾。"

袁老板倒不是多能理解我对雪香的思念，以及雪香对我的意义，只是单纯地认可她是华人女子。

我说："那天她给我留了地址，还说希望我去新加坡找她。这几天我一直在琢磨，这是不是一份正式的邀请，是不是我会错了意？"

袁老板想了想："女孩的心思不好随意猜测。这样，我给你放几天假，你去新加坡找女孩好好聊一聊，把自己的心意说明白，问清楚她对你是否有意，再另做打算。如果对你有好感，那你就争取促成人生大事，如果对你没好感，那就只好当普通朋友了，再另寻伴侣。"

我还有些犹豫，或者说是胆怯、迷茫。

"你也别多想，问清楚就是为了不让自己会错意，懂吗？"袁老板又给我讲了一下去新加坡需要注意的事项。在袁老板描绘的场景里，我似乎看到了我和雪香约会的模样，顿时心潮澎湃。

回到后院，梁师傅正在忙碌着，见我回来便问："袁经理他们找你有什么事？"

我将在麻坡偶遇凌雪香的事情和袁老板准我假去新加坡找她都讲给他听。梁师傅一拍大腿，道："竟然还真让你小子给等到了，也不枉费这几年你的挂念。打算什么时候起程？"

我的心早已经飞去了新加坡："明天一早就去订票。"

梁师傅笑着说："千里姻缘一线牵，祝你抱得美人归！"

四、远道寻女友　踏上新加坡

第二天，我连早餐都没在酒店里吃，招了一辆三轮车，赶到中心汽车站。有当天的车票，我二话不说就选择了即刻出发。

整个车程要有四五个小时，中午，司机将车子停在一个小饭馆门口，让旅客自行吃午饭。吃过饭后，车子再次启动，这次很快，也就个把小时，就过了柔佛大桥，进入新加坡的地界。

长途车的终点站是皇后街巴士站，旅客们有序下车。司机看我是第一次来这里，就热心地介绍说："车站附近有很多小旅馆，价格公道，你可以随便找一间住宿。这里有公交站和的士站，你想去哪里，看准车牌号便可乘搭，如果弄不清，就招手打出租车，把街名报给司机就可以了。"

皇后街巴士站人来人往，熙熙攘攘，我背着背包沿着大街步行百余米，便找了一家名为"常客旅馆"的小旅店。我还没进去，店员就出来接应道："先生，我们这里配备齐全，房间有卫生间，有冷热水，有风扇，价格适中！"

坐了大半天的长途车，觉得身体疲乏，我询问了价格，觉得可以接受，便跟着她上了二楼，开了一个小单间。和店员说得一样，房里很干净，设施齐全。我将行李放好，随手洗了把脸，就躺在床上了。有什么事情，都等到睡醒了再说吧……

这一觉睡得实在，等醒过来时都已经到了凌晨，我竟然不知不觉地睡了十个小时。不过，夜里这里也没地方可去，我就在房间里仔细想着去找凌雪香时应该说什么……

第二天一早，我把自己收拾干净。今天最重要的事情就是去找凌雪香，但我只能去她给的地址慢慢找。我在街边招了一辆出租车，司机按照往小坡四马路驶去。

没过多久，就到了四马路观音堂。我不知道该给多少钱，司机说了一个数，我赶紧付足车费下车。

我不知道雪香说的店铺的具体位置，只好顺着街道来回走。不知今天是不是什么特殊的日子，观音堂内外来拜神的人特别多，如节日一般热闹。我在众多家店铺中寻找"吉利店"，人潮来来往往，有时还总看不清店铺名字就被推搡着往前走了。过了好久，我都没找到，不禁有些心灰意冷。

下了车，看到庙堂，往右边走……哎呀，雪香说的是左手，原来是我从一开始就走错方向了！我又走回岔路口，往左转，这条街道没有那么多人了，可以很直观地看到各个铺面。又走了一会儿，果然在不远处看到了"吉利店"三个不太大的中文，我不由得激动起来！

走进店铺，只见一位大姐正在给客人拿货品，我不好上前，耐心地等在一旁。待客人走后，她瞥见我，问："后生仔，要买什么？"

我打量着大姐，她个头较高，身材丰满，眉目清秀，长得也很漂亮，但并没有看出和雪香相像。

大姐看我不说话，就随口说："那你慢慢看，有什么需要再和我说！"

我不好直白地开口询问，还是买点东西比较好说话，就说："大姐，给我拿一盒香吧，我去观音堂谒拜观音佛祖。"

她手脚麻利地递给我一盒香，我付过钱后又问："大姐，据凌雪香说，你与她相熟，她今天会来您这里吗？"

第十章 寻婚圆了我的梦

大姐道："凌雪香？你认识她啊？早说啊，那是我的外甥女。她前几天与小姐妹们去泰国旅游了，今晚才能回来。估计明天她就过来了，你要是找她，明天早上十点之后再过来吧。"

我连声道谢后准备离开，又觉得这样前言不搭后语地有些冒失，便把我和雪香相识，以及前段时间她邀请我来的事情简要地说了一遍。果然，姨妈对我点了点头，露出了笑容。

第二天一早，因为约好了时间去"吉利店"，我特意收拾了一番。这次我没再穿西装，只穿着衫衣、西裤和布鞋，此时的我已经不需要通过衣着来刻意装扮自己了。雪香几次主动，看中的并非是我穿什么衣服，此时我才学会慢慢体会她对我的态度，不知会不会太迟。

十点半左右，我来到吉利店，还没走到，就看到凌雪香站在店门口，时不时地抬腕看一眼手表，神情显得很焦急。我怦然心动，今天的她上身穿着一件单色衬衣，下身穿着很显身材的紧身裤，披肩发更是衬托出女人味。我很想认为她一番装扮和明显的焦急是因为我，但下一秒，又觉得自己太过自以为是。

我深吸一口气，喊出了声："雪香！"

她猛地愣住，迅速转头望过来。

我冲她挥了挥手，没想到，她竟然跑了过来，拉住我的手，激动地说："哎呀，我都不知道你来了，真对不起。我前几天出去了，要不然你昨天肯定不会白跑一趟的。"

她的口吻带着明显的娇羞，我福至心灵，原来她真的是因为我而刻意打扮，因为我比约定的时间迟到了半个小时而心焦。

我克制着不让自己失态："你邀请我，我肯定会来，多远都会来。"这是我第一次坦诚地表达出自己的情感，才发现，原来说情话并没有那么困难。

果然，她脸一红："昨天晚上，姨妈跟我说有个从马六甲市来的帅小伙找我时，我高兴成什么样子，你可算是开窍了。她说你今天十点以后来，我九点就到了，一直在门口等你，生怕错失这个机会……"

我从来不知她竟然早就对我动了心，竟然退缩了那么久。不知不觉地，望向她的眼神就带出了点点柔情。她说着说着，也觉得过于外露，也不好意思再说下去。

从见面一直到现在，她都激动地拉着我的手。此刻，我勇敢地回握住，说："谢谢你，如果不是那次偶遇，不是那次你给我这个地址，恐怕人海茫茫，我还真不知道怎么到新加坡来找你……"

就在我们俩激动的时候，姨妈也从店铺里走了出来，笑着说："想不到雪香竟然有如此挂念的华人朋友，看来你们的感情很好啊。"

雪香有些害羞地跺了跺脚，说："姨妈，那我带他去转转。"

说完，她拉起我就走。我又向姨妈点头表示了一下感谢，跟上了雪香的步伐。

雪香对这里的商铺都很熟悉，很快，她就带着我来到她说的"牛车水"，也就是所谓的唐人街。这里有一家非常正宗的珍珠坊大楼，环境优雅，是很多朋友约会的场所，食物也很美味。马上就要到午餐时间了，先去吃饭，再去喝咖啡。我只想和她在一起，做什么都无所谓，由她决定就好。

刚开始，我也不知道什么叫"牛车水"，还是她向我介绍的，其实最早是因为这里没有自来水，居民只能用牛车从别处拉水，大家都管这儿叫"牛车水"。后来住户越来越多，且大多数都是华人，久而久之就形成了"华人街"，所以就把两个称呼画上等号了。

珍珠坊大楼在牛水车的中心地带，很气派，也很符合凌雪香富贵姑娘的喜好。我们走了进去，在窗边的餐桌坐下。服务员递过来菜单，雪香问我吃什么，我让她拿主意。于是，她点了一份炖牛肉和一份青菜。

很快，饭菜就被端了上来，果然是香气扑鼻。我笨手笨脚地用公筷为雪香夹菜，她"扑哧"一声笑了。我不明所以地看着她，露出疑惑的神情。

"柯诚，你可知道，我第一次看到你时，你也是这么傻乎乎的……"雪香似乎是回想起第一次见面的样子，"当时我就想，这个傻小子，穿成这样肯定会被舞伴嘲笑，结果你居然没有舞伴，自己就跑来了。"

"所以你就挺身而出点拨我，避免我出丑？"

"对啊，当时就已经知道你是华人了，自然会亲近些，不想看你在大庭广众下丢脸。"她吃了几口菜，小声嘟囔道，"谁知道自己竟然上了心……"

我听到了,心里软得一塌糊涂。在外漂泊这么多年,要说出丑,还真有过。刚刚从海上登陆到岛上时,饥肠辘辘的,不得不挨家挨户讨口吃的;刚刚到李老板的炭场里,什么都不懂,学习烧炭的时候熏得满脸黑;刚到火锅店里,也没少因为不懂礼数被梁师傅点拨……不管是淳哥、梁师傅,还是李老板、袁老板,都是点拨我、教育我,却并没有想过如何让我避免出丑,这么一想,难免心思荡漾。

吃过饭后,雪香雀跃地说:"走,我请你去喝咖啡!"

我一愣,问:"不是刚吃过饭吗?"

她哈哈大笑:"傻死了,喝咖啡是男女约会的必要项目,那样才能好好聊天啊!"

我不好意思地挠挠头,只得跟着她进了一家咖啡馆。我对咖啡没什么研究,袁老板喝的时候,偶尔分给我一杯,除了苦涩我也喝不出别的味道。但雪香很喜欢,不过她喝不惯黑咖啡,会添加牛奶和方糖。她搅匀了一杯后递给我,我抿了一口,果然好喝了很多。

"我多次邀请你来新加坡,其实就是想看看你愿不愿意为我远行。"

我有些紧张,结结巴巴地说:"我……我肯定愿意的,但你没有明确说咱俩是什么关系,我……我也不敢冒犯啊。"

"你不知道吗?在舞会上共舞的舞伴,基本上都是男女朋友的关系,或者是新婚燕尔的夫妻。这还用明说啊?"她嗔怪道。

我更结巴了,道:"不……不知道啊。"

"我第一次见你的时候就说了,来参加舞会的都要有舞伴啊。你第二次来还是没有舞伴,我已经是鼓足了勇气才拉你的手的,我以为你是明白了的……"她话锋一转,说,"怎么?你是不是都没有和亲戚朋友说过有我这么一个女朋友啊?"

女朋友?!听到这三个字时,我的心脏都顿了一下。尽管我一直自信能够和雪香发展出一段感情,但这番话完全颠覆了我的认知。原来在她主动走向我的那一刻,就已经做好了做我女朋友的准备,除了两次共舞和简短的几次见面聊天之外,我却始终没有更近一步的表示,她只好放弃。要不是那次重逢我也表现出十分激动的样子,她也不会邀请我再来,换言之,就不会给我继续下去的机会。原来，她竟然是这么爽利且勇敢的姑娘，和我认知里比较矜持的女孩形象完全不同。

"我……其实我也和袁老板，就是我们火锅店的老板，说过咱们两个的事情，还有带着我工作的梁师傅，他们是我在火锅店里最信任的人。"我也学着坦诚一点，"我从心里已经认定，我是喜欢你的，想要和你发展下去。但是……"

"但是什么？"雪香好奇地看着我。

"咱们见面的那几次，你穿得太漂亮了，又跟我介绍了一下自己家庭的情况。袁老板说，你是富贵家庭里的女孩，我配不上你。"

她"啧"了一声："什么配不配的，你们老板真是市侩！"

"他也是好心，怕我因为追求不到而沮丧。"

"我的家庭已经和你说过了，我的父母都是华人。刚开始我对这个并不在意，可交往过两三个朋友之后，发现根本没法沟通。所以父亲就说，交朋友最重要的就是能聊到一处，所以第一次见到你，知道你是华人，长得高高大大，自然会动心。而且你老板担心的那些问题，在我这里根本就不是问题啊！"

"怎么不是问题呢？我现在只是火锅店的一个杂工，虽然袁老板照顾我，给的薪水很丰厚，但也只是相对于杂工而言。我现在吃住都在火锅店，攒钱很容易，可如果我要结婚生子，支撑起一个家……"

"哎呀！"雪香惊喜地说，"你想和我组成一个家？"

"我……我当然想，可我的薪水达不到这个要求。你家境富足，看你穿着、花费，我也不忍心让你去过我那种几乎不花钱的日子，你的父母也舍不得啊。"

她开心地笑了："只要你有这份心就好。其实，我回新加坡之后，父亲看出我心情不好，和我聊过。说我年纪差不多了，也该交个能定下来的男朋友了，如果有合适的，可以带回家让他把关。我就把你的情况和父亲说了，我父亲就说，只要有颗上进的心就好，华人来到异国他乡，能凭自己的本事找到稳定的工作就是好样的，咱们华人缺什么都不缺肯吃苦、耐得劳，这就是众多华人在这里立足的根本。"

"你父亲知道我？"这是今天第二句让我吃惊的话。

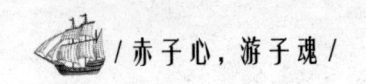

"当然！你和你的亲戚介绍过我吗？"

"其实，我骗了你。我家人并不在都迈市，父亲早逝，母亲还在中国的老家。那几年，战火连天，母亲为了让我能生存下去，才把我从国内送出来的。来到这里的途中，遭遇了暴雨，等我上岸时，行李都湿透了，记着老家地址的纸条也变得很模糊。我曾经尝试着凭借记忆中的地址写信回老家，但都没有回音，想来是记错了吧。"

我以为她会气愤，没想到她听了之后，心疼地握住我的手："其实我早就知道了，一个人如果有家人在身边，怎么可能那么长时间不出火锅店呢？你放心，我愿意给你一个家，如果你愿意的话。"

"我当然愿意！"

"那我们说好了，现在我们可是男女朋友了！"

"好！"

因为时间有限，也没有事先打过招呼，再加上全无准备，所以并没有去拜访凌父凌母。而是和雪香约好，下次再过来的时候，一定去拜访。

第二天，我一早就要赶车去大巴站，要赶回马六甲。雪香在大巴站等着我，说一定要送我离开。到了车站，我最后一个登车，找到一个靠窗的位置，坐定后，又和车窗外的雪香挥手告别，让她等着我下次假期再来找她……

第十一章　迈向婚娶成家路

一、去新加坡定婚期　实情报给老同事

从新加坡回到马六甲已是下午三点，四个多钟头的长途客运让我十分疲倦。回到火锅店，又看到梁师傅、刘经理、袁老板等人熟悉的脸，竟让我有种恍如隔世的错觉，和雪香的重逢仿佛是做了一场梦。

袁老板看见我回来，就带着我来到了三楼办公室，刘经理也跟在身后。他们对我的感情问题都很关心，迫不及待地想知道结果。

一进门，袁老板就指着沙发让我坐下，问："怎么样，见到那个女孩了吗？"

我坐到沙发上，一五一十地交代了怎么找到的雪香，和她怎么聊的，最后坦诚地说已经确认恋爱关系了。

刘经理听完，颇为吃惊，道："你小子可以啊！看来这姑娘是真的喜欢你啊！"

"都怪我，她觉得我们两个已经共同参加了两次舞会，就默认了和她发展成为男女朋友，可我根本就不知道。因为我的不主动，让她失望了。"

袁老板也愣住了："他们那里的舞会有这个规定？"

"算是一种约定俗成吧，需要携舞伴进场，第一次她没放我进去，后来两次就放我进去了，但那两次是她走过来，当我的舞伴。"

刘经理拍了我的肩膀一下，说："这么重要的细节，你怎么不和我们说啊！"

袁老板也说："小诚啊，这个细节你要是早点说出来，我们早就鼓励你去追求她了，你们又怎么会错过这么久啊？"

"这有什么区别吗？"

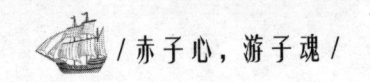

"人家女孩这是早就对你动心了，主动出击，还不能说明问题啊？"刘经理恨铁不成钢地骂道。

我道："当时我哪里知道啊……"

"那她这次邀请你去新加坡就是想考验一下你？"

"应该算是吧。"我想了想，"那次在烤鱼店里偶遇，她看我那么高兴，那么激动，觉得我还是把她放在心里的，但又不知道我到底有没有勇气，就想到了这个方法。如果我愿意为她长途跋涉，那就说明我有心，如果等了很久我还不去，就没什么发展的可能了。"

袁老板赞赏地说："不错，这个姑娘真不错，勇敢又聪明！还知道想方法试探你。"

说到这里，我叹了口气："她是很好，但见面那天，不管是吃饭还是喝咖啡，都是她抢着付账，将近一百元，她眼睛都没眨一下……"

刘经理给我们分别倒了茶："这的确是个问题。最开始袁老板就是担心你俩经济情况差得太多，那样你的担子会很重。"

"是啊。"袁老板也强调说，"一个华人家庭能在新加坡生活不难，但如果仅靠一代人就买了房产，那就不简单了。而且我也听说过，跑船的，风险大收益高，女孩的父亲肯定是有过大见识的人，不知道对你会是什么态度啊。"

"她和父亲说起过我，倒是对我的经济状况没什么异议，还说只要上进就好。"我想起雪香的话，但说出来后，又有点不自信了，不知道真的是她父亲所说，还是她安慰我的话了。

"别想那么多了，既然决定要发展这段感情，她家人那一关是肯定要过的。这样吧，以后每个月准你四天假，让你去新加坡找女朋友……"

"谢谢袁老板！！"我迅速起身表示感谢。其实这也是我跟他来办公室的主要目的，没想到袁老板竟然自己提出来了。

"谢什么，我话还没说完呢。那你每个月除了这四天假期之外，可再无休息日了啊！"

"绝对没问题！"我点头如捣蒜。

从经理办公室里出来，我回到仓库里的小屋里洗了洗，小睡一会儿后，就到了饭堂放晚饭的时间。梁师傅过来叫我一起吃饭，不过，看他那副好奇的神色，我就知道，吃饭事小，问话是大。他也迫不及待地想要知道我和雪香的进展呢。

果然，刚打了饭坐好，他就开始盘问我。我也竹筒倒豆子似的，将前前后后坦然告知。梁师傅露出了老哥哥般欣慰的笑容，拍着我的肩膀说："好小子，那就加油干吧，好好攒钱，准备迎娶这位勇敢又善良的姑娘。"

二、马六甲春节热闹　撩人心准备礼物

这段时间，我每个月都会去一次新加坡，原本想要在第二次过去时就去拜访她的父母，但雪香说他们的亲戚家里有事，父母都去走亲戚了，可能得在那边住上一段时间，只好作罢。不过，通过这几次约会，我们的感情越来越好。雪香真是个爽利的女孩，喜欢张罗，总是带我去感受新的事物。不过，袁老板的话也说得没错，她的确对金钱没什么概念，每次跟她出去，我都揣着一个月的工资，也不能总让她花钱啊。

有时候，我也不好意思地会说出自己的忧虑，但她总是无所谓地说："有钱就多花，钱少就少花，怕什么？"见她这么坦率，我也就不好再扭捏了。

平日里，我都是在火锅店里忙碌着。不知不觉地，1959年的春节悄然而至。我知道每逢春节袁老板都会放假，打算趁着这个假期去新加坡正式拜访雪香的父母，顺便向他们提出"结婚"的请求，先把婚事订下来。

春节放假五天，但因为当地员工都回家团聚了，只剩下我、梁师傅和另一位家不在本市的员工。袁老板安排我们负责治安工作，还特意买了很多年货放在酒店里。

当袁老板宣布完过节安排后，我没有当面反对，而是背着其他员工去办公室，向他请假并说明了缘由。袁老板拍着我的肩："这是正事，你去吧，我和老梁说一下，让他多盯着点。去之前，你买点特产带过去，别怕花钱，好歹得给未来的岳父、岳母留个好印象。"

我原本是打算问过雪香之后再购买礼品，但被袁老板这么一点拨，觉得这是个好主意。

马六甲市的华人非常多，所以春节的气氛非常浓郁，到处张灯结彩，店

铺门口都是备年货的顾客,十分热闹。平时我很少逛街,即便缺什么东西,也是去杂货铺里直接购买,速去速回。出来后,我甚至有一丝茫然,不知道该买什么。要是雪香在就好了,她肯定对这些了如指掌。

没办法,我只好跟着采买年货的大部队一起走走停停,希望在逛街的过程中找到称心如意的特产。在这个当口,各个商铺花样百出,就是为了招揽顾客,甚至还有些规格大的商场直接请来了舞狮队伍在店门口表演。

离家太久的我站在那里,驻足观看,久久不愿离开。舞狮表演,似乎是刻在每个中国人骨血中的,打小就喜欢看,觉得他们的动作干净漂亮,狮子威风凛凛。但此时此刻,我竟然心酸得要落下泪来。那个瞬间,我格外思念雪香,想念那个愿意和我组建家庭的华人女孩。

三、首次上门见父母　父亲训如坐尖刺

终于放假了,我拎着大包小包的特产,坐上了通往新加坡的大巴车。到了车站,雪香果然如约在那里等着我,看到她的瞬间,思乡之情竟然就这么被平复了。早几年,袁老板也曾通过自己的朋友,想替我打听一下老家那边的消息,可离家时我年纪太小了,很多事情都记不清了,只得作罢。自从和雪香确定关系之后,我的心境也发生了不小的变化,会对家庭有着强烈的渴望……

"阿诚!"雪香可能没想到我会带着礼物,有些惊喜。

"你和你父母说我来拜访的事情了吗?"

雪香有些吞吞吐吐的,点头后又摇了摇:"我只是说有个朋友来拜访,但没说你是想和我结婚。"

我原本火热的一颗心突然被冷水浇了一头,顿感不妙。

雪香看了之后,笑着说:"怎么,怕了?是怕自己没能力让我父母同意,还是怕被我爸爸拿扫帚打出去?"

"不怕!既然想娶你,这一关总得过!"

我们两个人打了一辆出租车,车子直奔武吉知马大道中路,最后驶到了一条巷尾,雪香让司机停车,下车后,迎面就是雪香家的大门。这是一座三

室一厅规格的平房，刚一进去，就看到两间单独的卧室。雪香说，左边是她的，右边是弟弟的，中间就是客厅，客厅穿过去就是他父母的卧室。

我粗略一看，整座房子得有一百四十平方米，很是气派。我原本还以为雪香说的已经有了住房，是个普通的小公寓，没想到是这么宽敞的，顿觉我和她的差距又大了一步。

雪香大喊了几声："爸爸，妈妈，我有朋友来拜访了！"

一个妇人从厨房里走出来，看到我，招呼道："既然是雪香的朋友，来家里就不要客气，坐啊！"

"妈妈，他叫柯诚……"

"柯诚？"她还没说完，一个高大的中年男人从里屋走了出来，在我身上来回打量，"就是你跟我说的那个后生仔？"

"爸爸！"雪香跑过去，"对，他今天来咱家拜访了，还有事情要和你们说。"

闻言，凌父疑惑地看着我。我也不知怎么了，脑子一热，直白地说："伯父，我要和雪香结婚！我要娶她！"

"你说什么？"凌父没有任何心理准备，被我的"豪言壮语"吓了一跳。

"你怎么这么直接就说出来了？"雪香也吃了一惊，跑到我身边，拽了拽我的胳膊，然后转过头对父亲说，"这个是他来拜访您特意从马六甲带来的特产。"

"对，对。特意孝敬您的。"我也赶紧把礼盒递上去。

凌父看都没看，就直接问："后生仔，你第一次上门，连句'过年好'都不说，就说要娶我的女儿，不觉得自己很失礼吗？"

"我……"我连忙把东西放在地上，又不知道怎么解释，"伯父，我嘴笨，刚才雪香那么一说，我想都没想就脱口而出了……"

"想都没想？怎么，娶我女儿不是你深思熟虑的想法，只是一时冲动吗？"

凌父的几句话，让我冷汗直冒，不知道该说什么。雪香突然站出来，大声说："我就是要嫁给他，你们同意就皆大欢喜，不同意我就跟着他走，你们拦不住！"

凌父的话原本只是为了给新进门的未来女婿一个下马威，结果雪香的这句话直接点燃了他的怒火。他吼着:"老伴,听听你女儿说的是什么话!"

"行了,行了,我听到了,你看看你们俩,明明是好事,老的非得来老一套,小的又不着调。"凌母走过来,安抚着凌父,"后生仔只是太紧张了,你又在这里挑理,他不更紧张吗?当初你第一次见我父母,不也这副德行吗?"然后又转过头对我说,"小伙子,雪香这孩子根本就没和我们说明白,我们都没有心理准备,你也别见怪。"

"没有,没有。"我胡乱地摆手。凌母是个温柔的长辈,让我心生亲近之感,"我知道此次来拜访十分冒失,但我和雪香两情相悦,她是我喜欢的第一个女孩,我想和她组成家庭。虽然我现在条件不太好,但我会努力,给她想要的生活。"

听完我这番表白,雪香露出羞涩的笑容,凌母也欣慰地点了点头,凌父的表情也缓和了很多:"几句好话就想让我点头?没那么容易,坐那聊吧。"

"对啊,饭马上就好了,咱们边吃边聊。"凌母也附和道。

"不等小弟了?"雪香问,"他干什么去了?"

"你们这姐弟俩都不让人省心,大过节的,他跑出去说要找同学。不等他了,咱们先吃。"

在凌母的招呼下,我们四个人坐在饭桌前,凌母做了一桌子菜。尽管他们不知道雪香带来的是男朋友,但朋友来访也不能失礼,足以见得凌父凌母是通情达理之人。

一顿饭的工夫,我已经向雪香的父母详细说了自己这么多年的辛酸经历,找寻老母未果的无奈和孤独,等等。凌母是个感性的人,尤其是听到我思念老家的母亲时,禁不住红了眼眶。凌父也叹着气,连声说"造化弄人"。雪香听我说过这些往事,握着我的手,不断地安慰着。

"流落异国他乡,吃苦受累不可怕,可怕的是找不到根啊……"凌父说,"阿诚,我也帮你打听打听,虽然只知道省市的模糊地址,但如果能碰到老乡,就能顺着打听。"

"谢谢伯父!"

"既然想娶我女儿,雪香又说非你不嫁,我也不好拦着。那我问你,你今后做何打算?是要在新加坡发展,还是继续留在马六甲呢?"

"这……"我挠了挠头,"伯父,我原本是想向您表达我想和雪香结婚的决心,想要定下这门婚事,但具体的事情我还没有规划好。火锅店的袁老板对我特别好,我在那里也能独当一面,如果要离开,一时半会儿也不太方便。雪香又不是很乐意跟我去马六甲,还是想在新加坡这里定居。不知伯父您有什么好的建议吗?"

"正好,我也舍不得女儿离开。这样吧,你可以先继续在马六甲工作,慢慢找到能够接手的同事,处理好工作上的事情。雪香呢,就继续住在家里,假期的时候你可以回来。我同意你们先领证,等你把在马六甲市的工作安排好,在新加坡这里找份新工作,可好?"

我没想到凌父竟然这么通情达理,一时间,不知该说些什么。倒是雪香冲到父亲身边,抱住父亲,大喊:"谢谢爸爸,我就知道爸爸最疼我了!"说着,还冲我挤了挤眼,"愣着干什么,叫爸爸妈妈啊!"

已经有很多年了,我没有再喊过"爸爸""妈妈",似乎只有在梦里,我才能喊出这几个字。只见他们两位长辈都露出期盼和鼓励的眼神之后,我终于喊了出来:"爸爸!妈妈!"

凌母点了点头,"哎"了一声,凌父相对更持重些,并没有太多的表示,雪香则开心不已。

就在这时,一个十来岁的男孩子走了进来。凌父招呼他说:"阿弟,你来得正好,这是你姐姐的男朋友,叫柯诚,马上就要当你姐夫了。你叫他阿诚哥吧。"

阿弟先是一愣,很快便反应过来,冲到我面前,与我握手:"阿诚哥好!"

我忙从衣兜里掏出一个红包,递给他:"阿弟好,拿着,一点意思。"

阿弟没有接,而是转头看向雪香,雪香点头后,他才开心地接过去:"谢谢哥!"

吃过午饭,凌父凌母需要睡午觉,就让我们自行出去玩。来到新加坡,我还没有找住的地方,就和雪香先去平日入住的旅馆。前几次每逢假期来新加坡,我都在常客旅馆开房,雪香也经常来这里找我,和老板都混了个脸熟。

刚一进门,雪香就扑到我的怀里:"真好,这么顺利就让我父母接纳了你,我还真怕他们生气呢。"

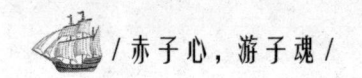

"你啊，怎么不先和父母说清楚呢？今天我的表现太差劲了……"

"傻瓜，如果事先说清楚，你要面对的考验可比现在多，就是因为事发突然，我爸没反应过来，所以才没有给你出难题。其实，他们早就认可你了，只是老一辈的思想，男方求婚，女方家长要端着架子，让男方懂得珍惜。"

我紧紧地抱住她，不敢置信地说："这么说，我们很快就能结婚了？"

"是啊，估计你这次离开前，就会商定好结婚的时间，还有一些其他的杂事。不过，我们家这边的事情你不用担心，我父母会张罗，你只需要考虑好你那边是不是要办婚礼、请什么人之类的……"

两个人在旅馆的房间里商量着结婚、婚礼等事情，时间过得飞快……

很快，春节就要过去了。这几天，我陪着凌父凌母走遍了雪香的亲朋好友，向他们公布了我们即将结婚的消息。袁老板给的假期早就已经过了，不过他也说了，让我先安心解决我的婚姻大事，不着急回去上班。

又过了几天，凌父又把我们两个叫到跟前，说既然双方都同意，就先去领结婚证，这样双方也都放心了。

我很感激凌父的信任，跪在地上，从兜里掏出两个红包，说："爸，在中国，男方娶媳妇，需要下聘礼，需要给女方买首饰。这么多年，我积攒的钱并不多，但也绝不能失礼，这一份是孝敬给父母的，感谢您养育了雪香这么好的姑娘，不计较我穷，愿意给我一个家。这份小的，是给阿弟的，希望他好好读书。"我提前准备两份红包，分别放了六千元和六百元。

凌父接了过去："阿诚，你能有这份心，我很欣慰。"紧接着，他话锋一转，"我家的条件肯定要比你强一些，你孤身在异国他乡，能攒下来钱很不容易。这钱我收下了，但你们要组建新的家庭，我将五千元作为回礼，你也收下吧。这个小红包，我会交给阿弟，告诉他是姐夫的心意。已经是一家人了，你也别总是拘礼，把这里当自己家一样，好好待我女儿就行。"

我犹豫着，不好伸手，雪香却毫无顾忌地接了过来："谢谢爸！正好，我看上了一只金戒指，柯诚，你必须给我买！我什么都可以没有，但结婚戒指必须有！"

我用力地点头，终于有了"我也有家了"的真实感。

四、办结婚证变人夫　回鲁发岛送请柬

在凌父的安排下，我和雪香去登记处领取了结婚证，拿到那两张红色的纸之后，雪香抱着我，在我的唇上狠狠地亲了一下。我们去了金铺，她挑了一枚款式素雅的金戒指，还对我说，虽然还会有很长时间我们要分隔两地，但只要看到这枚戒指就会想到我。

原本的订婚之行变成了结婚，足足用了将近二十天，我既满足又忐忑地回到了马六甲市，生怕袁老板会埋怨。没想到，当我走进他的办公室之后，他第一句就问我："怎么样？抱得美人归了没？"

我害羞地一笑："袁老板，真是对不住，我没想到雪香的父亲对我如此信任，原本我只是想把我们的婚事订下来，但他竟然催我这次就把结婚证领了。"

"什么？都登记了？"袁老板瞪大了眼睛，"这么快？你小子可以啊！"

"说实话，我也没想到。凌父不嫌弃我，肯把女儿嫁给我，我已经很感激了，但他竟然还能为我的今后考虑，为我规划，让我大受感动。"

"当父亲的肯定希望女儿过得好，他为你考虑，也是想让你好好待她的女儿啊。"袁老板拍着我的肩膀，"那你今后怎么打算？"

"短时间内，还是像之前一样，我继续在您这里做工，每逢假期去新加坡。我现在肯定不会离开咱们火锅店的，一个是我还没有攒够积蓄，不敢贸然去新的城市闯荡；另一个，您待我这么好，我也舍不得您。"

"好小子，我就知道没看错人。说实话，你在我这里也算是老员工了，各个环节的工作都能上手。如果你突然要离开，我还真不知道该怎么办。"

"您放心，之前怎么干我还怎么干。"我保证道。

"那你还举办婚礼吗？你岳父他们是怎么安排的？"

"雪香那边有很多亲朋好友，时间定在农历五月二十二，在新加坡皇后街的酒店里摆酒。"

"怎么这么晚？"

"雪香家有很多亲戚还都在中国，去新加坡参加婚礼也需要时间。但岳父说，男方再没人，也得找一些去撑撑场面，不能让我显得太寒酸。"

"这还不好办，我、刘经理、梁师傅肯定过去，别忘了，还有鲁发岛上的

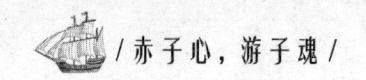

李老板他们啊,人数少不了。"

"那会不会太麻烦啊,他们去新加坡还得办理入境手续……"

"怕什么,这是大喜事,他们肯定都愿意。"袁老板想了想,"这样,下次你休假,我多给两天,你带上请帖去一趟鲁发岛,亲自去邀请他们。咱们都是流落在异国他乡的朋友,年长者被视作长辈,年幼者被视作晚辈,年龄相仿则视为兄弟。眼下你需要朋友在女方面前撑场面,相信他们都会同意的。"

听到袁老板这么说,我也踏实了不少。雪香说她那边不需要我做什么准备,我就落实我这边的朋友就好。所以,再次放假的时候,我便先去了一趟鲁发岛。

此时,去往鲁发岛已经有了快艇,相较于条件简陋的货船,快艇又快又舒适。

不过一个多小时,快艇就到达鲁发岛小港码头。又过了几年,码头被改造很多,增加了不少平房建筑,都是迎接过往客商的小商铺、旅馆和办理手续的办公室。

我背上背包走进炭场,很多员工都已经不认识了,应该是新招进来负责烧制砖瓦的,他们都用好奇的目光看着我。

"是柯诚吗?"突然,远处传来一个中年女人的声音。

我回头一看,竟然是从厨房走出来的老板娘阿罕。我大喊:"嫂子,是我啊,我回来看望大家了!李老板呢?淳哥他们呢?"

"真是稀客,快进来!"老板娘连忙放下手里的东西,在围裙上抹了几下,握住我的手。

说话间,李老板从旁边的办公室里走了出来,淳哥和温师傅也正好跟在他身后。

"阿诚,这几年你才回来几次啊!终于想着回来看看哥了?"淳哥与我更熟络些,毕竟是从国内带着我一起逃难的老大哥。

"没办法啊,我的情况你又不是不知道,火锅店那边不好请假。后来你们改做了砖瓦生意后,也不怎么去火锅店里送货了,见面自然就少了。"

"大丈夫志在四方,柯诚努力工作是对的!"李老板笑着说,"怎么今天想着过来了？"

我露出不好意思的笑容："是这样的，我要结婚了，所以来邀请几位老大哥和嫂子一起去参加我的婚礼。不过，我的酒席在新加坡，时间是农历五月廿二日，不知你们能否抽出时间去参加呢？"说着，我递给他们几张准备好的请帖。

"恭喜恭喜，真是大喜事啊。想不到，柯诚也要结婚了啊！"李老板连声道恭喜，"和新娘子是怎么认识的？怎么会去新加坡呢？"

我简要地把我和雪香的过往讲给他们听，雪香的勇敢和爽利也被他们称赞。最后，他们都表示一定会出席我的婚礼。

午饭时分，我和李老板闲聊，听他说起最近鲁发岛上来了一个泰国的考察团，是做建楼生产燕窝生意的。近年来，燕窝越来越被有钱人青睐，价格也水涨船高，通过考察发现，鲁发岛空气中所含的微生物特别充足，是建燕窝楼的绝佳地方，如果建好了楼，燕窝鸟自然会飞过来在这里搭巢做窝。一二年内卖出燕窝，很快就收回投资，可以说是一项低投入高产出的买卖了。而且，燕窝鸟白天飞在空中吃微生物，晚上回到燕窝宿夜，即便人不能入住，也能错开时间，另作办公区域，并非闲置。

看着他跃跃欲试的样子，我也被说得有些动心。眼看着就要成家了，如果只靠我的那点死工资，怎么能让雪香过上好日子呢？于是，我准备从积蓄中拿出几千元入股，一方面是回报李老板当年的救命之恩，一方面也是为了今后做打算。

五、四方来客会婚宴　险些让我坠窘态

从鲁发岛回来后，一直到农历五月的两个假期，我都会去新加坡见雪香。尽管她一再强调，酒席不用我操心，由岳父一手操办，但作为女婿，我肯定不能心安理得地享受。岳父见我如此懂事，便安排雪香带我去采买服装，再看是否还缺少什么。故而，我的任务就是陪着老婆逛街。

我发现，雪香的确是富足人家的女儿。她从来都不关心价格，只要喜欢即可。几次购物，就花费了上千元，相当于我几个月的工资了。不过，我也

不好说什么，毕竟是人生中的头等大事，谁不想漂漂亮亮地嫁出去呢？花钱大手大脚的这个小缺点，等婚后再提吧。

眼看婚宴越来越近，我也越来越紧张。临行前一天，袁老板找到我说："新郎官，不用那么紧张，咱们这边都安排好了。明天一早，李老板他们来火锅店里集合，我让几个伙计分别开三辆车送咱们去客运站。你不是已经在旅馆里开好房间了吗？咱们到了之后，休息一晚，第二天你提前去酒店准备，我带着其他人过去。你放心吧，那家酒店我去过好几次，路线很熟悉，不会跑错地方的。"

从我离开中国老家之后，前后遇到的两位老板都因为是同胞而对我照顾有加。虽然名义上是老板和雇员，但我心里早就将他当成我的兄长。听他这么一说，心里安定了些，也觉得这番安排很周全。

第二天一早，李老板、温师傅和淳哥就带着三位嫂子来了。刚一进来，李老板就说："我们已经提前办理好了手续，关键时刻绝不给你掉链子。"

几位嫂子也向我道喜。时间不早了，我们一行人坐上了袁老板安排的货车，直奔大巴车站。又经过了几个小时，终于到了新加坡。

我第一次来新加坡的时候入住的旅馆叫"常客旅客"，后来我每次来新加坡找雪香，也都是住在这里，和老板已经非常熟悉了。在此之前，我已经和他预约了房间，所以能够直接入住。

晚上，雪香也来了，她知道今天会第一次见到我的朋友们，特意穿着得体的长裙。我向她一一介绍了袁老板、李老板等人，雪香十分大方，分别与之握手，寒暄："欢迎你们来参加我们的婚礼，真是太感谢了。如果有招待不周的地方，请各位海涵。"

袁老板摆着手说："弟妹客气了，结婚是天大的喜事，柯诚也算是我们看着成长起来的，我们有缘来参加，就是为了祝福你们白头到老，一生美满。"

李老板经年累月做生意，也学会了场面上的话："弟妹，我和柯诚认识的时候，他还是个十来岁的小孩子，真没想到，也要当别人的丈夫了。以后柯诚惹你生气了，就来鲁发岛找我，我这个当哥哥的替你教育他。"

在一片欢声笑语中，雪香说："我今天来就是来见见大家，柯诚平时总是和我提起你们，每次说到从中国老家出来后，遇到了很多好人，没有你们就没有他的今天,我又去哪里找这么帅气又可靠的丈夫呢?"她的话惹得众人一阵大笑。

时间不早了,雪香离开后,我们也相继回到房间里休息。

这一晚,我在床上辗转反侧。刚开始,是在脑海中不停重复雪香告诉我的酒席流程。再之后,不可避免地想到了失联的母亲。如果明天母亲也在该有多好,她现在到底好不好……

第二天一早,我就起床了,虽然昨夜几乎没睡,但也不觉得疲倦。同样习惯了早起的李老板和阿罕嫂子打趣我,我有点不好意思。我是新郎官,自然要比客人早一些到场,于是,我先行离开,待时间差不多了,袁老板会带着他们直接去酒店。

岳父为了操办这场婚礼,在各个方面都做了充足的准备。我换好衣服,站在镜子前不停地打量自己,果然是人靠衣裳,我和雪香站在一起,真的是一对金童玉女。

"你可别紧张啊!"雪香指着其中一桌说,"那几位都是我的好友,一会儿介绍你们认识。不过我的朋友说话都比较直接,可能会'拷问'咱们的恋爱过程。"

我顺着她说的方向望过去,那桌上有八九位青年男女,年纪和雪香相仿,衣着光鲜,透着一股随意的洒脱劲头。我点了点头,表示知道了,但心里其实很没底。雪香的朋友基本都和她一样,是富贵青年,不知道待会儿会问出什么问题来。

岳父将酒店三层的大厅包了下来,厅门处贴着一张大红纸,写着"柯诚和凌雪香婚礼宴席"。主台上没做太多的装饰,只是放了几个花篮。已经比我想得漂亮多了,也比我参加的任何一场婚礼都要隆重。

十点整,一首轻柔的音乐响起,婚礼司仪喊道:"有请新郎官柯诚、新娘凌雪香及伴郎伴娘们上台。"

我和雪香手挽手走上台。雪香刚才指着的那桌青年男女跟着她,袁老板和李老板等人跟着我,一行十余人也都上了台。

"来,我们先请新郎官讲几句好不好?"

我接过话筒,把心中复习多遍的腹稿念了出来:"我和雪香都是中国人,能在异国他乡相识相爱,本身就是一段奇妙的缘分。能够娶到雪香,是我根本不敢想象的福气,多亏了她的勇敢。在今后的日子里,我会用尽全力给她最好的生活!"

"那新娘呢?"

"那还用问,我爱他!"雪香直白地说,并且在我的脸颊上用力地亲了一下,引起众人一阵起哄。

"新娘毫不含蓄地表达了自己的爱意,那新郎呢?"司仪笑着问。

虽然我很害羞,但还是大着胆子亲吻了雪香的脸颊。

"那新郎新娘的好友们对他们有什么要说的、要问的吗?"

"我先来!"雪香身边的一个年轻男孩拿过话筒,"我是新娘子的好友,和雪香很熟悉,但还不认识新郎官呢。每次让雪香把男朋友带来给我们见见,都说在忙工作,那得请新郎官介绍介绍自己是什么学历啊,在哪里高就啊,得给我们介绍一下吧。"

在座的亲朋好友也都起着哄。我有些难堪,袁老板在后面小声对我说:"委婉地介绍一下,没什么。"

我拿过话筒说:"我是中国人,十多年前来到马来西亚马六甲市,在那里工作生活。我本人仅在中国学过一些传统文化,在这里没有获得过什么学位,也不在什么高档次的工作部门,只是在马六甲市的一个酒店里供职,但中国人有句话叫'知足者常乐',就是这么简单。"

"酒店里任职啊,那的确不太好请假,那今后你怎么办啊?打算让我们雪香独守空闺啊?"另一位伴娘也插话问道。

"酒店老板是我的一位好大哥,我暂时也不打算离开酒店,只能委屈雪香继续过这种分隔两地、每月一见的日子了。但我会对未来有所规划的,不会委屈了妻子,也希望各位能对她多多照顾。"说着,我深深地鞠了一躬。

然而,一位青年撇了撇嘴,嘟囔着:"没钱没学位,还没时间陪,还不如找我们新加坡本地小伙。找个住在马六甲的华人,真是鲜花插在……"

他的话还没说完,袁老板就拿过话筒抢白道:"后生仔,这是在酒席上,我们都是为了祝福两位新人而来,我不知道你是新娘的什么人,但想必不是什么好友,因为没有人愿意让好友在婚宴上下不来台。不巧,我就是新郎的老板，他为人踏实可靠，虽然没有什么高学识，但劳动能够创造一切。或许你父母通过劳动创造出了财富供你享受，但享受一代享受不了两代，你这种眼高手低、随意贬低别人的行为，我也看不出高尚在哪里啊？另外，我也问问你，你是什么学位？真正有学识的人是不会随意通过贬低别人来获得满足的。新郎官是什么人，我们这些朋友知道，新娘也知道，人家还没嫌弃你倒跳出来，简直是不知天高地厚！"

雪香也觉得自己的朋友有些过分，瞪着对方说："丈夫是我选的，我对他一见钟情，就是喜欢！"

袁老板的话和雪香的勇敢让全场人目瞪口呆，片刻之后，响起一片掌声。

岳父走过来说："袁老板快人快语，颇有见识，小婿能跟随你一起工作，想必能涨不少见识。后生仔嘴上无德，阿诚大人大量，不要为之介怀。咱们吃席！大家吃好喝好啊！"

岳父毕竟是年长者，他的话说完，众人纷纷开始吃席。他带着我和雪香挨桌敬酒，众人也都说了些祝福的话。中途他小声跟我说："不用在意那些闲言碎语，只有没本事的人才会在意那些。"我点头称是。虽然心里多少还有点不舒服，但雪香的坚定、岳父和袁老板的支持也让我缓解了一些。

当天晚上，我住进了雪香的闺房里，但因为怕弄出尴尬的声响，什么都没做。后来，我每次再回新加坡，总是在"常客旅馆"里单独开一间房，增进夫妻感情。当然，这已经是后话了。

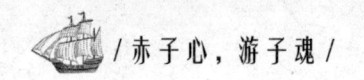

第十二章　马新两地奔波忙

一、生活根本马六甲　不能离开火锅店

虽然结了婚、有了家，但我的根还在马六甲市，依旧在火锅店里做着掌炉工，除了心里会挂念妻子，其他的没有任何不同。

为了感谢袁老板、刘经理等人对我婚礼的支持，回去后，雪香特意让我带着一些特产当作回礼。我真心实意地说："感谢两位大哥替我去撑场面，尤其是感谢袁大哥仗义执言，免除我在婚礼上的窘迫。"

袁老板不以为然地说："小事一桩。我们都是离开故国流亡到海外的第一代华人，自然要相互帮助。即便是没有出国，中国人也讲究'一方有难八方支援'，这是一种极为难得的传统，不管我们到哪里，只要对方不是为非作歹之人，都要伸出援手，要把这种精神传扬下去。我看你的岳父也是同道中人，否则也不会把女儿嫁给你了。不过，小两口在家里住着，也收敛点。"

"我和雪香已经商量好了，每次假期回去，白天去她家里陪陪父母，晚上我们还是去常客旅馆里过夜，方便些。"我红着脸解释道。既然已为人夫，很多事情还是懂得了的。

"其实你决定将家安在新加坡之后，我就一直担心你做'上门女婿'。毕竟你的婚事全都是你岳父一手操办，所以能出来单过是最好的。不过这些事情不宜操之过急，至少你得能在新加坡立足脚跟之后再议，我只是先给你提个醒。"

其实，我心里也有这样的担忧，不过现在是过渡期，不好多说什么，只能寄希望于以后了。

结婚之后，我每个月四天假期都会回新加坡与雪香团聚，偶尔她想我了，也会来马六甲市找我,幸好我的宿舍就是库房里隔出来的小单间,能够让我们夫妻一解相思之苦。

我偶尔也会提议,让她来火锅店里打工,或者还是去楼上的咖啡馆里做零工,这样我们夫妻就能在一起了。可是雪香坚决反对,她不肯去打工,也不肯离开父母。刚开始,我还调侃着我们每个月见一两次,分隔两地,像不像牛郎织女?到后来,逐渐开始有了争执,她总是质疑我为什么还不离开马六甲,是不是后悔娶她了……次数多了,我也开始有了脾气,不过夫妻俩,床头吵架床尾和。

除此之外,经济方面也是我比较烦恼的。原本做单身汉的时候,吃住都在火锅店里,薪水几乎都能存下来。可结婚之后,每个月往返的车费、入住旅馆的费用、孝敬老人买东西的挑费,能存下来的钱屈指可数。如果按照雪香的提议,回新加坡找份工作,以我在火锅店里是成熟餐饮服务员的资历,想找一份咖啡馆、餐饮店的服工作不难。可稍微算算,房租、日常开销勉强够用,但想要给雪香好的生活简直是天方夜谭。如果继续留在火锅店,因为工作时间久,袁老板给的薪水非常丰厚,好歹能存一点……雪香是富贵小姐,还停留在风花雪月上,哪里顾得上我的经济窘迫呢?

想着想着,不禁心情烦闷,我总是希望自己能够像个真正的男人,给妻子撑起一方天地,让她依旧保持婚前的少女心态,殊不知,这也成为我的枷锁。

见我情绪低落,梁师傅很是奇怪,便问:"小诚啊,你们结婚有些日子了,怎么回事啊,想弟妹想得都没精神头了?"

"老哥哥,你就别打趣我了,正烦心呢。"

"烦什么?吵架了?说给老哥哥我听听。"

我把现在的处境说与他听,尤其是经济上的窘迫,我相信是个男人都会理解。果然,梁师傅听完后,连连摇头:"柯诚,你不要轻易从这里离职,你知道,咱们火锅店一直都只有两名炉火工,如果你确定要走,袁老板肯定会安排人来接手。说实话,咱们这份工作就是吃经验,但上手并不算难。当初你能来做,主要是老工友走了,你之前又是烧炭工,赶巧了,并不是非你不可。如果你贸然去新加坡找工作,能不能拿到这么高的工资不好说,成功了还好,失败了想再回来可难了。"

梁师傅的话恰好说中了我的担忧，虽然我在火锅店里不仅掌炉火、进货、切肉，但这些可不像刘经理那样有门槛，只要在这里工作一段日子，都能做好。如果我在新加坡碰了钉子，也没脸再回来这里讨生活啊。

"所以啊，弟妹和你吵架，无非就是嫌弃你没有哄她，那你就好好哄哄。每次她来，你就多陪陪她，大不了你的工作我帮你做。"

"怎么了？柯诚和弟妹吵架了？"正说着，袁老板走了过来，听到后随口问道。

我叹了口气："还不是嫌弃我不能陪着。"

"柯诚，当初我说过，如果你打算离职，需要提前跟我说，可不能突然不干啊，必须给我时间去找人接手！"袁老板连忙强调道。

"袁老板，你们都是我的贵人，在工作生活对我十分照顾。的确，我现在的情况有些矛盾，但为了生计，我也得在这里跟着你们干！估计短时间内，我不会去新加坡的，好歹我得攒够了第一桶金，才能去新地方闯荡啊！"

袁老板闻言笑了笑，说："其实我不希望你离开，毕竟熟悉了，也放心！"

我在心里打定主意，必须攒够积蓄，才有本钱去新加坡闯荡啊。

二、他们买货济乡亲

转眼间，又到了春节。我和雪香已经结婚一年了。这一年的春节和以往不同，我需要回新加坡过节，换言之，我有家了，不用再在火锅店里看着别人过节了。

待我来到新加坡，却没有看到岳父和弟弟，只有岳母和雪香，便问："爸爸和小弟去哪里了？"

雪香一下子扑到我的怀里："他们回中国了，老家那边来信了，说今年家乡欠收，年都过不好。我爸爸不放心，就买了很多东西，带着小弟回去了。他们这一去，估计得一个多月才能回来呢。你多陪陪我吧，要不家里只有我和妈妈，怪孤单的。"

"老家怎么了？是所有地方都这样吗？"我心里也有点着急，不知道老家的母亲怎么样了。

"不知啊，只知道他们那一片都是如此。"雪香也想到了，"你也说不清自己的老家到底在哪里，不然也能让我爸爸帮忙打听啊。"

"我只能说出我家在N省，我们村叫云岭村，其他的一概不知。家乡也没个什么特殊的点，如果要是有个闻名全国的景点，自然也就知道了……都怪我当时太小了，什么都记不清。"

"这不怪你！"雪香连忙安慰道，"这个名字的确太普通了，N省估计有很多叫这个村名的呢。"

我不愿自己的坏情绪影响到妻子，便拉着她往里屋走："妈妈呢？"

"在厨房做饭呢。"

我走到厨房，在门口向岳母问好。岳母招呼道："阿诚来了啊，今天晚上你们就别去旅馆了，家里就剩下咱们娘仨了，正好是大年三十，咱们好好过个年。雪香这个孩子被我们惯坏了，有时候总是和你闹，你别和她置气，好好沟通，才能过得顺。"

想必雪香几次去马六甲后，回来没少和母亲倾诉。我连忙回答："雪香的性情我都知道，您放心吧。"

没多一会儿，岳母已经张罗了一桌年夜饭，十分丰盛。三个人围坐在一桌，共同迎接新年的到来。

当晚，我和雪香在她的闺房里温存。她总是喜欢说话，心里想什么都要说出来。

"阿诚，我问你，你到底有没有想过，什么时候来新加坡？"

"怎么又回到这个问题了呢？"我坦白地说，"我现在攒的钱还不够，如果贸然来新加坡，我靠什么生活呢？能找什么工作呢？"

"其实我不是想逼你，但我总觉得这种分居两地的日子不能继续下去。虽然我们是夫妻了，但见不到人，总觉得我们之间隔着一堵墙，心里不踏实！难道我们就这样过一辈子吗？我总感觉你在骗我！"

这顶帽子扣下来，我可招架不住，连忙道："我怎么骗你了？我一直都在想办法啊。"

"最开始你还骗我说父母在都迈市，直到确定关系你才告诉我你父亲早亡，母亲在中国老家，已经失联！还说没骗我？"

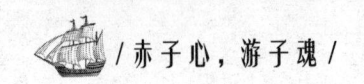

这的确是我的错误，便说："其实我并非有意欺骗。当时你并没有说明对我的倾心，我也不清楚你的心意。我们确定关系时，我不是告诉你我的真实情况了吗？这不算欺骗，只是不够坦白。"

"你还狡辩！"雪香有些生气了，瞪着眼睛质问我。

"那我问你，如果当初我如实告诉你，你是否还会倾心于我？"

"我……"她一下愣住了，然后回过神来说，"我爱的是你这个人，又不是别的。"

我的心突然涌入一股热流，紧紧抱住她："我爱的也是你这个人，爱你的勇敢和爽利。我知道，婚后你受了不少委屈，可我的顾虑很多，你再等等我吧。"

雪香闻言，也软了下来："那就再等你一些时日再说吧！其实，如果你实在担心工作的问题，我可以让我爸帮你找。"

我摇了摇头："雪香，我能娶到你已是高攀，我不想依靠岳父，那样连我都看不起我自己了。"

"好吧，我尊重你。"雪香表示理解，"说实话，我还是很爱你这个样子的。"

过年这几天，我都留在雪香家里。雪香也有了变化，她不再每次出行都必须打出租车了，而是愿意乘坐公交车。我有些不忍心，但她表示，为了能早日攒够钱，早日让夫妻团聚，必须学会省钱。得妻如此，夫复何求？

三、舍不得的马六甲　户籍已迁新加坡

和雪香沟通过之后，总算是能踏踏实实地继续在火锅店里工作了。我依然是每个月回新加坡一次，时间久了，我仍然能感受到雪香对此很是介怀。但我有自己的考量和原则，我还是依着自己的想法我行我素地走下去！

在结婚的第三年，雪香怀孕了。这是天大的好消息，毕竟我也近三十岁了。可烦恼也随之而来，有了孩子，消费自然高了，虽然我存了点积蓄，但想要养孩子还是需要尽快求变。而雪香因为怀孕的缘故，变得很容易钻牛角尖，每次回去都泪眼婆娑地问我什么时候能陪在身边。我深知她受罪了，只能不断安抚。

整个孕期都是岳母在一旁照顾，她总是劝我不要和孕妇生气。我怎么会

生气呢？只是有深深的无力感，无奈于现实，无奈没有更好的收入。

很快，雪香就要生了。在预产期前，她再三叮嘱我："大概三个星期，孩子就要出生了，你一定要和你老板说说，要回来陪我啊！"

但我还是回来晚了，我严格计算着时间，在第三周返回新加坡。可没想到，岳父岳母和雪香都不在家，小弟告诉我，他们在武吉知马区医院，孩子已经出生了，是个儿子。我迅速赶到医院，还没见到妻儿，就被护士小姐数落了一顿。

她说："头一次看到产妇孩子生了好几天，丈夫都不露面的。知不知道孕妇在分娩的时候，丈夫在身边才会有安全感？"

我连声应承，快步走入病房。只见雪香正在给婴儿喂奶，岳母在她旁边忙活着。岳母见着我先给我道喜，又让我去看看孩子，可是雪香冷着脸压根不理我，连孩子也不给我看。

我知道她生气了，便坐到她旁边，轻声安抚道："老婆，我来了，你跟我说的三周，我正好在这一天赶了过来。"

这么一说，她更生气了："柯诚，我跟你说三周，你就卡着日子来啊？真是太离谱了，你就不能提前几天回来吗？就算你对我这个老婆不上心，对自己儿子也这么不上心吗？"

面对雪香的指责，我无比愧疚和难堪，好久抬不起头来。但这是我和雪香第一个孩子，人生三十后的父子情，我从雪香怀里将儿子抱起来，不停地亲他，并给孩子起了名字叫"柯隆"。我问雪香："现在需要我干什么呢？"

雪香白了我一眼："我妈累了好几天了，让她回家好好歇着，你在医院里为我洗衣服，每天去食堂打饭，这里有空床，你就在这里照顾我和孩子。过几天，我们就可一起出院了。"

因为此次是妻子分娩，袁老板在我临行前就说可以多休息几天，把后几个月的假期一并歇了也无妨。于是，我耐心地照顾妻子，出院后，就在家里给岳母打下手。

但我无法陪伴她整个月子，过了十天，我就提出要回马六甲市。雪香横眉冷对："这才几天啊，你就又要走？"

我急得不行，好言相劝："老婆，我每个月只有四天假期，这次已经休息

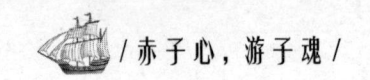

了十天,相当于下个月也不能来了。再继续待在这里,怕是小半年都没有假期回来了。"

"怎么,连孩子的满月酒你也不回来了?你还是当爹的吗?"

我先是一愣,压根不知道还要给孩子摆满月酒,就问:"那需要准备什么吗?"

"孩子满月当然要祭拜祖先,请亲戚吃饭,给孩子送红包,但是你的祖先在哪?这里又不是你的家宅,那就不做了!"雪香说着气话,我也无可奈何,毕竟这的确是我的痛处。

岳父走了进来,说:"柯诚,你回去吧,雪香现在脾气不好,你多担待,还是工作重要。"

"爸!你怎么向着他说话?"雪香不解,高声质问岳父。

"傻孩子,你想想看,他现在是预支了假期陪着你,你是痛快了,但他之后小半年都见不到孩子,他会不想吗?我和你妈能照顾你,他每个月过来看看你和孩子,心里放心,日子还能有个盼头。当年我跑船的时候,深知有盼头是多么重要。"

有了岳父的支持,我终于回到了马六甲市,继续工作。但火锅店这边又发生了变故,因为生意越来越好,炉火工几乎闲不下来,我和梁师傅两个人的时候勉强能够应付,但我每个月假期时,梁师傅有些应付不来。袁老板与我商量,让我每两个月休假一次,假期变为一周,每个月再给我涨一百元工资。如果不行,就需要招一位炉火工,但我的每个月的薪水需要减五十元。

尽管我只在孩子身边待了十天,但花钱如流水,给妻子买补品、住院费、奶粉钱,所以我毫不犹豫地选择了涨工资。我写信告诉雪香之后,果不其然,她还是生气了。

再一次回新加坡时,雪香一见我就发脾气,将我带给孩子、老人买的东西统统扔了出去,大骂:"我当初真是冲动,嫁给你这个没前途的流浪汉,害得儿子都没爹!呸!"

这句话实在是太伤人了,我实在无法忍受,从床上抱起儿子亲了亲,将一千元塞入孩子的衣兜里。这天,我没有留下,而是辞别岳父岳母,含着泪搭回马六甲的班车。

由于我和雪香吵了架，心情十分低落，再加上她说的话让我着实难堪，再回到马六甲上班后，我便心无旁骛，认真工作。每隔两个月，我才回新加坡一次，尽管雪香还在继续发脾气，但我已经不怎么在乎了，回新加坡主要是看望孩子，孝敬岳父岳母。妻子的不理解，成为我婚后生活的一根刺。

1965年中旬，袁老板拿着《星洲日报》告诉我一则消息：新加坡可能要从马来亚独立出去，宣布成立共和国。如果是这样的话，我必须在此之前，将自己的马来联邦籍转去新加坡联邦籍，否则错过了这次机会，再想转可就难办了。

尤其是因长年分居造成家庭矛盾，也迫逼我下定决心，于是，我如实告诉袁老板自己的想法。他表示理解与支持，事不宜迟，就带着我去马六甲地方政府，又到吉隆坡政府驻地，最终迁出了我的户籍转往新加坡联邦。这一切，我并未和雪香事先沟通，反正在短时间内，我仍然可以往返于两个地方。

果然，只过了二十天，《星洲日报》刊登出消息：国会宣布，8月9日，正式解除马来西亚与新加坡的关系。无独有偶，新加坡也不甘落后，于1965年8月9日宣布新加坡为独立共和国，又将8月9日定为新加坡建国日，李光耀为首任总理。

四、入伙时难别也难

新加坡独立之后，我的命运也随之发生改变，毕竟从同一个联邦中的地区身份变成了另一国家的国籍，如果再留在马六甲市工作恐有麻烦，于是，我下定决心去新加坡闯荡，好在这几年下来，也有了一定积蓄。

我不忘袁老板对我的大恩大德，特意提前了一个月对他说，又尽心尽力地带着新招来的小员工。在这里工作的最后一天，我特意去市场才买了很多新鲜菜蔬、肉类，委托大厨做出一顿丰盛的晚餐，邀请袁老板、刘经理、梁师傅和大厨等人吃了一顿告别宴。

酒过三巡菜过五味，大家也打开了话匣子。袁老板先问："你去新加坡，有什么打算啊？可不能坐吃山空啊，虽然你手里有点积蓄，但养孩子开销很大。"

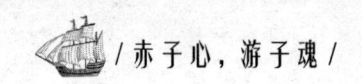

"我还没想好呢。去新加坡最首要的还是先租房子，岳父岳母已经帮了我很多了，我到新加坡之后，肯定是先要独立生活。"

"有志气！男子汉大丈夫，就得靠自己。"梁师傅也赞同。

"岳父岳母对我如亲生父母，就是雪香……"说到这里，我叹了口气，"不知道是不是独自带孩子太辛苦了，总是发脾气。"

"她一定是因为常年两地分居导致的，等你回去了，没准就好了。"刘经理安慰道。

"对了，"袁老板提议道，"我建议你明天去鲁发岛看看，也和李老板说一声。"

"袁大哥，您真是说到我的心坎里了，我也正有此意。到了新加坡，可能刚开始为了忙碌家务事，也很难回来再来看望你们，所以在离开前肯定要正式告别的。"

"行了，别说得这么伤感。开启新旅程是值得高兴的事情，咱们干一杯，预祝柯诚老弟今后一帆风顺！"

最后，袁老板给我计算了一下最后几个月的工钱，竟然比预想中多发了两千元。他说，去新的国家，手里要多留点钱，不要任性消费，等找到新工作之后再说。我再三感谢后，离开了火锅城。

其实，我手上的积蓄已经有将近三万元了，都存在银行里。但我深知，这笔钱不能让妻子知道，否则依照她花钱大手大脚的习惯，根本就花不了多久。

第二天，我赶乘最早班去往鲁发岛的快艇。离开时，袁老板、刘经理和梁师傅都已经起床了。在他们依依不舍的注视中，我提着行李，离开了这里。

去鲁发岛的路已经非常熟悉了，很快，我便回到了这座岛上。李老板看我提着行李，心生奇怪，但还是热情地招待了我。

我告诉他们，我已经离开了火锅店，准备去新加坡定居了。

"你这臭小子，吓我一跳，我还以为你被扫地出门，无处可去了呢！"淳哥拍着我的肩膀，打趣道。

"你还是老大哥呢，有点当哥哥的样子。"温师傅"啧"了一声。

他们都在调侃我，但此时我心情复杂，这份离别过于沉重，甚至远远超过了当初坐船离开老家的港湾。当时太小，尚不知敬畏和恐惧。现在，我肩上左边是妻子右边是儿子，成为这个家里唯一的顶梁柱。再者，与妻子雪香关系日益紧张，不知道我们带着孩子单独生活会变成什么样子，是恢复到曾经的甜言蜜语，还是变得更加歇斯底里……

阿罕嫂子走过来，说："既然柯诚要远行，那嫂子就给你张罗一桌送别酒，比较仓促，你可别挑礼。"

看着朴实无华的嫂子，又不禁在心里感慨，李老板和嫂子也是突破了重重阻碍才走到了一起，可他们生活美满，为何我就做不到呢？难道真的是因为我做甩手掌柜太久而引起雪香的厌恶？看来，只能在去新加坡定居时再改善关系了。

和李老板等人更熟络些，所以和他们说话时可以更直接、更无所顾忌，我将心中的苦闷都与他说了。李老板劝慰着："女人一旦做了母亲，就会本能地想给孩子最好的，可你这个做父亲的却一直不在身旁，不管什么理由，都是你的不对。她现在情绪变差了，说的话不用太往心里去，否则你会永远与她有心结。为了孩子，忍忍吧。"

我点了点头，没再多说什么。之后，又和李老板聊了聊建楼养燕窝的相关细节，留下一笔钱作为投资。之后，带着满心的惆怅，我离开了鲁发岛，奔赴新的人生。

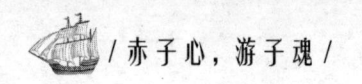

第十三章　报考海员闹离婚

一、定居新加坡　奔赴新人生

到了新加坡，我并没有着急先回岳父岳母家，而是在"常客旅馆"里先放下行李，然后向老板打听附近哪有能长租的房子。老板和我已经很熟悉了，也十分清楚我和雪香的过往。他告诉我，周围有几条小巷子，往里走能看到墙面上贴着租房信息。

我按照旅馆老板的指点，走到一条不知名的小巷子里，果然在巷尾看到租房信息，随意看了几家。这些房子都比较小，好在价格实惠。其实，我也想在牛车水（唐人街的别称）那里租房。可老板说，那里的房租贵得吓人，不是普通人能承担得起的。眼下我还没有找到工作，还是要省着点花。最后，我定下一套两室的平房，好在有厨房和厕所，可以满足基本生活。

紧接着，我又去了市场购买了生活必需品。这个工作我必须自己完成，如果要是让雪香去做，肯定会花超了预算。

忙碌完之后，我休息了一晚，于第二天带着礼品去岳父岳母家，准备接妻儿回家。

岳父一见我来了，就先拉着我说正事。他拿出一份《星洲日报》，说："阿诚，我正要找你呢。现在新加坡已经独立了，你知不知道？"

我从衣服口袋里拿出已经办理好的证件，郑重地说："爸，我也看到了这则消息了。这段时间，我就是在忙这件事情。"于是，我将袁老板怎么帮忙在新加坡独立之前办理了手续，又将我已经从火锅店离职、在这里租好房子准备定居的消息一并说了。

就在我说的时候，雪香抱着孩子走了出来，将信将疑地拿过证件，看了又看。

"这就好啊！"岳父听完之后说："这段时间我一直让雪香联系你，好赶紧谋划。想不到你已经彻底解决了这个问题。"

雪香却在看证件的盖章日期后，抱怨道："柯诚，你也太不把我放在心上了。签证上的日期是一个月之前，你辞职、租房都不和我商量，心里到底有没有把我当妻子？"

一听妻子这么说，我顿时心凉了一半，结结巴巴地解释说："我这一个月的时间，先是跟袁老板跑关系、办手续，紧跟着又是忙活火锅店的收尾工作，这些都需要时间啊。我昨天来这里，放下行李就去找房子，就是想给你一个家……"

岳母听到我们又要吵起来，忙走过来劝道："雪香啊，阿诚也不容易，跑手续这种事情你没办过，压根不知道其中的艰难，繁琐得很。"说完，又逗着我儿子，"小隆，叫爸爸。"

我不再理睬闹脾气的妻子，转头去看儿子。柯隆已经两岁了，好奇地看着我，因为平时每两个月才能见一次，他和我并不亲近，也没有叫我。我心里一酸，抱住孩子，亲了亲他粉嫩的小脸蛋。

最后，岳父放出话来："雪香，别任性，既然阿诚决定来这里定居了，你作为他的妻子，就搬出去和他同住。中午吃过午饭，你们就做好准备吧。"

中午，一家人好不容易坐到一起，雪香对我还是没什么好脸色。岳父说："阿诚啊，来新加坡了，先别着急找工作，好好休息休息，陪陪老婆孩子。"紧跟着又转过头对女儿说，"雪香，柯诚和你不一样，他自幼流落在异国他乡，眼下的一切都是靠自己的双手创造出来的。这一点，就值得你学习和尊敬，再也不许说那些伤他自尊的话。夫妻之间，要相互体谅，如果稍有不顺心就发脾气，早晚都会有你苦头吃的。"

我接话道："我也有不好，这些年我一直都在埋头赚钱，不怕您笑话，当初我刚从老家出来，兜里只有几块大洋，吃了上顿没下顿。幸好在最难的时候被李老板收留，才勉强在鲁发岛上活下来，所以我只顾着赚钱，忽略了雪香的感受。"

岳母也嗔怪着雪香随便发脾气，不讲道理。雪香看父母都这么说，便冷

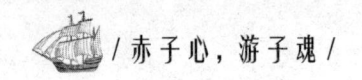

着脸哄儿子吃饭。

　　下午，我和雪香收拾好东西，打了辆出租车便来到新家。但因为巷子太过狭窄，出租车开不进去，我们只好步行。短短几十步的路，就把她累得气喘吁吁，我看不过眼，便让她在原地等着，先去放行李再来接她。谁知，她偏要逞强，还嘟囔着凭什么要听我的。我十分无奈，完全搞不懂她到底是怎么想的。

　　进了屋内，雪香像法官一样来回审视着这个新家，我用期待的眼神看着她："老婆，怎么样？"

　　"有点小，不过就咱们一家三口，够住了。不过，这地方也有点太偏了吧，出门就算是坐公交车，也要走很远啊。"

　　"是啊，我现在手上虽然有些积蓄，但不多，我怕一时半会儿找不到合适的工作，坐吃山空……"

　　"这边房租是多少钱一个月？签了多久？"

　　"七十元一个月，我签了一年的合同。"

　　"行，价钱还算公道。咱们现在这里落脚，长久住下去不行，等你找到工作后再另做打算吧。"

　　当天晚上，雪香把柯隆哄睡之后，我终于再一次将妻子搂在怀中温存。雪香向我诉说着这些年来所受的委屈：刚结婚时她很无聊，恨不得每天都和我黏在一起，但我不解风情只顾赚钱；身边的朋友相继结婚，出来约会时，其他人都是成双结对，只有她独自一人，渐渐地，也不愿意和朋友们出去逛街了；怀孕后，反应很强烈，可丈夫毫不在意；生产有多疼、多害怕，照顾新生儿有多辛苦，凡此种种，丈夫一概不知……她也不想发脾气，谁不想好好过日子呢？可她控制不住，丈夫不理解，父母还总是责备她，好像是她有多不懂事……

　　听着妻子半是埋怨半是唠叨地说了大半夜，最后，她躺在我的怀里睡了过去。我却泪眼婆娑，再也睡不着了。妻子在婚后几乎像是变了个人，曾经的勇敢变成了歇斯底里，爽利也变成了冷言冷语，我甚至和几位老大哥抱怨妻子不够温柔和体贴。如今看来，是我错了，既然已经决定在新加坡定居，我需要尽快找到新的营生，给妻儿更好的生活，尽快搬离这里。

第二天一早，雪香比我起得还早，正在给孩子冲奶粉。我胡乱洗漱之后，说："老婆，你在家里看着孩子，如果累了就睡个回笼觉。我去菜市场买点菜，回来做饭。"

菜市场离这里有两公里左右，步行至少需要半个小时。我紧赶慢赶地来到菜市场，按照记忆中雪香的喜好买了一些能放得住的果蔬、熟食，还买了米面粮油。因为东西太多，我又到菜市场门口雇了一辆三轮车，请车夫把东西运回家。

我一直吃住在火锅店，很少自己做饭，但平日也和大厨学了几道家常小菜。为了哄老婆，我特意大展身手。雪香吃了很多，应该是挺合口味。我也很满足，觉得一切都在往好的方向发展。

中午，雪香抱着儿子去睡觉了，我闲来无事，就去外面溜达一圈。我家附近就是长途大巴站，我观察着来往旅客，心里天马行空地思索着。这里的乘客很多，而且大部分都是坐了好几个小时的大巴车，下车后肯定口干舌燥，如果我在这里卖水果，乘客们下车后可以买点水果解渴，也能买水果送人，应该能有赚头。上午去菜市场的时候，我已经看过了各类水果的售价，如果买得多，应该能再便宜些。

晚上，我和雪香商量，她想了想说："也好，大巴客运站一般上午没什么乘客，大部分都是在十一点左右才会到达，直到晚上六七点，这样你每天晚上还能陪陪我们娘俩。不过，做生意的事情我不太会，你自己算好。"

说干就干，第二天，我去五金店买了一辆便宜的手推车，又去菜市场选了几种方便储存、不易损耗的水果。我满心热情，投入卖水果的营生中。每天早上，趁着雪香还没醒的时候，先去市场进货，等雪香起来后，我们一家三口共进早餐，我出门卖水果。雪香有时候在家里操持家务、照顾孩子，有时候也会带着孩子回娘家。晚上，我收摊之后，带着一些熟食、果蔬回去，给他们娘俩做饭。日子过得虽然平淡，但也有滋有味。一个月下来，扣除所有费用后，竟然只赚了几百元。和每个月的开销相比，这点收入真的是不够花啊。

雪香刚开始还挺满足，但随着我每天赚回来的钱越来越少，她又开始发脾气，常常说我是"不懂赚钱"的笨蛋。可眼下的情况是，即便我不再去摆摊讨生活，去餐饮店应聘，每个月也只有几百元的收入，而且餐饮店的工作时间长，更无法照顾家里。想到曾经在马六甲市的日子，虽然辛苦，袁老板每个月给我的工钱也是几百块，但包吃包住，完全不用操心，那是何等的惬意啊，现在只能想想了……

二、女儿出生后　捉襟又见肘

就在我开始卖水果后的半年，雪香突然叫住我，苦着脸跟我说："阿诚，我又怀孕了。"

我先是一愣，紧跟着就开心地问："确定吗？多久了啊？有没有什么不舒服啊？"说完，我立刻保证道，"老婆，这次我一定好好照顾你，和你一起等待老二出生。"

可雪香并没有什么其他反应，反倒是愁眉苦脸地问："可是，有了老二，负担就更重了。你现在根本赚不到多少钱，每个月就那么几百块，还要付房租，咱们还要吃饭……"

其实这也是我的担忧，可作为男人，我不能表现出这种担忧。我把她搂在怀里，安慰道："放心吧，比这艰难的日子我都过来了，相信我。从明天开始，我多跑几个地方，一定能好起来的。"

"那你还能照顾我吗？"雪香反问道。

"可以！绝对没问题！"

然而，话说得容易，但想要做到真是太难了。刚开始，她月份还小，尚能一边照顾自己一边看护儿子，而我每天在外面卖水果，回来常常累得只想倒头就睡。月份大了，她身子不太方便，岳母只好天天跑过来给她做饭，帮她带孩子。每天我回到家，帮岳母打打下手，晚上再把岳母送回去。我常常能感到，雪香的情绪又变得不好了。每天回家，她总是焦急地问我赚了多少钱，如果赚得多，她的心情就很好，有说有笑，还关心我累不累。如果赚得少，她就说些难听的话。岳母总是劝我，让我别和孕妇计较，她是担心钱不够，孩子出生后，花钱的地方太多了。我还能说什么呢？都怪我不会赚钱。

就这样，终于等到了雪香分娩。这一次，我在她刚开始有了腹痛迹象时就打出租将她送到武吉知马医院。托人通知岳父岳母，坚持守在雪香身边，陪她聊天，给她按摩腰部……第二天早上，她终于诞下我们的女儿，我给她起名柯凤。

在医院里，我问她："孩子现在一切都好，你看出院后是直接回咱们家，还是回父母家，由你决定。如回到咱们家，你照顾两个孩子，再把岳母接过来搭把手。我每天照顾你们，做饭洗衣，抽时间就去大巴站卖货。"

然而，雪香不作声、不回应。

出院那天，岳父岳母租车来接我们，直接回了父母家。因为雪香分娩，柯隆已经被送到那里了。

吃了饭后，岳父问："雪香的月子，你们是怎么安排的？"

我还没来得及说话，雪香便抢着说："我住在咱们家，免得我妈来回跑。指望他，我怕我们娘仨得饿死。"

我知道，虽然最开始，我保证会照顾她整个孕期，但实际上，到了后期，还是岳母干得更多，让雪香颇有怨言。于是，我点了点头，从兜里掏出五百元递给岳父，说："是啊，小婿又要腆着脸辛苦妈妈了，这点钱您留下，给雪香买吃的。"

岳父摆了摆手："我们比你富裕些，不在意这些。"

雪香却一把抢过钱："他难得给您家用，怎么不要？我还嫌少呢！"

岳母颇为不悦："你这孩子，你现在也是有儿有女的人了，怎么还这么不收敛性子。得亏柯诚脾气好，换个男人，早就和你吵起来了。"

雪香瘪了瘪嘴，才不再说什么。

回到租来的家里，我掏出存折仔细计算了一下，原本将近三万的积蓄，扣除了给李老板的几千元投资，再加上这几年因为水果利润太低，根本不够日常开销，只能每个月提取点钱来度日。眼下，存折里只剩下两千多元，手上的现金也只剩下一百多元。如果再不找到新的营生，或者提高卖水果的利润，恐怕再过段时间，我就真的连妻儿都养活不起了。

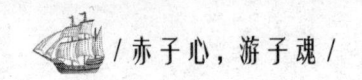

三、我当航海员　她唱离情曲

为了养家，我始终坚持做流动水果摊的生意，每周抽出一个下午回岳父岳母家看看妻儿，其他时间都推着车在大巴站周围的大街小巷里叫卖，无论是烈日还是风雨，我一直都未曾间歇过。

为了照顾两个孩子，雪香干脆直接住回了娘家，只是每隔一两个月才会带着孩子来我这里住几天，但很快又会以她照顾不了两个孩子为由回去。我坚持每个月给她五百元作为生活费，她毫不客气，甚至不会问一句我累不累、收入几何、我的花销够不够。

时间过得很快，又过了两年，柯隆已经四岁了，雪香把他送进幼儿园。但我的积蓄已经见底，必须求变。

某一天，《星洲日报》上刊登的一则广告引起了我的注意，新加坡大英国船务公司正在招考船员。我又仔细看了看详细的招工条件，竟然都能符合。当天下午，我拿着报纸便来到了岳父岳母家。

岳父看了后，叹了口气："我就是当了大半辈子船员，这可是个完全不能顾上家庭的行当啊，一年到头，能在岸上的时间也就一两个月，其他时间都是在全世界的海上漂着。"

我也坦诚地说："爸，说实话，前几年在马六甲市攒下的积蓄现在几乎所剩无几了，我走街串巷卖水果赚的钱根本就不够开销。若不求变，我真的是怕负担不起孩子今后的费用。所以，我打算趁着现在还能干的时候辛苦一些，跑几年船，多赚点。"

"你和雪香沟通过了吗？"

我摇了摇头："我想先问问您的意见。"

"这样吧，你们小两口商量商量，我们老两口无条件支持你们的决定。"

听到岳父并不反对，我便走进雪香的房间，刚把想法和她说了之后，就见她极不耐烦地说："只要你按时给生活费，爱干什么就干什么去！"

闻言，我也没再多待，便告辞回了家。其实我知道，男人不能赚钱，不仅旁人看不起，就连妻子都看不起，所以后天的面试，我必须全力以赴。

到了面试那天早上,我特意穿上了只有正式场合才会穿的西服西裤,前往新加坡海港码头,在工作人员的指引下,走进了港口办公大楼。

面试分三轮:第一轮是检查身份,第二轮是测量身体状况,第三轮是用英文面试。幸好我做了充足的准备,待结束之后,我得到了"通过"的结果。巧合的是,第三轮面试的考官中有一位曾经多次在马六甲市的火锅店里用餐,我记得他叫罗潘。既然今后会成为同事,我决定还是先去打个招呼。

我走到他面前,叫了一声:"罗潘师傅。"

他愣了一下:"你认识我?"

"几年前在马六甲市的火锅店里,我在那里做服务员,您常常带着船员来我们店里用餐。"

他仔细打量了我一番,恍然大悟道:"我想起来了,怎么来这里了?面试通过了吗?"

我点了点头:"通过了。新加坡独立前,我就已经是这里的公民了,独立后,我就来这里定居。听说船员赚得多一些,还能增长见识,便决定来报考。"

"挺好的,既然通过了,今后咱们就是同事了。"

"是啊,所以还请您多多照顾。希望能够和您在同一艘船上共事。"

"这个不难,正好我所属的船缺人,我去和船长打个招呼,你叫什么?我让船长点名收下你。"

"我叫柯诚。"

"没问题,那你拿录取书后来报到吧。"

我又向他打听了一些关于跑船的事情后,才返回到岳父岳母家。听罗师傅说,大概需要一周的时间才能收到录取书,然后会进行一周的岗前培训才会上船。不过报到后,岗前培训就已经是在船上了,所以我只有一周的时间处理家务事。

我向岳父岳母报告了这个好消息,还没等他们有所反应,雪香就从屋子里冲了出来,问:"你是不是真的决定去当船员了?"

我点点头,解释道:"船员的工资高,每个月加上各种补贴,一千多元,我多赚点多攒点,孩子也大了,花钱的地方……"

还没等我说完,雪香下定了决心似的,深吸口气说:"行,那你去吧。我

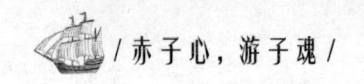

们离婚！"

此言一出，不仅我吃了一惊，就连岳父岳母也惊呆了。我结结巴巴地问："你……说真的？"

"真的！当年我去找你想和你结婚有多真，现在想和你离婚就有多真！"

这句话击溃了我的心，是啊，我们之间的感情就是从她的勇敢而开始，现在她竟然如此决绝地提出了离婚。我不甘心，还想再争取一下："雪香，有些话是不能随便说的，我再问一遍，你是不是想好了？"

"想好了，我们本就不是一路人，从开始就一直磕磕绊绊。既然你去跑船，我不愿意自己像尼姑一样，既然如此，还是分开比较好。"她坚定地说，"不过，两个孩子你必须要管，每个月都按时支付生活费，给多少你自己定，看你心意。"

话已至此，我突然间就放松了，点头说："好，你放心，我该承担的责任我绝不逃避。每个月还是按照五百元的标准给孩子生活费，如果后续有更大的开销，你也可以和我商量。"然后我转头对岳父岳母说，"爸妈，这是我最后一次这样称呼你们二老，感谢你们对我这些年的照顾。今后，两个孩子就拜托你们多照顾了，我每次下船回来时，会回来看望孩子和您二老的。"

岳父岳母也很难过，尤其是岳母，她抹着眼泪说："柯诚，你是好孩子，可是雪香太倔了，我也劝不住她……"

岳父说："你放心，两个孩子毕竟也是我们的外孙外孙女，一定会照顾好。你在海上多注意，如果遇到什么事儿，给家里来个信儿，我看看是否能帮上忙。"

我再三向他们鞠躬，之后便回到了自己的家里。看着家里那些不属于我的家具，我心里空落落的。原本成为船员是件高兴的事情，可是，我没有家了啊……

第十四章　悠悠海员漫漫路

一、我工作在万吨轮上

　　离开前，我把最后的一点积蓄都留给了雪香，然后和她办理了离婚手续，只要了两个孩子的照片，贴身保存。紧接着，我把房子退了，带着为数不多的行李来到船务公司报到。此时此刻，我已经不再多想，我相信雪香会很爱孩子，岳父岳母也会照顾好他们。我的当务之急是赚钱，毕竟作为一个男人，年近四十，兜里的存款连一百块都没有，换做是谁，心里都没底。

　　通过一周时间学习国际航海守则和海洋知识后，英国船务公司将我安排到罗师傅所在的万吨大轮船上，我摇身一变，从一名走街串巷卖水果的小商贩变成了一名船员！

　　这是我第一次登上万吨级的大轮船，和那些快艇、货船相比，这艘船体积更大，站在上面远眺也更为壮观，颇有人类太过渺小之错觉。

　　船长带领我们几个新船员依次通过并讲解着多个相连的装货船舱都是做什么的，又依次参观了发动机房、甲板平台前的三层楼厅房和驾驶室。看完了工作区之后，他带我们来到了休息区，主要就是甲板层的大厅，平时是会议厅，也是娱乐厅，再往后走就是餐厅，两侧是专供船员休息的房间。除此之外，二楼也都是船员宿舍，三楼分别是船长、正副驾手、轮机手等技术专员的宿舍。

　　船务长安排我住在一楼右侧后勤人员的宿舍，主要负责后勤餐厅的杂工工作。我对自己做什么工作并不在乎。除了我和另一位船工做餐厅杂工之外，还有四个新人负责起锚与抛锚的体力工，四个新人负责货物装卸。每个新人都有师傅带着，所以无须担心。

罗师傅对我很照顾，他也是一名华人。听他说了这家船务公司的发家史，还有很多海上见闻，让我大开眼界。他对我说，现在做杂工只是一个过渡阶段，这个时间多找老师傅好好学一门手艺，这样才能在船上干得长久，否则总是做杂工，只能在最底层。

正说着，船上的广播突然响了，用英语、马来语和中文通知："各位海员和各位学徒海员，轮船将要开行了，请在行驶前做好准备工作！"我急忙赶回餐厅，按照后勤组长安排的工作，负责做基本的清洁工作，以及一些随叫随到的杂务。

很快，轮船响着汽笛声，徐徐地驶出了新加坡大港，向东南驶去。

我一边干活，一边问后勤组长穆康："穆组长，轮船要开往什么地方？主要运载的货物是什么呢？"

"轮船现正在向东南方向行驶，驶出马六甲海峡口后，就绕着新加坡海域，再转向北方进入南海，直到越南西贡市大港。那是中转站，会装上越南出口的大米，然后返回新加坡海域，向西越过马六甲海峡，继续行驶，最后将大米运到阿拉伯酋长国和卡塔尔。再在卡塔尔装上万吨化肥，重新运回西贡市。"

我听了之后直咋舌："好家伙，这只是一趟任务吗？"

穆康笑了："是啊，下一次的任务船长会另行通知。轮船是连轴转，每天都在忙，完成一单，时刻都准备着或已经接到通知要去往另一个国家。光是我刚刚说的那趟往返任务，估计就要耗时四个月。反正你现在已经上船，想下去是不可能了。不过咱们跑船的收入都很可观，而且大的船务公司也从不赖账，也算是一份动力吧。"

我点了点头，继续忙着手上的工作。

时间久了，也就成了习惯，每天都是忙忙碌碌。不过，在大轮船上，我几乎没有任何身体上的不适，也算是好事。

过了将近一个月的时间，船长突然找到我们，吩咐道："你认真清点一下后勤仓库里还多少食物库存，再看冷库里还有多少猪牛羊肉、鸡鸭肉？然后计算一下，要保证粮能提供全船三十多位工友足三个月的用餐量。我根据库存调整方向和行进速度，以便上岸采购。"

穆组长闻言立刻带着我一起行动，我清点，他记录。穆康对我说："内务长为人精明,他很熟悉员工们的生活需求,到时候他让你去采购什么货品,你就去,他总能有办法让船员们吃得好。"

我感慨着:"这也是一门技术活啊。"

内务长计算之后,写下需要补买的货品数量,将清单交给穆组长,又递给他一扎美元预付金。之后,穆康在单据上签下自己的名字,这才算完成。

二、两次踏上越南土地

很快,船便驶进西贡港口。按照内务长的交代,穆康带着我和另一位后勤工离船去了西贡市,主要就是去采买所需的货品。穆康应该来过这里很多次,对此地非常熟悉。而我,只是在逃亡路上偶然来过一次,还是在三十年前,早就没了什么印象。

在穆康的带领下,我们坐公交车来到咸宜路滨城市场。我已经很久没有上岸了,所以显得格外新奇。穆康叮嘱我:"晚上五点半,我们必须要赶回船上,不能耽误六点开晚饭。所以我们只有四个小时的时间,必须抓紧时间。当然,如果买不完,可等到明天上午再来!"

咸宜路滨城市场是座占地面积很大的高楼,可以说是西贡市的地标建筑。市场里的顾客熙熙攘攘,有很多商贩都是华人,听着他们招揽顾客,我感到格外亲切。

我们先去了专门卖副食的区域,那里有很多门店,各种食品种类齐全。穆组长按照购货单一一点出,但他只会说英语,店主只用越南语回答,我们听不懂,他又用中文说。无奈之际,我站出来充当翻译。穆康这才恍然大悟:"对了,我怎么忘了,你是中国人!"

已经有多久了,没有人再说我是中国人了,我内心突然涌出一股暖意。

接下来的采买就顺利许多,店主这里不仅有各类熟食,还能指点我们去其他店铺找寻需要的物品,节省了不少时间。没过多久,各个店主就准备好了我们所需的物品,穆康结款后,雇了一辆简易车,交代司机此货物装上车运往西贡深水码头。

穆康对我称赞不已,道:"这一次能如此顺利,多亏了柯诚啊,想不到你

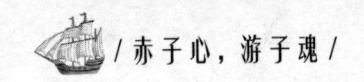

们华人在海外还能如此团结。"

回到船上,内务长看我们如此迅速,便过来询问。穆康夸张地讲述了经过,内务长也拍了拍我的肩膀,说了句不错,紧接着,他又感慨道:"懂各国语言在跑船的过程中很重要,我们还需要多方面人才啊。"

话说间,轮船响起一阵阵的呜呜声,内务长说:"响起呜呜声,就代表货物都装卸完毕了,咱们又要启航了。"

很快,轮船驶离了西贡港口,加速进入南海。我站在船舷边,遥望着无边无际的大海,又回想自己少年时逃难下南洋也是在这里。但是这次我坐上大轮船入港,第二次踏上越南的土地,舒坦地游走在西贡大街上。两次来到越南,上一次是苦难,这一次是幸运,境遇截然不同,心境自然也是两重天。

三、远航中东

自离开中国故土,弹指间已经过了三十年,此时,我又行至南海海域,似乎隔着海就能望到祖国的陆地。我不禁想起失联的母亲,不知她在老家是否安好。如今我也是做了父亲的人,常常是思念一对儿女,不知道他们长高了多少,胖没胖,还记不记得我这个爸爸……

就在此时,有人喊:"开饭了!"

我快步回到餐厅,里面已经坐满了人。我赶紧进入厨房,将一大盆鲜肉蔬菜汤放在员工就餐的桌上,然后又陆续往其他餐桌上摆放好。待一切都备齐后,罗师傅招呼我赶紧过来吃饭。

他很会利用时间,在吃饭时会阅读船上配备的上一季度的《星洲日报》合订本,并与桌上其他几位华人船员聊天,我一边吃饭一边静静听着。有时候,他也会讲到中国正在发生的事情,尤其是在中华人民共和国成立后,在中国共产党的带领下,百姓生活中早就没有了硝烟和战火,早就开始顾生产,无论是农业还是工业,都有了很大程度的提升,让我听得热血沸腾。

轮船继续在海上航行着,我也理解了雪香父亲说的跑船生活枯燥而辛苦是什么意思了。每天早上,我完全分不清自己在哪里,只知道在汪洋大海上。几点做什么,几乎是固定的,只有在每天晚上是船员的自由时间,但能做的也只有打扑克牌、聊天、看书看报。刚开始，我还喜欢和船员们打打扑克，时间久了也觉得没什么意思，便开始阅读报刊。罗师傅也很喜欢看书看报，便告诉我，下一次可以带几本书上船打发时间。

大概又过了一个多月的时间，我们终于来到了卡塔尔国。内务长说，要在这里做装卸作业，卸载五千吨大米，再装运一万吨化肥，大概会花费几天时间。紧接着，要先返回新加坡，但在新加坡不多做停留，只是稍微停靠一个下午办理一下手续，然后直接去西贡卸货后再返回新加坡。这几天，如果船员有什么要采购的，可以分批去市区逛一下。

我计算着时间，想去买点卡塔尔国的特产带回去给子女、雪香的父母，便和罗师傅结伴去了港口集市。我不知道儿女现在到底多高、多重，也不敢买衣服之类的物品，还是在罗师傅的推荐下，买了一些当地特产和装饰品。

回来的路上，我和罗师傅闲聊时，向他简要地介绍了自己的经历。他听了之后，说："其实东南亚各国华人不少，如果遇到了你可以多打听打听，看有没有你的同乡。你丢失了老家的地址，但他们肯定有。N省很大，早年出来的人不少，你多问问，我也帮你打听打听，看有没有人知道。"

我立刻表达感谢。说实话，随着年龄的增长，人的心态也发生了变化。像我这种十几岁就出来闯荡世界的浪子，岁数越大，越渴望拥有一个家。我曾经拥有过，虽然家里总是有个随时随地乱发脾气的暴躁妻子，但那时候她的确给了我一个努力的动力。眼下，我失去了这个家，自然而然地，就更想回到有娘有血亲的家里。

几天之后，轮船再次启动，这一次它的临时停靠点是新加坡港。我找到穆康，说明要回家给子女送点东西，请假一个下午。穆康很是通情达理，告诉我快去快回，晚上五点必须回来，否则会错过开船时间。

时隔几个月，我再次来到雪香父母的家。上一次，我还是以女婿的身份来的，这一次，只能以孩子父亲的身份了。雪香的母亲看到我，就说："晒黑了，也瘦了。"

我将在卡塔尔买的特产递过去，笑着说："没什么，伯父当年不也是这么过来的吗？我也能行。"

雪香带着子女走了过来，推着孩子："叫爸爸啊。他们和你不亲，可不是

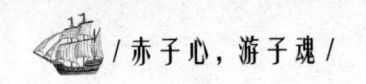

我说你坏话啊。"

我有些无奈,用小玩具逗着两个孩子。柯隆已经五岁多了,对这些小玩具没什么兴趣,倒是女儿柯凤露出好奇的神情。我抱起女儿,在她粉嫩的小脸蛋上亲了又亲。儿子看到后,才勉强让我抱在怀里。

和孩子玩了一会儿后,我掏出路上取出的一千五百元递给雪香,歉意地说:"不好意思啊,这几个月我一直在船上,也没有办法给你寄钱。这是这三个月的生活费,你先拿着。"

雪香却冷下脸:"你还知道三个月没支付费用了啊,我告诉你,要是等着你给的生活费吃饭,你儿子、女儿都得饿死!"

伯父站出来斥责道:"雪香,你现在越来越不像话了!当初你执意离婚,我们想着,既然长期两地分居,你想要解脱也依你了。阿诚是孩子的父亲,回来看孩子的,你说这些阴阳怪气的话给谁听呢?我就是这么教育你的吗?"

伯母也哭着说:"你怎么能这么说话呢?当初你父亲做船员的时候有多辛苦你又不是不知道,阿诚为什么去做船员?还不是你逼的?他好不容易回来一趟,只是想看看孩子,难道你想让孩子一辈子不见父亲吗?"

雪香也哭:"我就是委屈!照顾两个孩子,我没日没夜地,他倒好,回来后轻飘飘地递过来点钱,就算是好爸爸了?咱们家缺他这点钱吗?"

看着他们几个人不断争吵、哭泣,两个孩子也被吓得缩在雪香的身后,我长叹口气:"伯父伯母,感激你们现在还愿意替我说话。这段婚姻是我亏欠了雪香,她有怨气是应该的。这次我没有提前说清楚,主要是我也不清楚三四个月都在海上,偶尔在其他国家的港口登岸,我也不会打款,所以只能这次给你们送过来。下次,我学着怎么打款,尽量保证每个月按时支付。两个孩子还小,还得多拜托你们照顾。"我不舍地看了两个孩子一眼,"我们马上还要去西贡,就不多叨扰了。伯父伯母,你们保重身体,雪香,你也别总是生气了,也要好好顾着自己的身体。我走了!"

就在我要离开的时候,柯隆突然小声得喊了一句"爸爸",让我泪如雨下。尽管难舍难分,但我还有工作,只能离开……

四、再航中东

晚上五点之前，我赶回到船上，继续做着份内的工作。虽然我在忙碌着工作，手上的活儿一刻都不肯停，但因为看孩子带回的满腔悲情，久久无法消散，直到深夜也难以入眠。

第二天睡醒时，轮船已经开出了新加坡港。穆康看我走出宿舍："这次咱们去西贡港之后，还得赶紧去采购，你熟悉流程，跟我去。"

我忙问："怎么还要买？不是卸了货就回新加坡吗？"

"船长刚通知我，等在西贡卸完化肥后先不回新加坡，有了新的订单，要到泰国装运一万吨大米到沙特阿拉伯王国，在那里卸货后，还得去卡塔尔国装运一万吨化肥运往菲律宾，然后才返回新加坡休整。内务长已经给我列出清单了，咱们照单采买即可。"

"这么突然？"我丈二和尚摸不着头脑。

"这才是常态，以后你就会习惯了。"

果然，在我十余年的跑船生涯中，经常会遇到加单的情况。不过，这已经是后话了。

没想到，我的第一趟海运，就两次来到阿拉伯王国和卡塔尔国。这一趟的时间更长，几乎是连续在海上行驶了六个月。我已经向罗潘师傅讨教过怎么给家人寄钱。所以，每两个月，就会根据航线找最近的口岸，给雪香寄去一千元。因为考虑到雪香为了照顾两个孩子而无法工作，偶尔还会多寄出一两百元。每次寄钱，我都会郑重其事地写上"柯隆柯凤兄妹二人收"，然后留下票据。

偶尔在海上漂泊的时候，我看着子女的照片，心里感慨着：人生的境遇可真是变幻莫测，十几岁时，特别羡慕那些能游走在世界各国的人，既能增长见识，又能赚到丰厚的报酬。可现在真的从事了船员的工作，才知道其中的艰苦。而且，这份工作的代价是我永远失去了家庭。我心里像是有两个小人在打架，一个怨恨雪香绝情，另一个则告诉我，雪香也很悲哀，从结婚之后几乎没有和丈夫一同生活过，还要独自照顾两个小孩……

想着想着，我也不知道是该怨恨她还是怪自己了。

第二次重航中东的海路实在太遥远、太漫长了，1969年12月下旬，我们这艘轮船才又回到了新加坡港。因为长时间的航行，船长特意给所有船员放假半个月，让大家回家好好调整一番。

罗师傅告诉我，船务公司有船员宿舍，如果在新加坡没有落脚点，可以申请，只不过，住宿条件不太好，好几个人一个房间。我心想，反正已经是单身汉了，还计较什么呢？我找到船长，说明自己的情况，请船长代为申请。此时，我已经是和他朝夕相处了八个月的员工了，他拍着胸脯说包在他身上。

回想这两次远航竟然已有七八个月的时间，要知道，在汪洋大海航行这么长时间，相当于将自己的人生都献给了海洋。

我不禁想起雪香父亲说的那句话："海员是长年在海上漂流的职业，船开出港一去就是半年或八九个月才回港，与自己的老婆、孩子毫无联系，直到老了才能安稳地回到陆地养老。别看报酬丰厚，却充满了无限的辛酸……"

第十五章　船行亚太与南美

一、扎根船上　继续启航

假期过后，我又回到了船务公司，开启新的航线。这一次的首个目的地是泰国港口，很多船员都说，泰国最有名的是人妖表演，有些年轻船员一听到这个就激动不已。还没有抵达的时候，他们就无比期盼，满心欢喜地请求船长多停留一天，可以去观摩一下。船长被他们闹得没有办法，只是多停留一整天不太可能，但可以在泰国港口过夜。

很快，轮船终于抵达了泰国港口，卸货后，几乎所有年轻员工都跑出去去看人妖表演了，只剩下船长、内务长、穆康、罗潘、我和几个年纪稍长的老员工。

船长问："怎么，你们不去看一眼吗？我之前看过了，不去也罢。"

罗潘师傅摆着手说："可算了吧，我老婆要是知道了能闹腾死。"

"你老婆怎么可能知道？"

罗潘师傅笑道："主要是我也没什么兴趣，男不男女不女的，有什么看头。"

穆康问我："阿诚，你不去吗？你是不是还没看过啊？"

我苦笑道："我刚刚离婚，正想念一对子女想得紧呢，哪里有这番闲情逸致。"

听着他们在有一搭没一搭地聊天，我着实没什么兴趣。不过他们的话确有道理，我还是十几岁的小男孩时，初次见到阿罕嫂子和李老板接吻，羞得不行。后来二十多岁遇到雪香，真正体会到什么叫魂牵梦萦，第一次行周公之礼时，激动得浑身颤抖……然而，被婚姻蹉跎了近十年之后，所有对异性的兴趣荡然无存。我有时候也在扪心自问，如果当初像李老板、淳哥那样，找一个条件相差不多、愿意和我同甘共苦的女人,是不是就能幸福一些。不过,这些也只是想一想罢了。

第二天,船员们陆续回到船上,他们不断谈论着昨天晚上看人妖表演的趣闻。就在这时,船长在广播里通知,从泰国回新加坡后,放假三天,紧跟着再次启航。

就这样,我逐渐适应了跑船的生活。每次出海,去的都是不同的国家和城市,短则两三个月,长则三四个月。每次回到新加坡,都会根据航行时间放一到两周的假。

我已经不再去见雪香了,都是她的父母带着孩子到外面与我见面。刚开始的时候,他们对我还很陌生,但后来长大一点了,懂事了,知道爸爸是为了赚钱在外面跑船,很辛苦,相对来说,对我亲近了些。我相信,这些都是伯父伯母告诉他们的。

按照新加坡大英轮船公司的安排,短短几年时间,我们的万吨轮一直坚持往返航行于南海经马六甲海峡、过印度洋、到阿拉伯海、红海和波斯湾之间。

因为天天都要风吹日晒,我的皮肤变得黝黑,变化更大的是我的性格。或许是因为船上的生活太枯燥,我变得平和了很多。值得高兴的是,我的薪水已经从一千多元涨到了两千多元。自此,我更有底气承担子女的抚养费,也能攒下钱,又或者是拿出一些去享受生活。

登岸之后,我喜欢和穆康、罗潘去茶楼饮茶,如果去了西方国家,也学着雪香喝起了咖啡,或买一些其他能够丰富生活的物品,也能够暂时缓解生活中的无趣。

1972年5月的某一天,轮船途经新加坡港做短暂停留时,船务长带着一位洋人走上船,对我说:"穆康先生已超过海员年龄的规定了,所以公司批准他退休,这位马·亨利先生是接替他工作的,以后是你们后勤组的组长了,你多帮帮他,让他尽快融入进来!"

我先是热情地表示欢迎,但心里难免因和穆康的离别而感到难过。正巧在这个时候,穆康已经收拾好了行李,我提出送他下船。

回想初次上船时,就是穆康先生几乎是手把手地带着我,让我从最开始的后勤杂工变成了他的助手，主要负责采购补给的工作。所以，才能如此快速地涨了工资。

穆康看出了我的不舍，安抚道："别难过，亨利是个很有经验的老海员，你跟着他好好学。等我办理了退休手续之后，也要回我的故土生活了。以后有机会去印度运货，可以来我家里做客。"说完，他又详细地告诉了我他印度老家的通信地址和电话。

二、船行西太平洋　航几个国之间

穆康离开后，亨利就成为后勤组组长，我主要协助他的工作。他不愧是有经验的老海员，短短几天时间，就已经能够完全胜任了。或许是因为我是他上船后第一个认识的同事，所以关系更熟络些。

这一次再起航，船长通知我们说，这几年我们这艘轮船主要是负责日本、韩国通往新加坡的货运，除此之外，还会再往北美洲和欧洲等地行驶。不过让我更高兴的是，去往日韩装卸货物后，我们的第三个目的地是马来西亚的马六甲市港口，而且要停留两三天。这是我当了海员之后第一次登陆马六甲市，一定要去火锅店里看望几个老大哥。

日本和韩国也是我第一次踏足，我对日本并无好感，在我离开中国前几年，正是这个国家一直在侵略我的祖国，并且我的父亲也是间接被这场战争害死的，心里多少都会有些国仇家恨。不过我们在日韩并没做停留，装卸完货品后，就直奔马来西亚的马六甲市而去。

我还没和亨利请假，罗潘在晚饭时就向船长提议道："船长，咱们明天一早大概就能到马六甲市港口了，那里有一家店可以吃羊肉火锅，味道十分正宗，我之前经常去光顾。而且柯诚原来就在那里当过十来年的伙计，相信老板能关照咱们，你觉得怎么样？"

船长一听，也觉得主意不错。他有些不放心地问："咱们这么多人一起去，酒店是不是需要提前去打声招呼？"

我想了想："这样，明天一到岗我就去酒店，和老板事先沟通一下，让他们备齐羊肉。下午五点左右，罗师傅带着其他船员再一起去。"

/赤子心，游子魂/

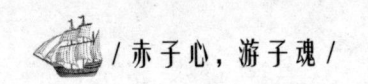

第二天早上十点左右，轮船抵达马六甲市港口。我随手招了一辆出租车，来到阔别已久的粤味酒店。看着熟悉的门脸，我竟然泪流满面。

最先看到我的是刘经理，他看着比记忆中的样子稍显苍老，但仍然是一副精明的模样。他有些不敢认："是柯诚吗？"

我快步上前，用力地握住他的手："刘大哥，是我啊！"

"你怎么变得这么黑了？"然后看着我一副船员打扮，问，"怎么跑去当海员了？"

"说来话长啊，袁大哥和梁师傅呢？"

"走，我带你去找他们。"刘经理把我拉到三楼办公室，又让杂工去叫来梁师傅。四个人再次相见都激动万分，尤其是我。

"阿诚，你怎么跑去当海员了？上次来信说要和雪香离婚，究竟是怎么回事？"他们都问。

我先将船员晚上吃饭要订桌的事情告诉他们，又原原本本地将这段时间的经历告诉给三位老哥哥，边说边叹气。

梁师傅感慨道："想不到雪香竟然脾气变得这么坏，你肯定受了不少委屈吧。当初我就担心……"

他没再说下去，但我都明白："现在也变好了，我当了海员，每个月的工资足以支付孩子的抚养费，还能赞不少，我也挺知足。"

袁老板说："两个人身份背景差太多，就是会有这样的烦恼，你们的生活步调不一致。你天天想着赚钱，她天天想着风花雪月。再加上雪香身边有很多同样只知道享乐的朋友，婚后的差距逐渐显现出来，她心里肯定会产生不平衡，你又不在身边，时间长了肯定就离心离德了。"

我点了点头，表示认同。

午餐高峰时，梁师傅和刘经理都要去忙活工作，袁老板就让我坐在这里陪他聊天。待他们走后，袁老板想起了什么，从抽屉底层掏出一封信递给我："对了，这是李老板托人送过来的信，他给你在新加坡的地址写过信，但没有回信，就把信放在我这里了。"

我打开一看，里面只有寥寥数句：

柯诚呀：

你与我们久别多年，大家都想念你！我本想给你写信，但是写到新加坡详址后并未回信，我不知道你的近况，只好写此信托给袁老板，如袁老板有机会遇上你，或你能看到我的这封信，相信你绝不会忘记我们的生死之交。我们现在已转产燕窝，每个人的生活已发生巨大变化，如果你有时间，请你能来我们这里做客，与大家共叙！

炭场李老板留

1972年8月

我看过之后，在心里盘算着时间，想着这两天是否能和亨利请假去一趟鲁发岛，毕竟有快艇的交通工具，当天往返不是什么难事。

"柯诚，我岁数也大了，这家酒店大概明年就不做了。"袁老板给我倒了杯茶，"你看刘经理和梁师傅，两个人都是超龄在我这里工作，他们的家人都催过无数次让他们退休了。我一想，忙碌了一辈子，子女也都学业有成，我也该歇歇了。"

我很是惊讶："那你是打算在这里安享晚年，还是回中国呢？"

"我肯定得回中国看看，但定居还是在这里，毕竟在这里安家置业了，孩子也都习惯了这里的生活。梁师傅和刘经理也是这么想的。"

"那就好，不管你做不做餐馆生意了，只要你还在马六甲，我就能去家里拜访啊。"

"你可以再详细地告诉我一些你老家的信息，还记得什么人吗？我老家和N省挺近，没准能帮你打听到什么消息。"

我先是感谢一番后，仔细思索，把能记住的老家的风貌、小时候的食物和生活习惯都一并说了，最后再三强调了村名叫"云岭村"，还有当初载我出海的船老板，他当初告诉我很多关于他的信息，我记得他叫刘章文。

袁老板说："可能你的村名大家不知道，但跑船老板，既然知道姓名，应该好打听一些。你放心吧，我有了消息就写信给你。"

"您可以直接写信给我所属的船务公司，如果我正在跑船，他们也会代我保存的。"

第十五章 船行亚太与南美 179

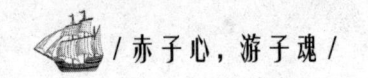

忙完了餐馆的午高峰，我们几个人来到员工餐厅吃饭，刘经理边吃边吩咐后厨师傅，晚上预备出三桌羊肉火锅，食客都是船员，备出充足的肉。

晚上，罗潘师傅带着船长和其他船员来到酒楼，刘经理负责接待。

船长是个爽快人，上来就先要了三十盘羊肉，每桌十份，不够再加。他还开玩笑地对刘经理说："跑船的都是大肚汉，怕是要把酒楼储备的羊肉都吃光了。"

刘经理笑着说："瞧您说的，羊肉有的是。柯诚特意过来打过招呼，肯定得让你们满意而归。大家吃啊，这是我昨天去养殖场新进的鲜羊肉，放好血水后还没有冷冻过。吃羊肉火锅，就得吃这种鲜肉的，才能吃出滋味来。"

罗潘也接口说："早几年，我长跑新加坡到马六甲市的航线，总过来吃，味道十分美味，念念不忘啊，大家快吃！"

船长先夹了一筷子，蘸了佐料后大口吃着，称赞道："果然美味！想不到，羊肉用沸水一煮，竟然这么鲜美。"

酒足饭饱后，船员大多喝了酒，摇摇晃晃地往回走。我跟在亨利身边："亨利，我想在酒楼里住一晚，我还有一些故交在附近的鲁发岛，想趁着这次过去看看，明天晚上开餐前，我一定回到船上，行吗？"

"没问题，你的工作我帮你做，放心去吧。"

当天晚上，梁师傅安排我和他住在同一个宿舍，原先那个小隔间早就安排了两位新员工入住，我是无缘再在那里睡觉了。

三、接信访鲁发岛难友　轮船行南美去泗水

第二天一早，我便乘坐快艇来到了鲁发岛。我深知是自己不对，已经有好几年了，都没有再来看望这些生死兄长，真是不该。

再次登上鲁发岛港口后，我竟然不认识这里了，此刻，码头已经变了模样。左手边有十多间造型奇特钢筋水泥建造的平顶房，右手边有十几间奇怪的水泥钢筋结构的几层楼房。

难道这就是李老板说的建楼养燕窝的楼房吗？

我仔细一数，共有三十几间平房与楼宇横排在码头前面，楼宅门前到北

面码头大湾溪和空地，楼宅后面是光秃秃的山。曾几何时，鲁发岛是个荒芜之地，现在却能吸引各方商人来此开发！一想到我们这些华人作为第一批来此开荒的人，心里的骄傲不禁油然而生。

来到炭场门口，恰好迎面遇上了李老板、温师傅、淳哥，他们从原炭场办公室里走出来，几人见我身穿整套海员制服，先是疑惑地打量我，待认出我后都快步跑来，把我拥在怀里，用力地拍着我的肩膀！人生唯生死之交、离别多年方有此刻的深情厚谊！

李老板说："小诚，竟然是你这个臭小子！你可知道，自从参加你婚礼之后，我们一别竟有十余年，你跑哪里去了？怎么也不给我们来个信儿啊！"他拉着我，和温师傅、淳哥一同来到住宅的客厅坐下。

阿罕嫂子闻声也走了出来，看到我惊呼道："将近十年不见，你这是去当海员了吗？"

我笑着回答："是啊！嫂子，我跑船已经三四年了！"

淳哥惊讶地说："我就说柯诚是个很有进取心的后生，能去做海员可不简单啊！"

他们这番夸奖让我不禁心酸，说："别提了，我因为去当海员，雪香和我离婚了。如果我不去，就根本养活不起一家四口。"

这句话，让他们几个人都愣住了。阿罕嫂子帮我们泡好茶，便去后厨张罗午饭。面对三位相熟的老大哥，我也不再有所隐瞒，将这些年的经历一股脑地倒了出来。

淳哥听完后，也感慨着："在咱们老家，也讲究个门当户对，家庭条件相差太多的真是过不到一起。"

温师傅比较直接，说："我看啊，雪香就是不肯收心，不当家不知柴米贵。如果没有她父母的帮衬，她早就不挑三拣四了。"

我耸了耸肩，无奈地说："现在我已经不再想这些了，只想好好赚钱，好好攒钱，供子女读书。他们的成绩都还挺好的，一定能考上大学。"

午饭时，三位哥哥和三位嫂子带着孩子陪在身边，一起吃饭。我指着远处的楼问："李大哥，你写信让我来是让我看这些楼吗？这是不是就是你说的养燕窝鸟的楼房？"

"对啊!你小子忘了,当年你还投入了五千元呢。前几年,没啥收益,第五年开始,燕窝鸟来这里筑巢特别多,不过,这种鸟筑巢的速度不快,几个月才能筑好,一年也就收十余次。我都给你记着呢。找了你好多次,原来留给我的新加坡住址,我也写过好几次信,刚开始是没回信,后来可能是次数多了,有个人回信告诉我你已经搬走好几年了。"

"哎呀,那是我租的房子,决定去当海员的时候,我就退租了。"

"所以我就去找了袁老板,我想着,他比我有门路,可能能碰到你。你看,这不就把你等来了。"李老板说,"前几年收入抵不过投资,我就不给你算了,后面开始赚钱,每一次销售,大概能分给你将近千元,一年按照十次计算,已经有三四年了,这样算来,我得分给你四万元呢。以后,你给我留个汇钱的地址,我把钱款汇给你。"

我先是百般推辞,毕竟现在我的收入高了,当初那五千元就算是资助了。李老板严肃地说:"亲兄弟还得明算账呢!别废话,这是做人最基本的道理。"

看到李老板这么郑重其事,我也不好再说什么。

李老板说:"我跟你说,现在燕窝行情好,我也赚了不少钱呢。温师傅和夏师傅当初也把积蓄拿了出来,和你一样,每年也能分到一两万元。不过后续再投资的份额,就没你的份了。"

我哈哈大笑:"这已经是意外的惊喜和收获了。"

下午,我要离开了,李老板等人拉着我的手,依依不舍。我把船务公司的地址留给他们,说这里可以接到信,以后可以保持联系。

晚上五点左右,我回到新加坡港口,上了船。刚上去,亨利就走过来说:"你回来得正好,咱们下一站目的地是日本、韩国,然后再回新加坡,装卸货品、办好手续要去印度尼西亚,然后再回新加坡。"

我已经十分习惯这种突然更换路线的事情了,点了点头:"好,我去清点一下库存量,然后汇报给内务长。"

紧接着,我们又开始了新一轮的航行。当我们再次返回新加坡办理手续、卸货装货时,已经又过去了四五个月了。船长去船务大厅办理好手续,回船上时,手里拿了一封信交给我。

我一看,竟然是袁老板寄给我的,上面写着一条让我激动的消息:他托老家亲戚打听到,当年载我出海到鲁发岛的船老板刘章文已经找到了,原来他也在差不多的时候带着妻儿去了印度尼西亚的泗水市定居了,如果有机会去那里,可以在泗水市原子中心市场百合五金店里找他。不过,这已经是几年前他给老家写信时的留言,现在还能不能找到,我只能自己去试了。

对我而言,只要有一线希望,都是天大的好事!正好此次航线就是要去印度尼西亚,真是老天爷注定要让我找回回家的路啊!

四、泗水寻船老板刘章文

终于有机会到了泗水的丹绒佩拉港,我便迫不及待地往市区走,很快就找到了原子中心市场。刚一进去我便傻了眼,里面有无数家五金店,想要在里面找到"百合五金店",无异于海底捞针。无奈之下,我只能一家一家进去找,客气地询问店主,认不认识刘章文。

有一些店主既听不懂马来语,也听不懂中文和英语,给我的寻找增添了很多麻烦。就在我准备放弃的时候,我突然看到一家五金店铺的店主很像华人。

我走进去,用中文说:"请问,您认识刘章文吗?我是他的中国老乡,听说在这里能找到他,您能帮帮我吗?"

女孩听到我说中文,眼睛都亮了,果然是华人同胞。她高兴地说:"你算是找对人了,他和我父亲是好友。不过,他现在处境有些悲惨……"

"怎么了?"

女孩叹了口气:"这里的治安不好,尤其是对我们这种……不提了,他原来开的那家店铺做不了了,被歹人抢劫了。歹人不仅抢了钱,还伤了他一条腿。现在他正在家里养伤呢。"

"既是如此,我更得去看望他了,不知姑娘可否给我带带路?"

女孩从后面叫来一个比她年长一点的男孩,说这是她哥,让哥哥看店,她带我去找刘章文。在集市里,我又买了一些礼品、牛奶和水果,跟着女孩穿街走巷,最后来到一个居民区。从横七竖八的小巷里穿过,走到最后的巷尾,女孩敲了敲门,冲里面喊:"刘叔,有个华人同胞说是你的故交,我把他

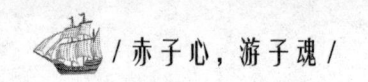

带过来了。"

里面传来了一句:"谁啊?"

我连忙说:"船老板,我是云岭村的村民,当年是搭您的船到了一座荒岛,叫鲁发岛的,不知您可还有印象?"

女孩表示自己还要赶回去看店,我向她表示感谢后,径直走进房间。

躺在床上的船老板已经年过六十,因为受伤的原因,看上去显得格外憔悴。

我说:"船老板,你是否还记得我?三十多年前,我母亲将我交给了您,咱们在海上遇到风浪,被迫登陆在印度尼西亚的一座荒岛上,我叫柯诚,当年只有十四岁。"

"哦!"刘章文点了点头,"我记得你,当年下南洋的乘客里,就属你年纪小。想不到啊,还能有相见的一天!"

可能是难得碰到从老家来的老乡,刘章文的话匣子一下就打开了。原来,他从老家迁到这里之后,就靠一家五金店维持生计。这里的治安并不太好,都是靠抱团取暖的华人店主们相互帮助来抵抗。这一次,他一时大意竟然落了单,才落下了这番下场。

我也不知道该怎么安慰他,只好拿出一千元新元悄悄放在桌子上。然后,我问:"刘老板,不知您还知不知道咱们老家的地址啊?当年咱们被迫登岛,我的行李湿了,记着老家地址的纸条根本看不清字。我按照模糊的印象写了好几封,但估计地址有误,都没有收到回信。"

"我不知道你家的具体地址,但我知道咱们那一块是N省L县,你可以再加上云岭村,能有保障一些。"最后,他说,"祖国才是我们的根,这些都是我用了半辈子才领悟的道理。有机会,你也回去看看吧。"

能够打听到老家的地址,已经是我此行最大的收获,虽然还是比较模糊,但好歹有了一线希望。

五、航船远行欧洲线　回坡收到娘亲书

再次返回新加坡时,我照旧和雪香的父母、一对子女在外面见面。眼看着柯隆、柯凤越来越大,我心里越发骄傲起来,嘱咐他们一定要好好读书。

伯父问:"你现在还住在员工宿舍?"

我点了点头:"虽然条件很差,但我一年到头,也就能住两个多月,还能忍受。"

"孩子,你也别太苦着自己。"岳母接口道,"现在有很多小型公寓可以合租,大概两三个人一起居住,但每个人都能有自己的独立房间,费用比单独租房便宜很多。平时自己的房屋可以上锁,也有私密的空间。"

我想了想,觉得这是个好主意。等送他们离开后,便漫无目的地在各个居民社区里溜达,果然看到很多公寓门口贴着招租信息。其中有一个信息吸引了我的注意:"男租客,再找一位共同承担房租费用,二室一厅,出租次卧,华人最佳。"

既然上面写着华人最佳,说明另一位已经租房的男租客也是华人。我按照地址走上去,敲开房门。一个年轻男人笑着招待了我,说:"你好,我是李小亚,在附近的商场里工作。咱们这里的租金很公道,你要不要看看房间?"

我看了看房间的光线和空气流通情况都很不错,也符合我的需求,便决定租了下来。虽然这里只是个临时租住地,但条件比员工宿舍不知好了多少倍,还能自己做饭。

就这样,我的航海生涯出现了一点变化,就是终于不再去住员工宿舍了,也和李小亚成了朋友。然而,美中不足的是,寄往 N 省 L 县云岭村的信仍然是没有回信,李小亚看了我的地址后告诉我,中国的地址需要邮编,如果没有邮编,可能大概率就寄不到了。

这下子,我想要找到回家的路又变得渺茫了。

之后的几年,我照常上船、航行,游走在世界各国,说来也怪,我们这艘轮船几乎没有跑过中国的航线,让我不禁有些遗憾。我和李小亚也成了朋友,平时我跑船的时候,他还会主动帮我打扫卫生,是个不可多得的后生仔,虽然赚得比较少,但胜在人品可靠。

事情的转机发生在 1978 年 5 月底,我远航结束后回到新加坡港,公司交给我一封信,信只有两张信纸:一张是我母亲姚桂花写的,另一张是署名张华仁写的。我仔细想了想,就是当年在马来西亚的巴昌港码头上遇到的那位张

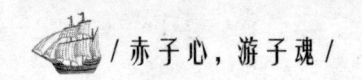

大叔。书文如下：

柯诚，你好！

　　我是张大叔，不知你记得否？大概是在1960年，你在马来西亚的巴生港等船时，知道我是华人便相互问询，没想到竟然是老乡。当时你拿出三百元马币交给我，烦我带回查询交给你云岭村的母亲。由于时间紧促，在匆忙中彼此并没有留下详细住址。我在马来西亚十多年时间，仅有一次回祖国探亲的机会。

　　我回到老家查了很久，也问了很多人，这才知道云岭村属牛笼山公社所辖，与我老家相隔几十公里，好不容易到了云岭村找到你的母亲姚桂花，终于将三百元当面交给她，从此了却我受你委托之事。

　　当年我与你母亲分别时，她询问了我的地址，我说我当海员的居无定所，只好把马来西亚巴生港外轮公司的地址写给她，并告知一定要写招待所收。

　　然而，前些年我已经离开了那所公司，不再做海员了。偶然一次再去，恰好招待所的员工告诉我，替我收了一封信。我一看，是你母亲的来信。可我并不知道你的通信地址，也无法把信交给你。

　　后来，也是一次偶然的机会，我知道你也当了海员，辗转打听，才得知了你所属的船务公司。时间不等人，咱们中国人有句老话是"子欲养而亲不待"，既然你母亲已经专程写信寻你，自是十分惦念。如果有机会，就回国去看看吧。

张华仁字
1978年3月

　　看了张大叔的信，回忆起这些年的点点滴滴，我不禁泪如雨下。是啊，我也该回去了！

第十六章　返回故国重成家

一、回老家亲人商议　筹建新宅再寻婚

终于，将这些年的经历竹筒倒豆子般地告诉给了母亲、舅舅姚鹏和二叔。他们都唏嘘不已，尤其是母亲，擦眼抹泪地说："我儿受苦了！"

原本我想隐瞒离婚之事，但说到兴头上时，只好实话实说了。母亲又自责道："是我这个娘没本事，给孩子拖了后腿。"

我忙坐到母亲的身边，搂住她的肩膀："您别这么说，这些年咱们娘俩失去联系，您有多担心、多挂念，我都明白。"

说了这么久，母亲也累了，我们便去休息了。没想到的是，深夜突降暴雨。我住的房间漏雨，被子都被打湿了。我被冻醒后，心里发酸，发誓一定要将房屋好好翻新，让母亲今后能住得好一些。

第二天一早，我先是找到了二叔和舅舅，询问村子里翻新房子的价格。二叔粗略计算了一下："怎么也得上千元人民币。不过，你母亲确定要在这里居住了吗？还是等你走后要回姚鹏那里呢？"

"费用又不是不能承受，尽管母亲在你们两位长辈家中都备受照顾，但我知道，她心里还是觉得这里才是她的家。我还是把这座宅院给返修好，到时候她愿意住在哪里，就看实际情况吧。"

事不宜迟，二叔找来了村里的施工队和帮工。母亲听闻后，先是惊喜，再是难过，更担心我花太多钱。我安慰她："别担心，儿子现在是海员，薪水高。"

翻修房屋是件大工程，但我此次有三个月的假期，应该能来得及。为了给装修队的工人做饭，二叔找了村里一位寡妇过来做饭，她叫淑萍，是位非常传统的中国女性。前几年，丈夫因病过世，她没有回娘家，而是在这里独

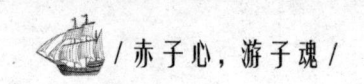

自带着年仅七岁的女儿小芬艰难度日，虽然有政府帮衬，但谁家有兼工可做，她都去，就是为了多赚点钱。

我第一次见到淑萍时，她面无粉黛，朴实无华，只顾低头做饭。不得不说，她的手艺真是好，我竟然十分喜欢，她知道后还会特意来问我想吃什么，只要她会都能给我做。

一来二去，我竟然有些依赖她，甚至想天天赖在她身边，和她聊天。如果哪天不吃她做的饭，就觉得心慌意乱。

母亲看出了我的心思："小诚，你现在也是单身汉了，虽然在新加坡有一对儿女，但和雪香缘分已尽，再也不可能复婚了。你别看淑萍是寡妇，但也是上过学的，知书达理，还在县城里的工厂里上班。后来丈夫过世了，她为了带孩子，才回到咱们村子。如果你有心思，我这个当娘的就去探探口风。"

我心里一惊，问："您不介意她是寡妇吗？还带着孩子。"

"傻小子，现在都什么年代了，你过几个月就要回新加坡了，虽然咱们联系上了，但你要工作，也不能时刻陪在我身边，如果你有了妻子，留在我身边，还能陪我说说话。况且有了妻子在这里，你走多远，都肯定会回来。"

"您看您说的，我肯定会回来啊！妈妈在哪里，家就在哪里。"

淑萍不是个扭捏的人，虽然日子过得艰难，但仍然不卑不亢，她早就看出我对她的心意，也同意与我结婚，但先决条件是"要供她的女儿小芬上学"。我自然应允下来，在我看来，既然嫁给我，她的女儿就是我的女儿，我怎么供柯隆、柯凤上学，就会怎么供她女儿。

在同我办理手续之前，淑萍特意带着女儿回到她的先夫的墓地前，取出买来的香纸，插上三炷香，点燃，并低声诉说了一番。之后又把墓地周围的荆刺砍断、锄净杂草、烧了纸钱，算是彻底和过去告别了。

就这样，在家乡的亲朋好友的见证下，我和淑萍去公社领取了结婚证，并举办了一场小型的婚礼。

二、告别亲朋飞回坡

眼看着要回新加坡的日子越来越近，房子也基本翻修完毕，我越发不舍得离开。离家这么多年，虽然曾经和雪香有过家庭，但说实话，长期分居也根本感受不到家的温暖。但是，这两三个月下来，淑萍给了我一个家，让我从心里感受到有了妻子是种什么感受。和雪香比起来，或许是因为年龄和阅历的缘故，又或许是因为性格的缘故，她很懂得如何操持一个家，里里外外都打点得特别周全，连我母亲都称赞她。

在我要离开的前几天，她就开始替我收拾行李，从换洗衣裤到家乡特产，每一样都井井有条。我刚体会没多久家庭温暖，此刻又要离别，心里多少有些难过。

淑萍说："你出去是为了赚钱，你赚钱是为了养活这个家。你放心，有我在，肯定把家里照顾好，妈就放心交给我。你也不用奔命似的，赚钱也要顾着自己的身体，你留给我的那些钱够花一阵子的了。"

我抱着她说："淑萍，再和我生个孩子吧。我想和你有个孩子，如果是女孩，就像你这样知书达理、温柔贤惠。"

她笑着说："好，如果是男孩，就像你这样敢闯敢干，有担当。"

关于今后，我们也曾好几次探讨过。我告诉她，我大概每年会有一两个月的假期，到时候我就回国来看望她，她说好。我说我每隔几个月就会给她打钱，让她不要太过辛苦。她却嘱咐我，不用给太多，毕竟柯隆、柯凤也需要钱。

我心满意足，这才是恩爱夫妻应该有的交流和体会啊。

我已经确定在 1979 年 1 月 5 日下午坐飞机回新加坡，已经不能再拖了。那天下午，我坐着三轮车，在母亲、淑萍和亲朋好友、邻里街坊的注视下，离开了这个生我养我的地方。但我相信，用不了多久，我就会回来的！

三、邀阮妮来坡刮爱　荐她嫁给李小亚

飞机比航船要快多了，当天晚上，我就已经抵达了新加坡机场。下了飞机，打车回到勿洛社区，当时天已经黑了，我在路上吃了东西，并不觉得饿，便倒在床上睡着了。

在朦胧的睡意中，我听见洗漱间有流水声，知道是李小亚下班回来了。

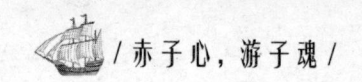

又过了一会儿，小亚可能听到我房间里有呼噜声，便敲了敲房门，问："柯大哥，你回来了？"

我彻底醒了过来，说："是啊，我回来了。"说完，我起身从行李箱里拿出一些特产，走出房间。

"转眼已经过了三个月了，怎么样？这次衣锦还乡风光吗？"

"何止风光，我还在老家娶到了老婆，是一个特别传统的中国女人，温柔贤惠，做饭特别好吃！"

小亚吃惊地瞪大了眼睛："可以啊！一见钟情吗？"

"也不算，我给老家翻修房子，她来做帮工，就这样看对眼了呗。"

"怎么样？老家是不是大变样了？"

"我跟你说，真的和过去不同了。尤其是当地政府。我还按照你说的给他们送礼，结果这些政府基层人员坚持不收，说这是纪律。有这种铁一般的纪律，肯定是为百姓办实事啊。"

"真不错！你家里人都还好吗？"

"好！多亏了我舅舅和二叔，在我不在的这几十年里，没少照顾我母亲。现在好了，我妻子和她的女儿陪在我母亲身边，我也放心多了。"

"真是太棒了！"小亚突然想起了什么，"对了，前两天有一封信是给你的，我帮你收了。"

我结果信一看，竟然是阮妮寄过来的。当初我在越南遇到这位极有原则的姑娘，还说要给她介绍工作，让她远离红灯区呢。信里的内容却让我大惊失色，原来她已经和父亲回到了越南，但越南那里没有合适的工作，想问问我当初说介绍工作的话还算不算数。

我想了想，问小亚："你们商场是否还需要女售货员呢？"

"我明天得去问问领导才能回复你，不过据我所知，应该是有缺口的。怎么了？"

我把事情的来龙去脉对他说了，他也很感慨："在红灯区里工作却坚持原则，并且有明确目标，真是个了不起的姑娘。"

我调侃道："阮妮很漂亮，而且很聪明。你不是还没有着落吗？如果你给她介绍工作成功了的话，没准她会以身相许啊！"

说者无心，听者有意。李小亚把我的话放在了心上，第二天，他便找到领导说自己有个朋友想来这里工作。领导一听，觉得也挺合适，并没有反对，让他把人带来看看。

有了确定消息后，我忙给阮妮回信，让她速速带着父亲来新加坡找我。因为担心她手头紧，我又给她汇去了两百元作为路费。信文如下：

阮妮我友，近好！

　　你一个月前给我的信，前几天才收到！我对你的现状很是担忧，当初答应的承诺你尽管放心，抓紧时间办理各种手续，飞往新加坡，并回信告知我航班的时间。我与同住的老友李小亚去机场接你，倘若我没有接到你，就请你照我已提供的详细地址，从机场打出租车直接过来。对于你的机票和住宿，我全部包下，直到你找到新工作，拿到工资。请放心。

谨祝

健康平安！

你的好友：柯诚
1979年1月

大概又过了半个月，我已经开始去船务公司处理公事了，才收到阮妮的回信，她大概会在三天后抵达。这对我而言是个好消息，因为再过十来天，我就又要上船开始新的航行了。为了招待父女二人，我找到同一个社区的一室一厅，租了下来，准备给阮妮作为临时落脚点。

阮妮抵达当天，我和小亚一同赶到机场，在机场等了约一个多小时后，阮妮和她的父亲走出机场出口。

我忙挥手示意。小亚也看到了，问："诚哥，这位姑娘就是阮妮吧？还真是很漂亮！"

我走上前去与阮妮握手寒暄。阮妮看着我身后的小亚，问："这位就是你信中说的同住的好友李小亚？长得很帅啊！"

"你的工作也是李小亚帮忙找的，他人很善良，听说你的故事后，也很敬佩你！"

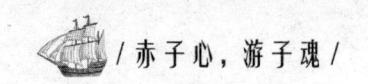

我并没有见过阮妮的父亲,这是第一次见,也招呼道:"伯父,您好,我是阮妮的朋友。欢迎您来新加坡。"

"雪中送炭最是难得,在我们难的时候,你能伸出援助之手,我都不知道该怎么感谢你了。还有这位后生仔,感谢你给阮妮介绍工作。"

我们连忙摆手,表示别放在心上。

一行四人打车回到勿洛社区,先将行李帮忙放到房间里。我说:"这是临时租来的,条件有限,你们先住着,等阮妮上了班赚了钱后,你们再做打算。为了表示欢迎,今天晚上我给你们接风。"

我们在市场里买了很多熟食,还有啤酒,大家围坐一桌。李小亚挨着阮妮,不断为她夹菜,而我则和伯父不断碰杯,讲述各自的辛酸经历。一时间,也感慨万千。

第二天,李小亚带着阮妮去了商场,领导看过后,便安排她和李小亚同一个班。我马上就要上船了,据船长所说,这一次的航线是去往欧洲,在欧洲各国间往返,大概需要半年才能再回来。

四、思乡心切回归云岭老家

经历了太久的休假,再上船前,我还是照例去见了柯隆、柯凤,并且把自己再婚的消息告诉他们。两个孩子早就知道,我和他们的母亲已经全无可能,倒也挺快就接受了。我承诺他们,只要好好读书,我肯定供他们。两个孩子要来了老家的地址,说要给奶奶写信。我十分欣慰。

亨利见到我后,也询问了我返乡探亲的情况,听说我再婚的消息后,他竟然沮丧地说:"又少了一个快乐的单身汉。"让我哭笑不得。

此次航船,与以往也没什么不同,只是我心里多了挂念,不知道老家的母亲和妻子,还有继女小芬过得怎么样,不知道她们之间是否已经融合成一家人了。

大半年之后,我再次返回新加坡。让我吃惊的是,小亚和阮妮已经结婚了,而且阮妮已经怀有身孕。小亚很不好意思地说:"为了照顾妻子,柯大哥,您能不能搬到一室一厅里,和岳父一起住啊?"

我笑着说:"反正我一年到头也没几天能回来的,这有什么不可!"

说完,我开始打包行李,小亚帮着我搬家。等搬好后,小亚万分感激地对我说:"柯大哥,你是我和阮妮的月老,我们没有太多钱,也没有摆酒席,就等哪天你有时间,我们两口子请你吃顿饭,就算是摆酒了!"

我打趣道:"这分明是摆满月酒啊,是想从我这里拿份子钱吧!"

一番话说得小亚和阮妮都红了脸。不过,作为好友,能看到他们如愿走到一起,心里别提有多高兴了。

回到新加坡,船务公司照例给我们清理代收的信件,其中有一封是淑萍寄给我的,她告诉了我一个天大的好消息,她怀孕了!我欣喜若狂,我竟然真的能够拥有一个属于我们的孩子了!算算时间,她应该已经生产了,不知道是否平安,我忙写回信,对她好一番嘱托。

船长看我的样子,问:"柯诚,什么事情让你又高兴又担忧的?"

我把这则好消息告诉他,船长想了想说:"我想想啊,咱们的确有航船是去中国的,如果你不放心,可以借调到那艘船上,回国的次数会多很多。"

"可以吗?"

"可以,都是同一个船务公司的,不过你的工资可能会稍微降一点。你想好了就跟我说,我去安排。"

"我愿意!"

在船长的安排下,我调入另一艘万吨巨轮上,继续做后勤部船员,不过我现在不算是后勤组长的副手,虽然还负责采买工作,但一切都得慢慢来。但此时我已经不在意每个月被降低的那一两百元了。

那艘轮船开航还有半个多月的时间,我飞速跑回家,收拾行李,又赶到银行兑换人民币。然后飞速赶往机场,买了时间最近的机票。我一刻也等不了了,想立刻回到家里,看望母亲和妻女。

大概在第二天早上七点,我乘坐的航班终于起飞。我在心里说:"淑萍,等我!"

这一次回家比起上一次方便了很多,也熟悉了很多,我直接打了一辆三轮车,讲明价钱后,让司机师傅直接把我送到家门口。因为给的价钱很高,司机师傅很乐意。大概下午两点多,我终于再一次回到了家门口。

推开门一看,淑萍正在晾衣服,小芬看到我,惊讶地叫了声"叔叔"。我和淑萍结婚的时候,并没有要求小芬改口,我更是无所谓,觉得叫什么都行。我快步走过去,一把将淑萍抱在怀里,问:"孩子呢?你还好吗?辛苦你了!"

淑萍指了指厅房里的小竹床:"是个女儿,咱妈给起的名字,叫柯燕。"

我走了进去,孩子睡得香甜,我轻轻地抱起孩子,谁知她突然哭了。

"燕子又哭了?"买菜回来的母亲一眼看到我,吃惊地说,"小诚,你怎么回来了?怎么没给家里来信儿啊?"

我解释说:"做船员就是这样的,我这次跑船跑了大半年,回来给了半个多月的假期。我是坐飞机回来的,从新加坡到咱家,也就一天的时间。以后我只要有假期,就能飞回来看你们。不过,我的假期不固定,只能经常这样搞突击了。"

"能回来就行!快看看你闺女。"

因为我的到来,舅舅舅妈和二叔二婶也来家里做客,二叔跟我说,现在政府正准备要给咱们这里修公路呢。我突然想起,雪香的父亲和袁老板曾经都跟我说过,他们在回老家的时候,都曾经给家乡捐过款,雪香父亲和同在新加坡闯荡的亲戚共同捐了一所小学,袁老板捐了很多生产设备。此时,我也要效仿他们,便从兜里掏出八千元,交给二叔,让他去公社捐给政府,也算是我们这些归国华侨的一点心意。

母亲连连点头:"要是没有政府,当年还不定怎么艰难呢,现在儿子赚钱了,必须得回报家乡的父老乡亲。"

这次在老家只待了十几天,便又只能回新加坡了。我把自己调了航线的事情告诉了淑萍,并和她约好,只要我有机会来中国装运货物,就把目的港告诉她,她可以择机坐火车去那座城市与我见面。淑萍点头应允。

就这样,航线上,我往返于新加坡到中国、日本、韩国等国家,极少去欧洲了。假期时,我同样往返于新加坡和老家云岭村之间。柯隆和柯凤也都分别考上了大学,这么多年,虽然我们见面次数不多,但两个孩子十分懂事,让我倍感欣慰。

在我和淑萍结婚的第四年,她再次怀孕,生下我的小儿子柯强。1985 年,母亲因病过世，是淑萍忙活了所有后事，让我十分愧疚。仔细考虑过后，我决定退休，回到中国，回到淑萍和孩子们的身边。

在临行前，我鼓足勇气去找了雪香，想和她正式告别。

雪香打开房门，看到是我，也是一愣。她也苍老了许多，已经有了一些白发。柯隆去学校了，柯凤看到我，高兴地冲过来，拉着我就往里屋走。

这套房子也重新装修过了，雪香父亲已于前年去世了，只剩下年迈的母亲。我走过去，叫了声"伯母"。她看到我也十分吃惊。

"这次来，我是想和你们告别的。我打算回中国老家去了。"我如实说。

"决定了吗？"雪香问。

我点了点头，雪香想了想："这样也挺好的，你当了这么多年海员，也该回家了。听说你在老家又结婚了，还没跟你说恭喜呢。"

可能是岁月的缘故，此时的雪香已经有了不小的变化，她不再无理取闹，不再歇斯底里，竟然有了一丝最初相识时的爽利。

我说了句谢谢，然后又说："你放心，我会拿出一部分积蓄交给你，作为柯隆柯凤两兄妹后续的学费。等他们毕业了，就能找工作了，也就有收入了。"

"好，没问题。"

我又转头对柯凤说："小凤，你记住，你的老家在中国 N 省 L 县云岭村，如果想去的话，可以给我写信，我去机场接你们。老家永远都欢迎你们回来。"

"我会的，等我和哥哥毕业了，就回去看你。听说我已经有了弟弟妹妹了，我可以给他们写信吗？"

"当然！"作为父亲，我当然希望看到子女相亲相爱，尽管他们是同父异母，但仍然拥有一半相同的血液。

又过了一段时间，我整理好所有的行李，再在新加坡的中国银行办好相关的转存手续，同时顺程买些食品、高档烟酒等礼品，终于乘坐飞机回到故乡——云岭村。

五、海内外儿女聚一堂　几十年悲欢共叙情

终于回到了云岭村，我的人生已经走完了大半。离开时，身上只带着母

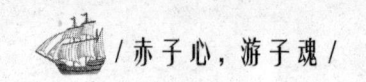

亲攒的八块银圆，归来时，带着一生积蓄。

此时，二叔和舅舅舅妈也相继离世，村子里的年轻人大多外出求学、打工。三个子女学习都还不错，尤其是小芬，已经考上了师范大学。

我对淑萍说："我离家这么久，多亏了你，把几个孩子拉扯大，还教育得这么好。"

"一家人不说两家话。你不外出跑船，我们吃什么？再说了，孩子小的时候，多亏了婆婆帮忙拉扯，你们都不嫌弃小芬，她拿到录取通知书的时候还说，多亏了你这个继父，否则还不知道能不能读下来呢。"

到了暑假，小芬回来了，她看到我，先是一笑，紧接着就喊了我一句"爸爸"。我和淑萍结婚时，并没有要求她改口，所以一直以来，她都是喊我叔叔。今天，她喊了我一声"爸爸"，足以证明，这是她对我的接纳。我开心地应承，都不知道该说些什么好了。

再后来，柯燕也考上了大学，离开了故土去求学了。又过了几年，柯强也去上大学了。随着时代的进步，我家也装上了电话，第一件事就是给远在新加坡的柯隆和柯凤打过去，告诉他们家里的电话号码，并且邀请他们有空回家看看。

柯隆和柯凤已经工作了，他们承诺等有了合适的假期，一定回中国老家看望。平时，两个孩子也会给我们打电话，尤其是对柯燕、柯强格外关心。

时光过得真快，2001年春节，我接到柯隆和柯凤的电话，说他们会回来过春节。为了迎接两个孩子，淑萍特意把家里的床铺换了新的垫子，买了很多鸡鸭鱼肉。

大年三十中午，一对穿着时髦的男女走了进来，正是柯隆和柯凤，后面还跟着柯隆的妻儿、柯凤的男朋友。我十分惊讶，连声招呼他们进来，他们在电话里并没有说会带家人和孩子，我以为只是两兄妹回来呢。

淑芬也有点慌，毕竟这是她第一次见到一对继子、继女，柯隆和柯凤先是领着自己的家人叫了我一声，然后走到淑萍面前，叫了一声"阿姨"。

柯隆说："阿姨，我的爸爸妈妈没有缘分，不能白头到老，这么多年，多亏了您安慰他、照顾他，我们第一次见面，就不冒昧地称呼您为母亲了，希望您别介意。"

"哪里的话，能见到你，阿姨就已经很高兴了。你父亲总是念叨着你们兄妹，说对你们诸多亏欠，今年得以团聚，真是大喜啊。"

柯凤走到我身边，调皮地说："怎么还愧疚呢？外公外婆早就都跟我们说了，你和妈妈之间就是不合适，不能继续在一起了。但是你这个父亲是称职的，你去海上风吹日晒的，都是为了养活我们，我们怎么可能怪你。"

除夕当晚，全村人都忙着杀鸡宰鹅。按着中国人的传统老例，每家每户都在大厅上摆食供果、烧香拜祖。淑萍张罗了一桌子的菜，所有子女都回来了，这是我们第一次吃了一顿团圆饭。

在云岭村里，柯强带着哥哥姐姐们一起去祖母墓地扫墓、祭拜，众人肃穆地站在墓碑前，燃点香纸，袅袅炷烟，追念祖母之恩，多少泪儿今洒故土！之后，他们又去登临了家乡蜿蜒起伏的崇山峻岭。

几天时间，孩子们对老家的山水风光有了充足的体验，特别柯隆、柯凤，对家乡增加了不少的了解。淑萍语重心长地叮嘱他们："望你们日后能抽时间常回来，如果雪香愿意，也可以来这里走一走，你们要告诉她：云岭村才是我们这家人的根和魂！我们永远当她是一家人！"

我再三吩咐："我老了，儿孙们日后要多回来看望我们呀！"

一周的时间结束了，迎来的是分别的日子。柯隆、柯凤等人一起去了机场，于恋恋情怀中，几个弟弟妹妹们，含泪送走从新加坡归来感动着云岭乡魂难舍难分的哥姐们！

/ 赤子心，游子魂 /

后 记

前些年，作者写成第一部长篇史思小说《沉雷》已出版过，定为"史思一部曲"，时过七年时间，作者花了三年时光，将原先出国所积累的素材作为前提，又写成了本书《赤子心，游子魂》，定为"史思二部曲"。在此，对出版社全体同仁，特别是各位编辑们的辛勤劳动，表示深深的感谢！

作者已至耋耄岁间，平生经历过无数的坎坷命运和社会变迁，脑子里留下了怎么也抹不掉的历史画卷。在人生的后半段，十分期望能将自己几十年来积聚的历史画卷全部展现出来，让国人，特别是青年人和后辈从书中知道自己祖国是怎么发展起来的，华侨在国外是怎样走过来的。

应该说，作品所描述的故事，客观上已表达出海外不同时代的历史实况，能使读者了解更多的东西，为此，本人自督于晚年致力出此黄卷则是作者的本意。

作者老骥了，没有伏枥，没有志，只是想着：个人于生活中所历经、所目睹、所知道的事情还未写完，如果自己身体还允许，可酝酿再写一本"史思三部曲——打开的窗口"以飨读者。然而，老天爷对自己年迈的身躯如何安排，能否完成自己人生使命呢？自知在颐养天年中，延寿比玩文字游戏耗精力、削体力更重要。以此而论，作者对写三部曲的可能性或许只是一种奢望，其后或变成空想的事儿还不得而知！

以上是作者对读者所说的心里话，借此深切感谢关心作者的读者们！